—图书·影视—

亲亲子衿，深得我心

热热 著

一声心动，
一世相拥。

衿，

我心

热热 著

州文艺出版社
LITERATURE AND ART PRESS

图书在版编目（CIP）数据

亲亲子衿，深得我心 / 热热著. --南昌：百花洲文艺出版社, 2019.11

ISBN 978-7-5500-3401-3

Ⅰ.①亲… Ⅱ.①热… Ⅲ.①长篇小说-中国-当代 Ⅳ.①I247.5

中国版本图书馆CIP数据核字（2019）第210369号

亲亲子衿，深得我心

Qin Qin Zijin Shen De Wo Xin

热热 著

责任编辑　郝玮刚
特约编辑　小 左 晴 子
封面设计　小茜设计 Miniqian
出版发行　百花洲文艺出版社
社　　址　南昌市红谷滩新区世贸路898号博能中心A座20楼
邮　　编　330038
经　　销　全国新华书店
印　　刷　长沙鸿发印务实业有限公司
开　　本　880mm × 1230mm 1/32　印张 10
版　　次　2019 年 11 月第 1 版第 1 次印刷
字　　数　288千字
书　　号　ISBN 978-7-5500-3401-3
定　　价　39.80元

赣版权登字：05-2019-253

网址 http://www.bhzwy.com

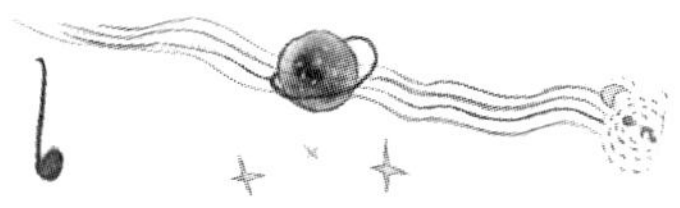

目 录
CONTENTS

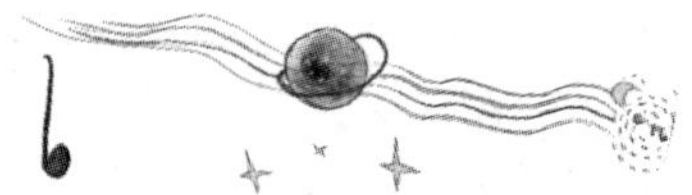

引子

晚上十一点十分，X 大播音室，没有开灯。

一只修长白皙的手将扩音器开关往上推，然后习惯性地对着桌面叩三次——

这是其吸引注意力的独特方式。

敲击声回荡在校园的每一个角落，或看书，或打瞌睡，或玩电脑游戏正酣的所有学生立刻屏息，放下手头的所有工作，侧耳去听。

播音员插上 U 盘，按下回车键，随即身影迅速退出播音室。

音响里传出了经过处理的声音，一如往常怪异的机械声音："美术系大三生季文涛送去国外比赛的作品《叶色》竟是窃取了大二三班梁伟茹的作品。季文涛以恋爱为由多次盗取梁伟茹的创作，《叶色》得奖后，梁伟茹讨要说法不成，差点自杀。季文涛态度恶劣，不思悔过，在此通报，在此通报。"

此言一出，像烟花绽放一样，校园各处炸开了锅。

众人交头接耳，兴奋于神秘播音员再次出动的同时，纷纷八卦季文涛的这次"光辉事迹"。

已经过了亮灯时间的漆黑校园里，一个崩溃的身影一边大喊一边冲向播音室所在的C栋，疯也似的踹开播音室的门。

可是播音室里空无一人。

他冲到播音台把开关按掉，冲着始作俑者的U盘歇斯底里：“啊——我要杀了你，该死的播音员——”

当事人痛苦的叫喊声刺破夜空。

神秘播音员第九次出动，第九个坏人季文涛，game over（游戏结束）。

01 到底是比歌喉还是比情话

“你问我爱你有多深，以后我叫鲁智深。”

“第一人称是我，第二人称是你。”

“以后我不思念，不惧寒冬。因为你就在我身边，心因你而滚烫。”

…………

学校举办歌唱比赛不稀奇，用这种土味情话来筛选报名资格就稀奇了。

以上是出现在 X 大学公告栏上，每一个想要参加这届歌唱比赛的报名者写下的报名作品。

“这点子到底谁想出来的？”莫子衿路过密密麻麻的公告栏，不由驻足。

她身边的许跳跳先是一愣，随后整张脸迅速变化，凑过来煞有介事道：“这你不知道了吧，以深情度检测是否有资格唱情歌，这么有才的点子，就是那个大一新生冯智勋想的呀！”

“冯智勋……”

莫子衿眼前瞬间就浮现出两天前，在新生入学仪式上露脸的那个男生。

两天前，X 大迎来新一届大一新生。

这一次有点特别，需要全校师生集体到场，来重点欢迎其中的一个人。

他是带资入校。

这“资”是一栋超级豪华的图书馆。

豪华到什么地步呢？简单形容一下就是类似《哈利·波特》里面的魔法学校，里边不仅包括五层图书室，还有餐厅、保龄球馆什么的。

这个人就是冯氏集团的少公子冯智勋。

这还是第一次除了学生会会长秦竹天之外，有人吸引走所有女生炽热的目光——

红旗台下，校长发表了几句简单的讲话后就殷勤地把话筒递给了冯智勋，让他做自我介绍。

冯智勋一身红色格子衬衫，里面搭一件白色 T 恤，下面套一条破洞牛仔裤，逆光而站，虽然不能很清楚地看到五官，但长得好看的人就是这样——即便一个影子、一个轮廓都能鹤立鸡群。

他拿过话筒，指着那栋在阳光下泛着光的图书馆：“那就是我的自我介绍，我叫冯智勋。”

话音刚落，炸翻全场。

莫子衿站在队伍里，听到女生们瞬间的欢呼声，和男生们虽然不爽但不得不心悦诚服的唏嘘声。

他够厉害，够嚣张！

有快要昏厥的女生互相搀扶，互道衷肠：

“老天真是待我不薄，让我毕业前遇到了这样一个极品王子。”

“是啊是啊，不仅家世好、外形好，还是在G联盟混过的天才！”

“哇……G 联盟，就是 M 国那个 G 联盟吗？简直帅炸啊！”

“最重要的是还没有女朋友！”

…………

冯智勋只说了这么一句话，就把话筒还给略显尴尬的校长，接下来的五分钟，莫子衿的耳边就没停过周遭人对他的八卦，根本没有人在意季文涛的通报事件，也没有人再讨论。

秦竹天上台对大三男生季文涛恶意戏弄女生感情、窃取对方作品参赛的事情，给予了开除通报，这件事最终成了一个小小的插曲！

这根本不是莫子衿想看到的结果。

可恶……她可是暗暗努力了半个月，想要趁此机会把警醒作用最大化的！

可是到头来所有的风头都成了冯智勋的……

莫子衿总结：某人出现第一天，就和自己八字犯冲。

见莫子衿出神，许跳跳惊呼出声 ：“莫子衿，如果他你都还需要想，就过分了哈！带着一栋崭新图书馆入学，上讲话台和校长一起参加揭幕的人，你怎么可能不记得啊？”

莫子衿摆摆手：“我当然记得。”

“但这个唱歌比赛获胜就有十万奖金拿，他实在没必要弄这种噱头。”莫子衿又说。她是理工科出身，对这种逻辑出 bug 的事情不由皱眉。

许跳跳嘿嘿笑，又一副“你只知其一，不知其二”的表情：“这你就又不知道了，冠军才有十万奖金，那其他人呢，只要去报名，落选的女生都会得到冯智勋当面朗读土味情话的福利。你说冯公子是不是很贴心、很贴心呢！？”

哦，这就说得通了，用这招鼓动所有女生去报名，怪不得这报名现场热火朝天。

冯智勋真是自以为是的臭屁！

莫子衿这样想着，上前从报名台上拿过报名表和笔。

许跳跳凑过脑袋：“莫子衿你要报名哦？你也被冯智勋的美色吸引了吗？！”

“难道不应该是十万奖金更具有吸引力吗？”莫子衿冲她翻了一个白眼。

许跳跳撇撇嘴，感叹摇头，一副“莫子衿是另类，但貌似这样才符合她人设”的无奈表情。

能正面看到报名现场情况的B栋教学楼二楼，冯智勋颇为满意地看着被贴满的公告栏以及络绎不绝来报名的同学们，点头勾唇：“如果我的吸引力能够包装商品来卖的话，估计会清仓吧。”

“嗯，可不是嘛，连高冷副会长都来报名了，我真是五体投地。要知道她可是铁壁女，最不屑凑这种热闹了。”站在冯智勋身边搭腔的人目不转睛地望着转身离开的莫子衿，他是大二美术系的白宇飞，也是冯智勋从小玩到大的朋友。

“副会长？就是你说的那个莫子衿？”

冯智勋顺着他的目光看过去，是那种很容易在人群中发现的美女，酷劲十足的黑色背心加黑色热裤，明明长得挺可爱，但那冷若冰霜的表情是怎么回事？仿佛这热辣的阳光都晒不化。

“嗯，就是那个莫子衿。”白宇飞点头，“和学生会会长秦竹天走得很近，我追过她，没成功。”

“是吗？”冯智勋眯眸，注视着莫子衿走远。

从白宇飞口中，冯智勋已经听过莫子衿的大名——

建筑系，大二生，漂亮，成绩优秀，性格刚直，没交过男友也没交过女友，对待情书和告白的方式就是一概无视，没有特别好的朋友，但普遍人缘不错，目前和学生会会长秦竹天处于暧昧关系。

所以连带着，秦竹天的情况他也顺便听了听——

建筑系，大三生，外形好，父母都出自书香门第，性格温润，但温润中透着一股让人折服的霸气，组织能力相当强。传闻他打架很厉害，高中的时候一对七，他赢了。

不过冯智勋听听也就过去了，这些履历听起来优秀，但作为每个学校总会有的标配，对他来说没什么吸引力。

他真正感兴趣的，是X大每个学生都会害怕又期待的神秘播音员。

没有人知道这个神秘播音员是谁、是男是女，只知道那人总会不定时地在晚上抢占播音室爆料一些校园新闻，新闻内容没上限也没下限，辛辣真实。大家生怕自己有一天成为新闻中的主角，又期待这爆炸性新闻会时不时上演。

最新一则报道就是美术系系草季文涛玩弄女生感情还偷人家创意参赛，搞得对方险些自杀。

不是没人好奇过播音员是谁，也不是没人晚上去堵过播音室的门，但就是抓不到人。

“我原本呢，以为这大学生活会很无聊，不过现在看来……还是挺有意思的嘛。”冯智勋笑笑，“神秘播音员……”

白宇飞知道，冯智勋举办这场歌唱比赛就是为了抓住神秘播音员，有些不放心地问：“你真的确定能抓到这个播音员？这个播音员存在一年了，没人抓住过。”

冯智勋拍拍白宇飞的肩，胸有成竹：“放心吧，我会在一个星期内抓到他。”

宇飞：“……”

流言就像病毒一样，传播得飞快。

冯智勋要在一个星期内抓到神秘播音员的事，也传到了莫子衿的耳朵里。

“师傅，红烧排骨，萝卜炒冬瓜。”

“师傅，再加一份。”

食堂里，莫子衿刚点好，一只漂亮秀气的手就夹着饭卡伸了过来。

莫子衿扭头看到秦竹天温柔的笑容，忍不住吐槽：“能不能不要总和我点一样的？”

秦竹天不以为然：“我懒得想。”

莫子衿摇头，真是受不了这个家伙，在别人面前温文尔雅，到她这里就会多一份令人捉摸不透的调皮。

大概真的是高智商的缘故，平衡这两种气质时，他居然做得很好。

两个人入座。

秦竹天习惯性地把第一筷子菜先夹给莫子衿："子衿，你要多吃一点。"

莫子衿抬眸，又垂眸，麻利地把他夹过来的排骨塞进嘴里。

秦竹天这才满意地开始吃自己的。

"子衿，季文涛的事闹得沸沸扬扬，现在有记者报道了 X 大。"没吃两口，秦竹天开口说道。

"这不是好事吗？让大家更多地关注现在大学生的行为品德。"莫子衿没听出秦竹天的弦外音，还挺高兴的，本来被某人搞了破坏还郁闷着效果不尽如人意呢。

秦竹天握着筷子的手定住，眸光沉下几分："上面很不高兴，找我去谈过话了，现在将尽快找出播音员这件事交给了学生会。"

听到这里，莫子衿顿住了，淡淡道："是吗？这倒是个新鲜事。"

"对了，我听说那个新来的冯智勋也在嚷嚷着抓播音员。"

莫子衿夹了一块萝卜塞进嘴里，抬头间就看到冯智勋被很多女生簇拥着浩浩荡荡地走过来。

那架势，如同皇帝出游。

女生们统统热络地去掉姓"智勋""智勋"地喊着，有人要给他买饭，有的要和他一起坐。

随着他由远及近，莫子衿总算看清了他的天之颜值——

没有什么特别的嘛，五官都有，只是组合的效果比别人优良了一点而已，笑起来带着……无法让人觉得牵强的傲娇。

想到自己半个月的辛苦付诸东流，莫子衿面无表情地伸出腿。

冯智勋忙着应付采蜜般的女生们，丝毫没看到几步之遥的危险。

一步，两步……"刺啦——"

冯智勋毫无意外地绊到莫子衿的腿，重重地跌跪在地！

莫子衿原本平静的表情渐渐出现了细微的变化：是慢动作回放一般的震惊和愠怒！

冯智勋在被绊倒的瞬间，出于本能伸手抓了一下旁边能抓的，结果抓到莫子衿的袖子，随着重力往下，只听“刺啦”一声，莫子衿的衣服从中间裂开了。

时间仿佛就此静止，所有人的目光集中在莫子衿的身上。

黑色蕾丝内衣……

好像还有D罩杯……

莫子衿石化了。

跪倒在地的冯智勋也意识到自己手里抓着什么，皱着眉侧抬头，刚看到一点春光，“唰——”一片阴影飞快地闪过，盖在了莫子衿的身上。

秦竹天把外套脱下来严严实实地遮住莫子衿，愠怒地瞪向冯智勋：“同学，把你的手拿开。”

冯智勋定睛一看，自己手里还握着莫子衿坏掉的袖子呢。

“哦。”冯智勋有些尴尬，刚想要松开，忽然又意识到什么，用力抓紧，“等等。”

“同学，在我松开你的袖子之前，你是不是先得给我道个歉啊？”冯智勋挑衅地晃晃手里的袖子，看向莫子衿，“我是怎么摔倒的？”

莫子衿握拳起身，直视冯智勋：“你怎么摔倒的应该问你自己才对吧，我怎么会知道？”

莫子衿看了一眼他手里还连接着自己衣服的袖子：“你这么喜欢这袖子？”

不等冯智勋回话，莫子衿一把扯断剩下的一点连接：“好，那我送给你。”

随后，在众人目瞪口呆的表情中，她霸气地转身离开。

秦竹天深深地看了一眼冯智勋，随即快步跟上莫子衿。

冯智勋怔在原地，手里握着半截黑色T恤衣袖，其他吃瓜群众也是一脸呆然。

莫子衿本来就很有名，冯智勋也是新晋名人，两个有名的人上演了一场这么有名的“风光一扯”，就更加有名了。

用冯智勋的话来说就是：“这丫头，套路爷。”

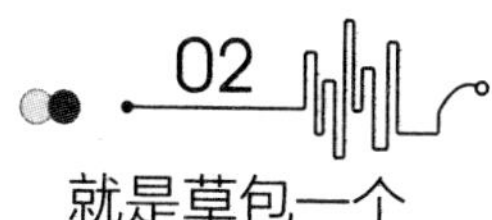

就是草包一个

可是用莫子衿的话来说，真是偷鸡不成蚀把米！

她就是那把米！

莫子衿拿着马桶刷子把自己关在厕所里，拿洗马桶来发泄心里的怒火。

她原本是想让他出丑来解心头之恨，可是现在出丑的人怎么反倒成了她？！

“啊——”

与她的愤愤大喊不同，同一时空下，另一处则有笑声响起：“呜哇哈哈哈哈哈……”

这样魔性的笑声来自白宇飞。

他在别墅里把玩着冯智勋带回来的那半截“战利品”，止不住地狂笑。

“我说，小勋勋你是不是太狂野了？就算看上人家，也不用这么创新吧？”白宇飞用指关节擦拭掉眼角泪花，清清嗓子，说道，“你让人家姑娘怎么下台啊？”

“看上人家？”冯智勋皱眉，“明明是她先绊的我好吗？”

他到底有没有认真听话?

白宇飞耸耸肩:“可看她回应你的方式,好像没对你有好感吧。”

冯智勋歪靠在沙发上,左手托着半边脸颊:“她才是手法创新,想要给我留下一个强而有力的印象,脱颖而出。”

白宇飞挑眉,十分怀疑地拖长语调:“是吗?”在他听来,这故事好像并不是这个走向。

“喀喀,或者说她不是喜欢你才这么做的,而是讨厌你?”白宇飞试图提供一个新的思路供冯智勋参考。

“讨厌我?”冯智勋努力回想,他确定来X大报到之前没见过莫子衿,来X大后也没和她有任何接触。他否认了白宇飞的新思路,说:“如果她真的讨厌我,那就只能是一个原因,我太优秀了。”

白宇飞郑重其事地点头,他对冯智勋的自我优越感早就习惯了:“那你接下来准备怎么做?”

“什么怎么做?还是按照原计划,继续准备歌唱比赛的事啊!”冯智勋顺着白宇飞的手指看去,目光落向茶几上的战利品,微微挑眉,“至于她嘛……”

就且再看看她还有什么滑头可耍。

白宇飞的话又把冯智勋的注意力拉回来:“冯氏集团明天可是有会要开,这也是你回国后的第一次家族会议,你不打算去吗?”

冯智勋漫不经心地拿过茶几上的笔记本电脑:“不去,就说我功课繁忙,去不了。”

白宇飞睨他:“你是想让你爸断了你的银行卡?”

冯智勋点点头,手指在键盘上没闲过:“也对,那视频会议吧,我就不参加了,你替我开。”

白宇飞翻白眼:“我怎么替你开啊?”

冯智勋勾唇,把笔记本电脑递到他手里:“我弄好了,到时候你按回车键,那边就会显示出我的动态图像,他们就会以为摄像头前坐的是我。”

白宇飞傻眼了，盯着屏幕里时而托腮、时而把玩宝丽来钢笔、时而皱眉深思的冯智勋：“可……可是万一你爸要和你交流，你憋着不说话也不行啊，要是我开口不就穿帮了？”

冯智勋凑过来，又点开一个音频软件：“这个不难，到时候你把麦连接这个软件，你的任何一句话转换出来都会是我的声音。”

白宇飞的眼睛都瞪直了，他火速从二楼拿下来一个话筒连上，进行实时实验。果真，随着屏幕上软件的声线起伏，传送回耳机里的当真就是冯智勋那独一无二的嗓音！

“原来你在美国学的就是这些啊！”白宇飞惊讶得声音颤抖，面对面前这个拥有极端犯罪天赋的好朋友，不知该做何种表情啊！

冯智勋拍拍白宇飞的头，起身啧啧道：“我只是录了我的声音，将声线覆盖在你的声线上，就这么简单而已。宇飞，多学点知识，少去泡点妞，你也能这么厉害的。”

白宇飞：“……”

月下星辰，枝头蝉鸣切切。

现在已经九月，暑意还是没有完全消散。

冯智勋进入二楼房间，没有开灯，径直走到窗边往外看了一眼，隐约可以发现树后有人影闪动。

冯智勋轻轻勾唇，只当没看到，往床上躺去。

嗯，校园生活真是越来越有意思了。

第二天一早，莫子衿有课。

许跳跳的建议是不要去上：“昨天你在食堂的事，已经传得连X大的耗子都知道了，你真的要去上课？”

“那我是不是从此以后都不出宿舍门了？”莫子衿虽面无表情地反驳，但心里做不到毫无波澜。

昨天丢脸的一幕幕还鲜活地在眼前浮现，她仿佛能看到出去后大家集体假模假式掩笑相望的画面。

许跳跳把书本抱在怀里，深呼吸，对莫子衿竖起大拇指：“子衿，为你的勇气点赞！”

莫子衿把书本塞进包里，选了一双最舒适的运动鞋换上，视死如归地走出宿舍。

从宿舍楼走到建筑系，原本需要十分钟，但莫子衿在众人含笑的注目礼下提前完成了。

不过坐在教室里的这四十分钟是没办法按快进键的，莫子衿只能硬着头皮盯着黑板，接受所有人的窃窃私语及目光注视。

她的后背就像打了钢板一样，挺得笔直，她淡定地盯着教授一张一合的嘴，事实上一个字都没听进去。

许跳跳佩服又悲悯地扭头看着坚强的莫子衿，一时不知道该怎么办才好。

不想，课上到一半，一个快递打破了平静。

“请问莫子衿小姐在吗？”一个快递员小哥敲了敲敞开的大门，打断教授的讲话。

所有人再次统一望向莫子衿。

莫子衿顿了顿，狐疑地举手：“我就是。”

快递员小哥大步流星地踩上台阶，把手里的盒子放到莫子衿面前：“这是你的快递，请查收。”

这时教授的脸垮下来，双手撑着讲台清嗓子刷存在感：“莫子衿，你是在我的课上逛淘宝了吗？”

莫子衿刚想说话，不知道是谁好事儿地应了一句：“教授，这是专属快递，不是淘宝。”

大家哄堂大笑，催化教授脸由红到紫。

这时许跳跳八卦心燃起，不怕死地帮莫子衿打开盒子：“咦，这好像是一件衣服啊！”

许跳跳拎起来，一件黑色的T恤出现在眼前。

这么明显的礼物，瞬间击中每个人的笑点，大家再一次哄堂大笑。

这时莫子衿的脸也紫了。

是冯智勋那个家伙！他分明就是故意的！

幸亏莫子衿平时成绩不错，颇得教授欢心，黑色T恤事件由她写一千字检讨书交上去得以草草了结。

下课后，莫子衿黑着脸瞪着手里的T恤，瞪着自己被具象的羞耻，整个人燃起愤怒的火焰。

许跳跳给她出主意："不然……你有样学样，也趁他上课的时候送点什么过去？"

莫子衿摇头，别人玩剩下的她才不玩。再说了，说不定这家伙就等着她这样做呢！

当许跳跳看到T恤的牌子时，她皱起的眉瞬间舒展："哇，这件衣服是阿玛尼的呀！子衿子衿，你看哪！"

眼看许跳跳要变节，莫子衿不悦地打掉衣服："那又怎么了？"

"如果是阿玛尼的羞辱，那就没什么好生气的了呀。"许跳跳义正词严地给出一个理由，仿佛刚才那个和莫子衿同仇敌忾的人根本不是她。

莫子衿刚想给她一个栗暴，这时一个好听的声音响起。

"这件衣服挺好看的。"秦竹天从许跳跳手里拿过衣服，打量了一下，说。

许跳跳找到了盟友，大眼睛更加明亮："是吧？是吧？秦学长也觉得好看吧？当然好看了，是阿玛尼的！"

秦竹天注意到莫子衿不悦的表情，便问："怎么了？在为这件衣服不开心？"

莫子衿坐在楼梯上，仰头看秦竹天："你真觉得这衣服好看？"

秦竹天微微一怔，看了看许跳跳，迟疑地点头："我觉得还不错。"

莫子衿忽然绽开一个大大的笑脸，起身拍拍秦竹天的肩："那这件衣服就送给你了。"

刚下课赶来找莫子衿的秦竹天一头雾水。

许跳跳张了张嘴刚要说话，这时莫子衿投去一记犀利的眼神："走吧，我们下面还有课。"

莫子衿转身之际，一个娇俏的身影挡住她："这件衣服不是别人送给你的吗，这样转送给学长，不太好吧？"

声线细长傲慢，还带有一点点小绵羊一般的颤音，不用看脸，莫子衿都知道是谁。

她越过莫子衿，踩上台阶在比秦竹天低一级的地方站住，娇美的脸无可挑剔，本就白皙的脸因为病了一场而再添病态美，她冲秦竹天温柔地笑道："学长，这是冯智勋送给莫子衿的。"

许跳跳噘嘴佩服："袁飞舞，真是难为你了，这生着病还跑出来，消息却比秦学长还灵通！"

袁飞舞像是没听到一样，继续对秦竹天说："我感冒发烧了几天，现在没事了，学长不用担心。"

许跳跳更是侧过头冷笑："哼哼，你怎么知道人家担心你了？"

袁飞舞是学生会副会长，和莫子衿并驾齐驱，帮秦竹天分担处理学生会的大小事务。全世界都知道袁飞舞喜欢秦竹天，为了秦竹天没少针对过莫子衿。

她漂亮得像个花蝴蝶，和莫子衿的低调朴素不同，每天把学校当走秀T台，尽情演绎什么是大胆撞色搭配，什么是她袁飞舞的时尚见解，惹得男生们把她的照片当成手机壁纸，女生们把她的打扮当成穿衣指南。

不过她的眼里只有秦竹天这一朵花，也算是一只专一的花蝴蝶了。

袁飞舞细眉一挑，瞪向许跳跳，仍然柔顺的语调多了几分鄙夷："我和学长说话，和你有什么关系？"

许跳跳也学莫子衿皮笑肉不笑地咧嘴："我只是关心你啊，这病去如抽丝，你大病一场，应该好好再休息几天啊，这么着急出来干吗？"

袁飞舞挽过秦竹天的手臂，扬起下巴："我当然是要为学长分担重担啊，我听说学长现在要调查那个神秘播音员的事，学长我……"

“子衿，调查神秘播音员的事我交给你来处理。”秦竹天望着站在平台上一直不吭声的莫子衿，就像没听到袁飞舞主动请缨一样。

莫子衿愣了一下，看一眼袁飞舞：“好。”

秦竹天推开袁飞舞的手，拿着T恤转身走了。

许跳跳最喜欢看袁飞舞尴尬的样子，掩嘴扑哧笑出了声。

眼看着袁飞舞要发作，莫子衿懒得跟她计较，便叫了一声许跳跳，转身离开：“要上课了，赶紧走吧。”

袁飞舞缠着秦竹天的把戏，莫子衿看多了，也就见怪不怪了。

一时该走的、不该走的都走了，只剩袁飞舞和她的跟班面面相觑。

袁飞舞气得差点要把漂亮整齐的牙齿都咬碎！

可难为了跟班苦口婆心地把上下五千年的历史都掏出来安抚爹毛的袁飞舞，什么“卧薪尝胆”，什么“豫让涂漆”，什么“伍子胥鞭尸”……

只是袁飞舞一个字也听不进去，望着远去的莫子衿，目光如剑。

快递事件过去两天，莫子衿把衣服送给秦竹天之后就没有再管，冯智勋那边倒是很安静，没有再有其他动作。

后来，莫子衿从八卦收集器许跳跳那边了解到，秦竹天把衣服拿给狗穿了，一条经常来学校蹭课，有段时间还做了网红的京巴。京巴套着这件黑T恤招摇过市，成为笑谈。

与此同时，歌唱比赛的报名也结束了，进入第一场初赛。

莫子衿选的初赛歌曲是飞儿乐队的一首《我们的爱》。

这首歌音域辽阔，很难唱。

许跳跳目睹前边的选手们为了求保险都是选的轻松好唱的歌，忍不住提醒莫子衿：“子衿，你要不要换首歌？”

莫子衿特干脆地回了一句：“别的不会。”

许跳跳：“……”

初赛赛制是两两PK，十轮制的淘汰赛，通过二十名学生评选投票，不断推送上去。

等到莫子衿上场，她发现学生评委里多了一个人——

冯智勋。

他根本不用出现在这里，等着进入复赛的人和他进行情歌对唱就好。莫子衿嗅到了一抹阴谋的味道。

想到之前的T恤事件，莫子衿不由有几分紧张，死死地盯着他，差点进错拍子。

他是为了T恤穿到京巴身上的事来报仇的？难道他手里拿着什么脏水要泼到她身上？

音乐响起，莫子衿闭上眼睛咬咬牙，心想：算了，兵来将挡，水来土掩。

放开后，她竟比预期唱得还好，并且在这过程中没感觉到任何危险降临。

当莫子衿再次睁开眼睛的时候，她看到台下冯智勋微笑地望着她，还是保持着刚来时的那种姿态——

左手托着右手手肘，右手捏着下巴。

他甚至没和评委们说话，没有任何互动。

好像他的出现……就是为了来欣赏她的歌喉。

不对！

莫子衿皱眉，还是觉得有些不对。

最后评选结果出来，她以十八比十三的优势，成功晋级。随后跟其他人PK，结果也是胜利的。

莫子衿还了话筒跳下台，冯智勋已经离开。她揪过许跳跳问冯智勋都干了些什么。

许跳跳双手合十，依然保持着沉迷在某人美色中不可自拔的模样，眼神迷离："啊……他什么也没干呀……就是那么站着……就那么站着，跟幅画一样。"

莫子衿有些懊恼地摇摇头，她这是怎么了，被这个冯智勋弄得草木皆兵的。

扬言要抓住神秘播音员的他或许就是个草包，这都已经三天，不是都平静如水，什么事都没发生吗？

莫子衿这么安慰自己，决定准备下一首歌曲，不去想其他。

初赛结束后，秦竹天为莫子衿安排了欢庆宴。

为莫子衿安排的欢庆宴，来的人不少，都是歌唱比赛中顺利进入复赛的同学们。

操场草坪上摆着一张长桌，食物都是从食堂里搬过来的，为了增加气氛，还从道具室里拿了几支彩色蜡烛过来。特别懂得装点的袁飞舞还拿花瓣做点缀，让整个聚餐气氛在夜晚的苍穹下显得格外浪漫又温馨。

秦竹天起身举杯："来，恭喜大家顺利进入复赛。"

大家纷纷起身，跟随学生会会长，端着果汁喜笑颜开。

袁飞舞挨着秦竹天坐，就她杯中的果汁和其他人的都不一样，是透明的苹果果汁。其实眼尖的人能看到秦竹天面前也倒了一杯和她一样的，但是秦竹天没拿，而是拿了和其他人一样的橙汁。

袁飞舞眼含柔情地看向秦竹天："竹天，我有个提议。"

不等秦竹天说，袁飞舞环顾众人，挑眉提议："不如我们交杯喝一个吧？"

这样的提议，立刻就得到了其他人的附和。

莫子衿死死盯着她，心里无语，这明摆着是一计不成又生一计的节奏啊！

秦竹天的目光刚落向莫子衿，袁飞舞就眼明手快地先挽住了秦竹天的手，整个人几乎贴上去，根本不给对方反抗的机会。

这众目睽睽、大庭广众之下，温文如玉的秦竹天自然不好硬生生把人推开。

欣赏完袁飞舞的倒贴后，莫子衿这才发现，秦竹天和袁飞舞搭档，其他人也都就近两两成对，反而她落单了。

莫子衿再次看向袁飞舞，真是不得不佩服她在挤对自己这方面真是才思敏捷，先人好几步。

莫子衿刚要单独饮下那杯果汁，突然一只手拉住了她抬起的手臂。

莫子衿扭头看去，是冯智勋。

冯智勋笑眯眯地望向莫子衿："不是喝交杯酒吗？一个人要怎么交杯？"

他左手拉着莫子衿，右手从桌上拿过一个玻璃杯给自己倒上后，再递到左手上："来吧。"

莫子衿瞪向他，本能地想要缩手，咦，竟然缩不回来……

那双透着坏笑的眼睛紧紧地盯着她，余光有意无意地投向袁飞舞。

这家伙果然很懂得利用人心！

当下，他是解围的那个，莫子衿没有不配合的道理。

莫子衿犹豫几秒，就和冯智勋一起完成了"交杯酒"。

大家起哄拍手。

看到袁飞舞一脸吃瘪的模样，莫子衿竟有些解气的爽快。

冯智勋放下杯子，笑眯眯地跟大家打招呼："我不请自来，大家不会不欢迎吧？"

女生们用自己的欢呼声表示欢迎，男生没有女生这样激动，但看在比赛奖金是冯智勋提供的分上也要尽力鼓掌。

被秦竹天推开的袁飞舞为了遮掩自己的尴尬，率先发表讲话："当然是热烈欢迎啊！冯智勋你可是我们校内用最短时间成为传说的人呢。"

冯智勋看向秦竹天，颇玩味地问："是吗？比秦学长还要快？"

秦竹天冷脸迎上他打趣的目光，注意力却一直放在他搭在莫子衿椅背的手上。

"我可是听闻秦学长高中的时候以一打七，厉害得很。"冯智勋提到这个，秦竹天黝黑的眸子里忽然有什么沉了下来。

袁飞舞见状，赶紧转移话题："对了，学弟，你和子衿很熟吗？

看你们的样子，好像很早就认识了呢。”

冯智勋转向莫子衿：“我也这么觉得。可能是前世有缘吧，虽然才认识，却觉得很熟悉。”

莫子衿冷眼看着冯智勋，如果能用眼神杀死他，她估计已经这么干N次了。不想冯智勋突然逼近她，笑盈盈地问：“你觉得呢？”

莫子衿被他这个举动吓到了，冰冷的眸子似裂开两道缝，让某人的恶意渗透进来。

不过她仍然保持淡定，保持沉默。

袁飞舞乘胜追击：“我说冯学弟，我们子衿可是很受欢迎的，人又漂亮，成绩又好，还是我们学生会的副会长。你要是喜欢人家用说的就好嘛，干吗在食堂搞那么一出，让人家怪不好意思的。”

她边说还边掩嘴笑。重提让人尴尬的事，莫子衿被架在那儿，上不去也下不来。

秦竹天蹙眉，不悦地呵斥：“飞舞，你今天话有点多。”

袁飞舞撒娇地抖了抖肩：“哎哟，可能是学长你买给我的苹果汁太好喝，我有些醉了。”

冯智勋突然像回过神来一般，重复袁飞舞的话：“喜欢莫子衿？我没有啊！”

气氛本来趋于暧昧，持续发酵，冯智勋猛地来这么一下，立刻让所有人的八卦笑容僵住，大家面面相觑，十分尴尬。

袁飞舞也有些蒙了：“没有吗？呵呵，我看你对子衿很在意、很特别啊！”

冯智勋给莫子衿倒果汁：“我看你说反了哦，是莫子衿对我很在意、很特别才对。”

完了，他又要出幺蛾子了。莫子衿嘴角抽搐：“冯同学，你想多了吧。”

冯智勋好整以暇地皱皱眉：“是吗？那为什么我觉得你对我的敌意这么强啊？”

他把锅甩给她这招更阴损啊！

莫子衿重新直视他眼底的坏笑，刚想说话，他却抢先说道："该不会你把我当成那个神秘播音员了吧？"

怎么忽然扯到神秘播音员了？莫子衿警惕地没有接话，不知道他的目的到底是什么。

秦竹天见状，说道："调查神秘播音员的事，我是交给了子衿，由她全权负责。她性格清冷，对不熟的人都不怎么搭理，特别是她觉得讨厌的人。"语气云淡风轻，但字字如刀。

大家都嗅到了火药味，识趣地保持沉默。

冯智勋看向秦竹天，笑容僵了一下。

"是吗？"他扭头又问莫子衿，"你讨厌我吗？"

该死，他居然问得认真又大声。

莫子衿完全傻了。

连一旁向来厚脸皮的袁飞舞都愣住了。她缠着秦竹天缠到全世界都不把这件事当新闻，她也没真的当面还当着那么多人的面去问过秦竹天——

"你喜欢我吗？"

莫子衿觉得自己真的遇到了奇葩，是好大一朵奇葩啊！

"你不回答，那就是不讨厌了。"冯智勋耸耸肩，很认真地说，"莫子衿，我是不会喜欢你的，在你喜欢上我之前。"

话音未落，他起身，搂住莫子衿的脖子，嘴稳稳地落在莫子衿的额头上，留下一记吻，然后潇洒地转身离去。

所有人都石化在原地。

莫子衿反应过来，站起身想要追上去冲某人踹上两脚时，他已经不见，她气恼得脖子涨红。她还是第一次遭遇这样的"劫数"！

和莫子衿相比，袁飞舞心里是雀跃的，事情虽然起伏好几次，但总归向她想要的那种方向发展了。她扭头想看秦竹天失落、悻悻的表情时，才发现秦竹天已经不在位子上了。

重头戏过去，之后的聚会变得索然无味，大家相互加了油后就各自散去了。

随之传开的是冯智勋对莫子衿像是告白的额头吻……

莫子衿被冯智勋拒绝了……

莫子衿把冯智勋当神秘播音员了……

这场欢庆宴，信息量太大。

这个晚上，莫子衿第一次尝到了失眠的味道。

…………

许跳跳半夜起来上厕所，眼睛无意间瞟到一坨障碍物，差点没被吓死。

莫子衿披散着头发靠着墙坐着，窗户透进来的浅淡月光照在她被单上，像是她的影子，一动不动，十分瘆人。

“子子……子衿，你怎么还……还没睡啊？”

莫子衿从鼻子里“嗯”了一声：“睡不着。”

她翻来覆去就是睡不着，脑子里是挥之不去的冯智勋那张猝不及防凑近的脸，耳朵里反复回响着冯智勋的话——

“喜欢莫子衿？没有啊！”

“莫子衿，我是不会喜欢上你的，在你喜欢上我之前。”

许跳跳不明所以，拉莫子衿去到洗手间，想让她洗个冷水澡，镜子里她通红的额头又把许跳跳吓了一跳。

“子衿，你这额头又是怎么了？”

莫子衿低头不去看：“没什么。”

她为了去掉冯智勋留下的那个吻的感觉，用毛巾不停地擦额头，几乎要蹭掉皮了。

与此同时，在莫子衿和睡眠做斗争时，冯智勋正坐在电脑前整理每个选手唱歌的音频。

白宇飞拿红酒过来，瞟了一眼有些心不在焉的某人：“怎么样？有什么进展吗？”

冯智勋："已经剥离出他们每个人的声音频率，只要有原版进行比对就可以得出结果了。"

白宇飞凑过来看着屏幕上他看不懂的软件界面："真的假的？"

冯智勋接过红酒抿上一口："这些对我来说是小儿科，哪里用得着你怀疑。"

白宇飞拍冯智勋的肩："行啊，看来你没白去联盟啊！老实说你如果继续留在M国，前途也不比回来差啊！"

冯智勋苦笑："你知道我回来的目的。"

白宇飞点点头："我知道，你哥哥也知道。你一入校就搞这么大动静，真的没关系吗？"

冯智勋盯着血红色的酒液在玻璃杯内晃荡，无可挑剔的脸折射出迷离的光来："我还嫌动静不够大呢。"

白宇飞往沙发上一靠，点头："好吧，你需要帮忙的时候说一声。对了，晚上不是说好一起吃饭的吗？你去哪儿了？"

冯智勋笑而不语，和白宇飞碰杯，回忆渐渐展开。

…………

他从操场离开，刚进入教学楼就被后边追来的秦竹天叫住："冯智勋，你站住。"

他转身，一记拳就嗖地砸了过来。

幸好他躲闪得及时，不然就要破相了。

震惊过后，他望着秦竹天哑然失笑："没想到传说是真的，斯文温和的秦学长真会功夫啊！"

秦竹天一点也没搭理冯智勋的调侃，而是无比严肃地警告道："不要招惹莫子衿。"

看来，刚才的吻成功惹毛了秦竹天。

他双手抱臂笑问："为什么？据我所知，她还没有男朋友。"

秦竹天目光骤冷，去掉眉眼间的温和后，他也可以冷若冰霜："她有，是我。"

四目相对，冯智勋好整以暇地点点头，不置可否，丢下一句“是吗”便转身离开。

…………

“我去当了一回情敌。”

“什么？”白宇飞差点没被红酒呛到。

回想恶作剧过程，冯智勋心情大好，盯着天花板上硕大的水晶灯问：“你说，那个神秘播音员的下一次播报，什么时候会出现？”

白宇飞修长的双腿交叠靠在茶几上，仰起头：“不知道，学校发生事情了，神秘播音员才会出现的。”

冯智勋突然一激灵，噌地从沙发上站起来，把红酒杯放下：“白宇飞，我们收拾收拾回学校住。”

“为什么？”白宇飞错愕，他不是因为嫌学校宿舍太小才来这里住的吗？况且这里离学校只有五分钟的车程！

此时，冯智勋已经消失在通往二楼的转角了。

他说风就是雨，一会儿一个主意，白宇飞忍不住翻白眼！

当初冯智勋嚷嚷着要在外边住，又没办法临时买，白宇飞就把老爸作为监督点给他准备的这套别墅收拾出来，让冯少爷住进来。为了革命情谊，心甘情愿自己也跟着住进来，现在才住了没三天……

真是宠爱朋友一时，祸害自己一世！

半夜一点五十五分，白宇飞帮忙拖着三个大行李箱，和冯智勋回到了宿舍房间。

某人哀号：“也是醉了好吗！”

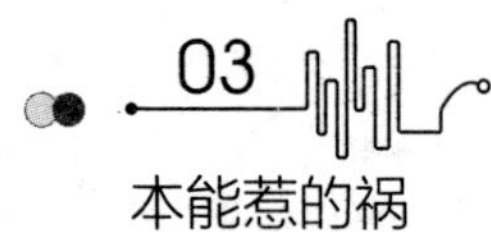

本能惹的祸

问：特别逗的是什么呢？

答：是无所不及的巧合。

莫子衿顶着厚到可以夹三明治的黑眼圈，碰到打哈欠的冯智勋。

两个人在教室过道外狭路相逢，彼此无缝衔接的疲倦气场，让看官又多了几分好奇——

“你们两个昨天晚上这是？”

“难道你们……”

“不是吧，进展这么神速？！”

莫子衿瞪着冯智勋，尴尬到不能再尴尬。

她身边的许跳跳和冯智勋身边的白宇飞几乎同时吼道：“我做证他昨晚一直都跟我在一起！”

许跳跳和白宇飞四目相对。

许跳跳眨巴着眼睛，顿了顿补充：“子衿昨晚是……是失眠了。”

这是什么解释？越解释越乱！莫子衿想要阻止许跳跳，但已经来不及。

白宇飞双手插口袋，跟着补充：“智勋昨晚是累的。”

有人听到这话扑哧笑出了声来，交头接耳的嗡嗡声像蜜蜂采蜜一样。

许跳跳和白宇飞再次四目相对，尴尬更甚，不知道眼睛要看向哪边才好。

怎么明明解释了，却更说不清了呢？

这时，冯智勋突然神还原昨晚靠近莫子衿的姿势：“失眠？昨晚是想我了吗？”

莫子衿经过一夜的“冯智勋声像”轰炸，现在又被袭击，出于人类的自我保护本能，下一秒她狠狠地踩在对方的脚背上，并快速跑开。

一口气跑回教室，莫子衿的情绪像撒开的大网，哗啦一下全然释放，狼狈、紧张、羞恼交织。

她维持这么久的平和形象，被那个叫冯智勋的家伙给接二连三地打破了！

因为他，食堂她暂时不能去了。

因为他，难道之后走在校园里她还要退避三舍吗？

不，她莫子衿什么时候这么没出息了？！

莫子衿回到座位上，扭头看向窗外对面的教学楼，决定反击。

“你在看什么？”一个好听的声音在门口响起。

莫子衿回神看到门口的来人，立刻低头：“没看什么，在记英文单词。”

秦竹天左手一瓶牛奶，右手一个面包，走过来放到她桌上：“吃完再用功吧。”

“谢谢。”

“昨晚没睡好？”尽管莫子衿反应迅速地低头，秦竹天还是看到了那不可忽略的黑眼圈。

“嗯……”莫子衿咬着牛奶吸管，不置可否。她还是第一次像这样不敢看秦竹天的眼睛，也不知道在心虚什么。

“应该是……学习太累了吧。”秦竹天抿抿唇，努力绕开到嘴边的名字，顿了顿，道，“你这样我会心疼的。”

莫子衿怔了怔，抬眸。

现在是早餐时间，教室里只有她和他。

她坐着，他就站在她面前。

晨曦的光落在教室的课桌上，折射出好看的光晕，黑板是背景，映衬着秦竹天蔚蓝色的衬衫。他眉眼里的温柔好像自动感应一样，对上她就会开启。

他们两家是邻居，彼此算是双方成长的见证者。

有一种孩子可以做到表面和私下一样乖，懂事得像个大人，秦竹天就是这样的人，像永远向阳而生的向日葵。

他喜欢她，她一直都知道，他从没有说破，她就装傻。

这是默契，莫子衿并不想打破。

感情之所以微妙，就是因为不说时有之，说时又不像有之。

被莫子衿的注视弄得有些无措，秦竹天笑了笑，说道：“冯智勋应该没再来骚扰你了吧？如果他还来骚扰你，你跟我说，我去帮你教训他。”

提到了正主，莫子衿垂眸：“我自己会解决，你不用担心。”

秦竹天的笑容一下子收起，脸色变得严肃：“子衿，季文涛的事现在还没完全结束，这段时间你最好按兵不动。”

庆宴会上，秦竹天当着大家的面宣布把调查神秘播音员的事交给了她，就是想要保护她。

莫子衿勾唇，似在自嘲：“我知道，大家都想抓到那个神秘播音员。”

两人说话间，有同学陆陆续续地来了。

秦竹天不方便再开口，便轻拍了一下莫子衿的头，转身离开。

许跳跳没有按时回来，回来的时候脸颊红红的。

莫子衿问她，她也不说，上课上到一半的时候居然还哭了起来。

这把莫子衿给吓到了。要知道许跳跳人如其名，每天都是跳着过的，见她哭一般只会有两种情况 ：看韩剧的时候被感动到哭；被人欺负了委屈大哭。

结合实际情况，很显然，今天是后者。

借着肚子疼的说辞，莫子衿扶许跳跳去医务室。

耐着性子问了好几遍，莫子衿才问出来她的眼泪是为何而流——

“子衿，你知道吗？”

“知道什么？”

“白宇飞他他他……”

“他怎么了？”

“他居然约我去吃饭了，哇……”

莫子衿提到嗓子眼的心重重地跌在许跳跳毫无建设性的眼泪里，像拳头打在棉花上。

她站起来转身想走，被许跳跳拉住：“哎，子衿，你是不知道，这白宇飞可是美术系的雕塑美男，每天想找他吃饭的女生不计其数。这对我来说就是中头彩啊，我怎么可能不感动得痛哭流涕呢？”

“那你一个人感动去吧，我就不陪着你浪费眼泪了。”莫子衿面无表情地推开许跳跳挽留的爪子，她心里一万匹野马奔腾而过，不跟某人计较全看在室友两年的情分上。

许跳跳不依不饶，大眼睛瞬间转换成两台扫描仪：“莫子衿，你是不是嫉妒我？”

“嫉妒你什么？”莫子衿骇然，这跳跃思维真是捅破天际。

“白宇飞约我，冯大公子却还没有对你有所表示。”

千言万语堵在喉咙口，莫子衿一时间不知道该说哪一句，她扭头看向门口：“这校医怎么还没来？我去请一请，不行的话就送你去医院，你病得不轻。”

“喂，莫子衿，你回来！我还没跟你说完呢，你回来……”

莫子衿离开校医室，沿着长廊走向体育馆。

校医室和体育馆挨得很近，中间的长廊还用玻璃打造成一景，下雨的时候站在里边，既不会被淋湿又可以看两旁的风景。

当初是为了方便在体育馆运动时意外受伤的同学，所以学校把校医室挪到这边来。

校医不是在校医室里待着，就是在体育馆里。

经过体育馆就能进入教学楼区域。

不过体育馆只会在下午开放，现在是上课时间，按理说体育馆的门是不会打开的。

莫子衿经过体育馆的时候，无意识地朝门口瞥了一眼，竟看到门半掩着。

有人在里边?

莫子衿驻足,站在门口听了一会儿,没听到里边有打篮球的声音。

凭借着对事物的敏锐触觉，强烈的直觉告诉莫子衿这里边有重大新闻。

莫子衿左右环顾，没有人，她的手轻轻地落在门把手上，慢慢推开门，尽量不发出一点声音。

空旷的体育馆声音回响的效果特别好，没有人的时候，甚至能听到自己的呼吸声。

莫子衿蹑手蹑脚地往里走，借着柱子隐藏身体，慢慢探头，就这样看到两个高大的男生立在篮球架下，相对而站，似在说着什么。

高高的格子窗外边透进来的光，将他们两个人的身影投在黄色的地板上。

从莫子衿的视角看去，可以清楚地看到那个面向自己的男生穿着黄色的篮球背心，留着清爽的寸头，立体的五官清晰可见，他就是学校篮球队队长卫天明。

而背对着她，和卫天明说话的男生，虽看不到脸，但身影是那么出众和熟悉。

他们说话的声音很小，像在交谈着什么不可告人的秘密。

事实上，躲到这里说话，自然是不想让人看到和听到。

莫子衿心里按捺住狂喜，稍微分析了一下靠近的路线，一点点不动声色地从观众席那边靠近。

借着一张张遮挡视线的桌椅，莫子衿成功进入了可以窃听的范围中。

卫天明："怎么样？成交吧？"

卫天明："这事儿你不亏，以冯氏的名义冠名我们篮球队进入联赛，也是为冯氏争光啊！"

"可是你们球赛没有成绩，让我强行带你们进入联赛，那等于作弊。"

冯氏？

莫子衿慢慢探出眼睛，在卫天明侧过脸的瞬间看清另一人果然是冯智勋。

她迅速缩回脑袋，整个人蜷缩成一个稳稳不动的球，心"怦怦"狂跳！她才不要出现电视剧里凡偷听一定会被发现的桥段。

卫天明："以冯大公子的能力，这是小事。接下来会有一场和H大的比赛，冯大公子稍稍计划一下，就能让我们赢的。"

冯智勋没声音了。

莫子衿再次探出视线，看到卫天明竟递给冯智勋一个厚的信封。

冯智勋盯着信封，伸手接过了。

莫子衿抱紧自己的双膝，盯着地上的灰尘，听到两个人先后离开的脚步声。

确认他们走后，莫子衿才从椅子后边站起身，一点点地迈下台阶。

刚才她看到的是交易现场吗？

冯智勋接过的信封里，应该是钱。

卫天明说得很明显，是让冯智勋在接下来和H大的比赛里想办法让卫天明队获胜，从而得到进入联赛的资格。

冯智勋缺钱吗？

那栋图书馆还明晃晃地立在学校一角，熠熠生辉呢。

可是他接了钱是事实。

莫子衿没想到许跳跳这一哭也不是全然浪费，误打误撞让自己发现了冯智勋的大把柄！

她正愁没什么办法将冯智勋打击回去呢，这显然是个好机会。

只是……

莫子衿兴奋后，还是没办法解释其中不符合逻辑的部分——

冯智勋不缺钱，又怎么会为了钱而答应卫天明呢？

如果这个答案无法搞清楚，她就无法断定整件事的合理性和真实性。

从体育馆出来，莫子衿决定调查真相。

调查座右铭就是：不入虎穴，焉得虎子。

第二天下午，歌唱比赛的复赛就要开始了。

莫子衿用大学入校起就没用过的信用卡，去买了 Hogan（意大利的奢侈品牌）的一款球鞋，用了两千块钱。

别人只道她是时尚有加，穿戴风格明显，其实天知道她只是懒得在这上边花工夫，黑色百搭也不花哨。

真没想到冯智勋一双看似普通的鞋，居然这么贵。

得，真是舍不得钞票套不出真相。

她决定拿这个去跟他套近乎。

宿舍里，冯智勋和白宇飞背对背在玩游戏《王者荣耀》，连带着三盘都是白宇飞输，原本就不怎么喜欢玩游戏的他索然无味地拿下耳机：“不玩了。”

冯智勋扭头：“再送你一套装备？”

白宇飞摆摆手：“这宿舍的天花板太矮，压得我呼吸不顺。我都想去外边兜风了。”

冯智勋起身伸懒腰："有吗？我觉得挺好的。"

白宇飞哼哼，斜眼瞅他："我以为冯大少爷是为了盯着播音员才心急火燎地搬回学校住，搞了半天原来是为了一姑娘啊！"

冯智勋扭头来了一记眼神杀。

白宇飞不怕死地挑眉："哎呀，都一记额头吻了，还否认个什么劲啊！喜欢她不丢人……"

冯智勋目光含煞："你觉得我的眼光会和你的眼光一样吗？"

白宇飞一副某人打死都不承认的模样，点头："好，那你倒是说说看，你这三番五次和她产生交集，是为了什么？"

"第一次是她主动和我有交集，第二次是我路见不平，勉强要说有第三次，也是学校里有概率的偶然相遇，哪里有三番五次？"冯智勋拍拍白宇飞的肩，"倒是你，勾搭她朋友许跳跳，是何居心？"

某人说得这么正义凛然的，白宇飞一句"还不都是为了你"就不好说出口了。

唉，还不是以为某人对人家莫子衿情不自禁，他才牺牲色相请许跳跳吃饭，让她帮忙寻找捷径吗？

吃了闷亏，白宇飞摆摆手转移话题："离你说的七天抓人可只剩下三天了，你到底行不行啊？"

冯智勋双手背在身后，气定神闲："这不是还有三天嘛，急什么？"

"……"

得，皇帝不急太监急。

冯智勋微眯眼眸，从窗门看向播音室所在的教学楼。

看来这几天是没有什么大事发生，所以晚上格外安静，又或者是因为他放出去的豪言，对方被吓得不敢了？

如果是前者，他主动制造一桩事件已经让人放消息出去了；如果是后者的话……不会的，一个敢做那种事的人怎么会这么容易被吓破胆？那不就太没意思了吗？

下午歌唱比赛复赛开始，冯智勋不用来搬搬抬抬做粗活，但也是早早就来调试设备什么的。

大家都围绕着舞台忙碌着，冯智勋站在音响设备边和几个女生聊着天。

莫子衿提着球鞋走过去唤他："冯智勋。"

冯智勋扭头，笑容明媚："咦，这不是早上见到我就跑开的莫子衿吗？你来得正好。"

莫子衿已经习惯其油腔滑调，自动忽略他那让人发怵的笑容，走过去"主动致歉"："早上的事很抱歉，我特意带了东西来跟你赔罪。"

她把手里拎着的袋子打开，笑道："希望你可以笑纳。"

冯智勋打量莫子衿温软的笑容，虽然没搞清楚她的目的何在，但敌方突然示好，一定有诈。

冯智勋伸手接过袋子，袋绳上没有涂胶水，一切正常。他再把鞋子拿出来细看，确实是正品没差。

冯智勋拿鞋子对比了一下自己的脚，居然大小合适。

"你这……"

怕他又要说出什么奇怪的话来，莫子衿赶紧开口："我问了白宇飞，他告诉我尺码的。"

冯智勋意兴阑珊地把袋子塞回给她："你还真是有心了，不过你的心意我收下，这鞋拿回去吧。"

"为什么？"莫子衿一愣，冯智勋的反应让她始料未及。

"送鞋是送人走的意思，你想送我去哪儿？"冯智勋眼底露出狡黠，"送去你心里吗？"

"那你要进来吗？"莫子衿脸只微微扭曲一下，心念一动，转而顺势迎上。她原想通过送鞋达到靠近他的目的，他要这样以进为退的话，那她索性见招拆招！

莫子衿一秒之间变了性子，冯智勋一怔，挑了挑眉。

两个人四目相对，旁边的女生自动退避三分，捂着张大的嘴巴，不知道是惊讶还是遗憾。

好像……心目中的男神已经有主了？

“等一下比赛，你赢了可以跟我对唱，我就告诉你答案。”冯智勋狡黠一笑。

莫子衿挑眉：“好，一言为定。”

只要有机会调查到真相，她假装喜欢他又何妨？

想要得就先舍，谁叫“舍”字在“得”字前面呢。

…………

“你知道吗？莫子衿主动找到冯智勋，用一双球鞋表白了耶。”

“真的啊？他们两个还真是不打不相识啊，好像偶像剧啊……”

“下午的比赛看点十足啊！”

“快走快走，这个消息得告诉别人才行。”

比赛开始，看台下边已经里三层外三层围满了人。

大家观看的目的格外统一，重点就是莫子衿能否赢得最后的对唱名额，和冯智勋来一场情歌互动！

秦竹天是被袁飞舞拉着来的，情敌奔向另外一个男人的怀抱这件这么利己的事，袁飞舞是绝对不会放过的。

到了这轮比赛，男生拼命是为了奖金，女生拼命就是为了冯智勋。

这之中唯一的例外，就是莫子衿了。

她想赢冯智勋，是想要赢得调查真相的机会。

大家都铆足了劲表现。根据赛制会先晋级三个，剩下两个晋级名额需要剩下的五个人在清唱环节打动评委，才可能获得。

游戏规则是，一旦和别人唱了一样的歌，就代表着要和对方 battle（对决）。

碰巧，准备了五首歌的莫子衿还和别人唱到重复的了，对方还主动指明要和她 battle，扬言她唱什么，自己就唱什么。

莫子衿看向评委席，只见冯智勋托腮道：“现在大家的票都投完了，只剩下我。你和容佳佳的票数一样多，你能打动我的话，我的票就是你的。”

容佳佳气势汹汹地拿着话筒，瞪着莫子衿。

莫子衿唱歌不错是在KTV里练的，和容佳佳这种声乐系科班出身的人还是不能比的。

比赛进入白热化，大家的观赏兴致更加浓郁，绝地反击是最精彩的戏码，大家都想看莫子衿能否做到。

莫子衿望着冯智勋，脑子飞速旋转，刚才容佳佳已经唱了一首难度很大的《K歌之王》，现在她无论唱什么，想要展现自己的优势都很困难。

时间仿佛静止一般，大家都屏息望着台上。

莫子衿暗暗深呼吸，脸颊开始红起来，心中有主意后，闷声问：“冯智勋，是不是只要打动你，我就可以赢？”

“当然。”冯智勋双手抱臂，切入认真模式。

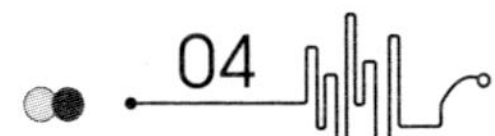

感情这种事，没有对错，只有愿意和不愿意

死就死吧！

莫子衿闭上眼睛，左脚往左蹬去，鼓起勇气重新睁眼，开始！

“我们一起学猫叫，一起喵喵喵喵喵……在你面前撒个娇，哎哟喵喵喵喵……”

莫子衿双手握拳，脚轻轻踮起，配合歌曲努力跳出可爱无辜的撒娇舞蹈。

她冰冷惯了的眉眼此时带着破釜沉舟的味道，涨红了脸，让在场的每个人都感觉到了她的努力、她的自我突破、她从未被人看到过的另一面。

静止！

静止！

再静止！

大家大笑着鼓掌，一个个仿佛看到了比 UFO 还要稀奇的事物。

站在最外围的秦竹天呆在原地，没有大笑也没有鼓掌，他的眸光就像定在舞台中央，脸上的温柔难以言说。

比起别人的震惊，他只是许久未见的恍惚。

在外人看来，莫子衿是冷的，就算偶尔展露的笑容里都透着挥之不去的凉意。她没有过多的情绪，不多话，做事利落，少了女孩子的柔弱和一些粉色特性。

可是秦竹天是见过的。

在无人的时候，在她放松的时候，她也有明媚可爱的一面。

袁飞舞缓缓从陷入回忆的秦竹天侧脸上收回目光，她的脸不能再臭了。

原本以为莫子衿输定了，现在……她居然使上这一招！

如袁飞舞一样，又惊又气的还有台上的容佳佳，是她输了……是她低估了莫学姐的求胜欲啊……

短短两分钟的表演对于莫子衿来说，仿佛一个世纪那么长，她每一秒都觉得下一秒要被自己恶心到晕倒过去了。

雷鸣般的掌声中，莫子衿瞪向手抚在鼻子下方的冯智勋，闷声说道："表演完毕。"

现在她的重头戏闭幕，剩下的就看冯智勋的了。

冯智勋清嗓子，起身。

只见他轻巧地迈到台上，朝莫子衿走去。

台下的秦竹天皱眉，身体下意识地往前，却被袁飞舞死死地挽住："学长你要干吗？"

冯智勋眉眼间的笑像石子投入湖心时荡开的一层又一层的涟漪，他这一次紧绷住的笑容在莫子衿看来比之前的任何一次都可恶。他从容佳佳的手里拿过话筒，突然握过她的手，扬起嘴角："莫子衿，我想和你唱。"

莫子衿愣住了。

他的手很大，能包裹住她的整只手，他的力道看似轻却不容挣脱。

他忽然凑近她，脸颊贴近。

莫子衿听到耳边传来他含笑的声音："其实你不用学猫叫，我也会站在你这边的。"

莫子衿霍地瞥向他："为什么？"

冯智勋却笑着退后一点，拿着话筒说："我说过了，在你喜欢我之前，我是不会喜欢你的。"

台下再次响起阵阵欢呼声和掌声。

莫子衿愕然，突然反应过来她被这家伙摆了一道。

他故意把脸凑到她的左边，让她的脸对着台下。

大家只看到她动嘴皮子。

他平白无故来这么一句话，所有人都以为她刚才是冲他表白了！

这该死的家伙！

台下，袁飞舞开心地看向秦竹天："学长，我就说他们两个很登对吧，你还不信。"

秦竹天冷冷地瞅了她一眼，转身离开。

袁飞舞笑容慢慢淡去，她不明白，比起莫子衿，她什么都有，为什么秦竹天从来不拿正眼看她。

自从看到他那一刻开始，她的眼睛里就装不下别的男生。

她喜欢他，有什么错？

袁飞舞望向台上的莫子衿，望向这个此时此刻占尽风头的讨厌鬼，气不打一处来。

这时她听到身边有女生小声抱怨："好不容易有一个男神，怎么这么快就被捷足先登了……"

见状，袁飞舞递过去一个水瓶，幽幽提醒："是啊，太可恨了，真该打。"

水瓶呼地飞向了台上。

莫子衿锁定飞来之物，刚要伸手去挡，一个身影先一步挡在了她的面前。

眉眼相对，水瓶砸在他的后背上发出一声闷响。

莫子衿有一米六五，被冯智勋护在怀里时，顿时觉得自己身高缩水不少。

她抬眸，他的笑容没有因为突如其来的水瓶而撤去：“看来你要成为众矢之的了，快离开这里吧。”

说着，冯智勋带莫子衿下台离开。

就这样，两个人一前一后走到体育馆后边的假山处。

莫子衿甩了甩冯智勋的手：“哎，可以放开我了吧？”

冯智勋松开手。

莫子衿瞅他一眼：“刚才不用你，我自己也可以躲开那水瓶。”

冯智勋双手插进口袋：“我知道。”

莫子衿想了想：“你觉得我会被你感动？”

冯智勋耸肩：“很显然，效果不佳。”

莫子衿眉头紧锁：“你让别人都误会我喜欢你，到底想干吗？”

冯智勋像上帝特意费心思雕刻的五官上露出狡黠的神色，他指着她一字一句道：“如果我记得没错的话，是你费尽心机想要接近我吧？难道说你的目的和别的女生都不一样？”

最后一句试探，让莫子衿心一沉，她迎上他犀利的目光，故作被识破，叹气道 ：“我本来想之后再慢慢套路你的，唉，现在撩人真难。”

他这么自恋、傲娇的一个人，她索性照着他的流程走，应该不会错吧。

冯智勋却绕着莫子衿慢悠悠地转起圈子来：“莫子衿，你眼睛里对我的敌意可不是装出来的，那种从心里透露出的鄙夷是装不出来的。追我的女生那么多，我分辨得出你说的话是真的还是假的。所以……”

莫子衿暗暗咽口水，默默等着他的逼问，“所以你还是乖乖说出你到底想干吗吧。”

“诬赖你喜欢我才更有意思啊。”

莫子衿陡然一怔，他居然没有乘胜追击。

“想不到堂堂冯氏集团的少公子，整天无所事事，无聊到不是想要抓到那个神秘播音员，就是要诬赖女生喜欢你。”莫子衿哑然失笑，“我很好奇，你这样继承得到家业吗？”

冯智勋挑眉：“你很关心？”

莫子衿继续曲线救国：“出于同学间友好的关心而已。这样不务正业的你会不会早就被家里人放弃，为了钱会做一些违背良心和道德的事呢？”

她没有看到他嘴角刹那间闪过的笑意。

冯智勋盯着莫子衿，笑意渐深：“这样啊，那不如你就待在我身边，好好督促我一下，说不定我良心发现，改过自新，还能天天向上。”

他飞快地捏了一把莫子衿的脸颊，转身跑走几步，又回头冲莫子衿招手：“还不快跟上，你下节不是必修课吗？”

莫子衿抓起地上的石子朝某人扔过去，某人好像后脑勺有眼睛一样，灵巧地躲开了。

必修课上，莫子衿走神了。

冯智勋似乎并不在意她的目的是什么，相反，他很有把握不管她是什么目的，他都能很好地防范一般，允许她的接近。

难道他真的只是觉得捉弄她好玩？

莫子衿反复咀嚼冯智勋的笑容和眼神，答案是倾向否定的。

偏偏，她为了调查真相，明知是陷阱也要顺应他的安排。

莫子衿渐渐意识到，或许这就是冯智勋的目的。

晚上，莫子衿拿着一袋膏药贴出现在男生宿舍楼下。那一记水瓶砸的声音很响，他现在后背应该青了一块。

怎么说，他也是为了她才受伤的。

莫子衿徘徊在楼下，不知道该不该叫冯智勋下来。

这边白宇飞回到宿舍，看到冯智勋就这么在窗边坐着，手无意识地开关着台灯，明显是在神游。

他笑了，又笑了，抿起了唇。

白宇飞故意重重地清了几下嗓子，某人还是没有发觉。

“咦，莫子衿，你怎么来了？”

白宇飞双手抱臂靠着床，看到冯智勋乖乖地扭过头来。

“想什么呢，想得这么出神，我一提莫子衿，你倒回神了。”白宇飞垂眸，握拳放到鼻下，努力掩饰笑意。

“没什么。”冯智勋云淡风轻地丢出三个字，嘴角的笑意还没消散。

白宇飞好整以暇地点点头，上前扯下冯智勋的衣领。

被水瓶砸中的地方一片瘀青。

白宇飞戳他的瘀青：“嗯，是没什么。”

冯智勋微微皱眉，拿过镜子看了一眼：“真没想到现在的女生力气这么大。”

白宇飞拉过椅子拿出药箱里的冰袋给他冰敷：“我也没想到你会上演这么俗的一场英雄救美啊！哎，冯公子，我能采访一下当时你是怎么想的吗？”

“我只是觉得她挺可爱的。”冯智勋眉眼微动，答非所问，“你不觉得不苟言笑的她突然跳起《学猫叫》，简直超级萌吗？”

白宇飞瞅他一眼，不动声色地拿出手机拨了备注“1”的号码。

下一秒，冯智勋放在桌上的手机响了起来——

“我们一起学猫叫，一起喵喵喵喵……”

白宇飞惊呼：“冯智勋！你该不会真的对她……”

冯智勋一个扭头，很严肃地夺过他的手机挂掉电话。整个寝室安静下来，冯智勋扭回头去：“你知道今天在假山旁她对我说了什么吗？”

“什么？”

“她旁敲侧击提到了我在体育馆收卫天明钱的事。”

“你确定？”

“嗯，我确定。那是我故意布的饵，她如果不知道，不会无缘无故提及。”

“那你的意思是……”

“她应该就是那个人。”冯智勋笃定地眯起好看的眼，“这就说得通，她从食堂的绊脚开始，明明眼里对我没有爱慕，为什么还费尽心思接近我了。”

那个在别墅外出现过的黑影。

那个他原本无须在意，但现在需要在意的人。

白宇飞知道冯智勋说的是谁，他想了想，提出疑问：“那为什么她不能是神秘播音员呢？”

冯智勋再次透过窗看向对面的教学楼：“那就看那人到底会不会把这新闻报道出来了。”

“这样说的话……”白宇飞眼珠子直转，“你是不会下去见莫子衿喽？”

冯智勋一怔：“她在楼下？”

“对啊，刚才我上来的时候，看到她……”白宇飞话还没说完，冯智勋就跑出了寝室。

冯智勋一步跨过三级台阶，缩短时间来到楼下，却没看到白宇飞说的莫子衿。

她是走了吗？

冯智勋在原地站了良久，仿佛闻到了空气里滞留的麝香味。

入夜后。

在播音室所在的教学楼下，一个敏捷的身影晃进楼内，快速来到楼梯处往上走。

这栋教学楼不是主教学楼，平时白天都是提供给医学院的学生做实验用的，晚上根本不会开灯浪费资源。

有时候，偷偷幽会的男女生为了寻求刺激，会来这里趁着夜色你侬我侬。

但自从有神秘播音员出现之后，大家逐渐有了忌讳，谁都不敢来了。

身影悄无声息地踩着阶梯往上，来到三楼的播音室。

在拐角处，突然从角落里蹿出一个新的身影拦住对方。

两个身影借力去到窗边。

借着昏暗的灯光，两个人都看清了对方的脸。

秦竹天："不是让你这段时间按兵不动的吗？"

莫子衿："我上来的时候都看过了，没有埋伏，没有其他人。"

秦竹天："不行，你跟我来。"

话音未落，莫子衿就被秦竹天拉下楼。

路灯下，莫子衿甩开秦竹天的手，严肃道："我有事情要宣布。"

悄无声息的草丛里传来不息的虫鸣声。

秦竹天的脸隐匿在树下的阴影里，有些模糊："宣布什么？宣布你喜欢冯智勋？"

他的声音怪怪的，语气更是怪怪的。

莫子衿怔住："什么？"

秦竹天不说话，侧着脸，陷在一股特别别扭的气氛里。

秦竹天从来没有和她置过气，就算之前她第一次"借用"播音室，他极力反对，也没有对她发过脾气，到后来甚至全力支持。

莫子衿以为他是懂她的。

现在他居然用这种口吻来质疑她神秘播音员这个身份……想到这里，她失望地垂眸："当然不是。"

在宿舍，莫子衿详细地搜寻了冯氏集团的相关情况，得知冯智勋的上头还有一个哥哥叫冯智尧。

相比冯智勋只在学校里的风云影响，冯智尧时常出现在各大媒体上，风度翩翩，得体自如，拥有冯氏集团的形象代言人的身份，颇受重视。

冯董事长虽然健硕有加，集团的事情都是亲力亲为，但不免有人好奇接下来冯氏集团的接班人会是谁。

更有小道消息称，冯智勋是表面风光的二公子，在家族内部其实不如哥哥冯智尧来得有权力，来得风光。

结合各方的消息，在莫子衿看来，好像冯智勋顶着光环却还要接受卫天明的小小贿赂变得更真实可信了。

虽然还没有确切的证据，但为了学校的声誉和之后比赛的公平性，莫子衿决定提前宣布这件事，先破了冯智勋的行动计划再说。

秦竹天的突然出现，让莫子衿意识到需要改日再来：“我先走了。”

她越过他想要离开，却被他轻轻拉住手腕。

“子衿，我喜欢你，喜欢了很久很久。”

秦竹天声音低低的，貌似没有准备就这么说了出来，可天知道他在心里酝酿了多久。

“你知道的。”秦竹天望向不语的莫子衿，恳切地补充道。

莫子衿的心塌陷出莫名的形状，半晌后，她道：“我知道。”

高三毕业晚会的那一天，所有人在学校的体育馆举行盛大的派对，大家不分班地都聚在了一起。

他请她跳舞。

中场熄灯的时候，他用很小的声音说过“我喜欢你”，只是因为灯再次亮起的时候，她下意识地挪开了半寸的距离，并且表现出并没有听到的模样，让他以为她没听到。

其实，只是因为在听到的刹那，她没有心动的感觉。

莫子衿很清楚，自己不喜欢秦竹天。

虽然他优秀如天边的明月，他是其他女生的心之向往，可她不喜欢，就是不喜欢。

莫子衿迎上秦竹天如墨的眼睛，不带一丝犹豫地回复：“但是，秦竹天，我对你没有那种感觉。”

莫子衿垂眸，越过秦竹天，往前走去。

那些电视剧里欲拒还迎的拒绝方法莫子衿做不出，那些“你很好，但是对不起”的委婉言辞，莫子衿也说不出。

在莫子衿看来，感情没有对错，只有愿意和不愿意。

她不喜欢秦竹天，无须道歉。

而她能为朋友秦竹天做的，就是给他一个痛快。

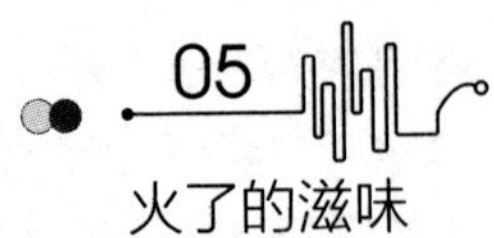

05 火了的滋味

莫子衿一觉醒来，看到许跳跳盘着双腿一动不动地坐在对面的床上，视线慢慢从手机上抬到和她平视的位置。

许跳跳：“莫子衿，你火了。”

莫子衿脑子空白两秒，才反应过来她说的是什么。

莫子衿刚拿出手机，打开论坛就看到两段点击率和转发数极高的视频：

一段是她的《学猫叫》；

一段是冯智勋护住她，为她挡水瓶。

那段超常发挥的视频她是不敢看了，而冯智勋当英雄……

她鬼使神差地点开冯智勋护住她的这段，不知道是谁特意剪辑过，冯智勋挡在她面前的那一帧画面特地重复了三遍。

莫子衿的心里突然涌起很奇妙的感觉。

她快速关掉页面，丢下手机，爬下床去洗漱。

关于火这件事，莫子衿在成为别人眼里的风景线时没察觉到，成为风云人物后没察觉到，但跳了一段舞以及和冯智勋有交集后，她切切实实感觉到了。

莫子衿按时抵达教室，刚踏进前门就看到几个男生聚在一起煞有介事地跳着《学猫叫》，看到她进来，还集体掉转方向对准她。

很好。

莫子衿假装没看到，淡定地落座。

反倒是许跳跳伸着手指头指着他们，激动地评论："你们一个个的，就是羡慕嫉妒恨！"

莫子衿刚想着许跳跳今天怎么突然这么大义凛然，下一秒许跳跳就凑过来，用肩碰了碰她，问："今天中午，你陪我出去吃好不好？"

"为什么？"

"今天……今天……"许跳跳扭捏地红了脸，"白宇飞说请我吃饭呀。"

原来是今天，那家伙这么快就付诸行动了。

想到冯智勋那拙劣的撩妹技巧，这两个人还真是默契得跟复制粘贴的一样。

莫子衿觉得不对劲："好。"

许跳跳听到某人这么简洁利落地说好，开心又兴奋地把头靠过去撒娇道："我就知道你最好了，子衿衿——"

于是，倒数第三节课，许跳跳开始化妆；倒数第二节，许跳跳还在化妆；最后一节，许跳跳在补妆。

莫子衿顶着素颜和两天没洗的长发，斜眼看到许跳跳精致到可以去拍杂志大片的妆容，很努力地把吐槽变得委婉："许跳跳，你来真的啊？"

许跳跳抿了抿鲜红的嘴唇，看向莫子衿："什么真的假的？你是说跟白宇飞吗？"

莫子衿托腮："嗯。"

"如果他是真的，我当然也是真的啊！"许跳跳噘嘴，"莫子衿你是都把好的占了去，不知道我们这等平凡少女想要一个外表和内在都不错的对象有多难。"

许跳跳心大，每天专注于一些小小的快乐，过得没心没肺的，之所以能混在莫子衿身边还不被莫子衿嫌弃，很大原因是她爱说实话。

这和莫子衿直来直往的气场很合。

最后一堂课下课，莫子衿从包里拿出一顶棒球帽反扣在头上，对许跳跳说："走吧。"

一直期待着赴约的许跳跳此时却像粘在椅子上挪不动一样："子衿，我有点怕。"

关键时刻，怕了？

莫子衿："怕什么？白宇飞又不吃了你。"

"我知道，我怕我到时候应付不好，浪费了给白宇飞留下好印象的机会。"

太在意什么就会被什么折磨。

许跳跳满心的期许，又怎么会不害怕呢？

见她的手都要把裙子揪出褶子来了，莫子衿握住她的手："有我在，你怕什么。"

许跳跳抬眸。

"我不会让你出丑的，放心吧。"莫子衿原本是想说"他不要你，我要你"这样的霸气话语，但看到她雾蒙蒙的眼睛时，想了想，还是换了台词。

两人出了X大校门，就看到一辆白色的奔驰跑车停在对面。

车窗打开，白宇飞冲许跳跳打招呼："这边。"

许跳跳表面云淡风轻地微笑着挥手，另一只手却差点没把莫子衿的手给抓残废了："子衿子衿！我没想到这辈子还能坐跑车，还能有这么帅的男生来接我……"

莫子衿则想的是，这辆跑车只能坐下白宇飞和许跳跳两个人，她坐哪里？外挂吗？

待两人走近后，白宇飞显然也想到了这个问题，有些为难地看向莫子衿："抱歉，我只顾着开辆低调的车来了，没注意到位置多少的问题。”

许跳跳扯了扯嘴角：这车低调吗……

“不过没关系，你可以坐智勋的车。”白宇飞扭头看向后边。

顺着他的指示，莫子衿看到了一辆更为“低调”的车——

宝蓝色的玛莎拉蒂。

“……”

冯智勋直接把敞篷顶盖打开，冲莫子衿说道：“如果不想引起更多的关注，二位还是有效率地上车吧。”

他总是能说出正确又欠揍的话来。

莫子衿快速上车，上车后的第一句话是：“把车盖关回去，我怕吹风。”

两辆车先后开到了 X 市的树林餐厅。

该餐厅处于人造树林中，以环境优美著称，只接待 VIP 会员，不对外开放。

餐点主要提供的是法式和美式，用的厨师是米其林三星的。

所以，综合以上，消费价格可想而知。

许跳跳下车后腿都是软的，莫子衿压低声音嘱咐她把气势拿出来：“又不是让你掏钱，你慌什么？”

许跳跳咽了下口水，点点头，强装淡定。

白宇飞穿了一身白色的休闲装，一件白色衬衫外搭一件披风，正经中多了几分俏皮。

他向许跳跳伸手，示意要牵她入内。

莫子衿便送她过去，其间低声嘱咐：“你不比他差，现在是他邀请的你，不要觉得矮人一截。”

这句嘱咐像一股魔力一样注入许跳跳的体内，她的身板瞬间如打了钢板，走到白宇飞身边时竟生出了旗鼓相当的气场来。

莫子衿满意地跟在后边，这时冯智勋飘了过来：“人家约会，你跟来做什么？”

莫子衿扭头瞥他：“对啊，人家约会，你跟来做什么？”

冯智勋双手背在身后，好整以暇地说道：“我是猜到你会来，所以我也来了。不然让你一个人当电灯泡多尴尬啊！是不？”

冯智勋狡黠地歪头，莫子衿闻到了他清新的洗发露香。

莫子衿突然想到自己两天没洗的头发，没来由地脸颊烧了起来，一时恍惚，竟踩空了台阶。

她下意识地身体往右边倾斜，左手本能地想去抓什么来保持平衡，结果结结实实地握住一只手臂。

莫子衿转头，冯智勋却一反常态，没有看她，而是直视前方。

他故意抬高的手臂，让莫子衿清楚知道自己被施以援手了。

餐厅的大门前铺了几级好看的玻璃台阶，昏黄的灯光洒下来，营造出一份恬静的美好。

他立在柔和静谧的光线里，没有坏笑也没有嘚瑟的样子，竟让她心里多出一丝好感来。

莫子衿适时地放开他的手臂，他默默地把手重新垂了下去。

冯智勋什么都没有说，就好像她没有差点跌倒一样。

莫子衿知道，这一次冯智勋又是故意的。

可偏这一次的故意，让她觉得好暖，暖到立刻刷新了对他的印象值，想要重新评分。

冯智勋忽然问：“听说……昨晚你来过宿舍楼下？”

莫子衿一怔，脸颊又一次烧红：“嗯。”

冯智勋：“我下去的时候，你已经走了。”

原来他下来过。

“你来……找我。”不知为何，冯智勋此时说话也小心翼翼、吞吞吐吐的。

“我给你送膏药贴。”莫子衿觉得还是说清楚为好，免得某人又使坏瞎扯，“毕竟虽然你多管闲事了，但是因为我才被砸的。”

“你关心我。”冯智勋扭头，笑颜绽放。

莫子衿：“……”

刷新印象值？不存在的。

四人进入餐厅后，两两相对而坐。

看着白宇飞娴熟地用法文点餐，中间还和冯智勋用英文交流了几句，许跳跳既兴奋又了然地冲莫子衿望了一眼。

如果可以用漫画来呈现的话，就是在长桌上画一条线一分为二，黑体字标注四个大字：两个世界。

这时白宇飞对许跳跳说：“跳跳，你喜欢吃水蜜桃吗？这家的水蜜桃蛋糕做得还是很不错的。”

许跳跳怔怔地眨眼：“哦……好呀，我喜欢吃水蜜桃的。”

莫子衿微微蹙眉，她印象里，许跳跳对于水果只喜欢吃西瓜，捧着半个西瓜用勺子舀的那种。

白宇飞微笑：“好，那给你们来两份尝尝看。”

莫子衿拿过水杯抿了一口水，看到冯智勋一动不动地看着她，便说道：“你们两个看上去很熟的样子。”

白宇飞搂过冯智勋的脖子，亲昵地笑道：“我们两个啊，从小就认识。”

冯智勋很嫌弃地拨开白宇飞的手，戏谑地望着许跳跳：“所以他做了什么坏事，交过几个女朋友，我都知道，你要听吗？”

白宇飞不甘示弱地看向莫子衿：“我也知道他的事，你好奇的话，也可以问我。”

“我还真是很好奇。”莫子衿笑笑，接话，“听闻冯公子在M国的时候入了G联盟。”

冯智勋傲娇地扬眉，白宇飞接话：“是啊，我总是说他就算不回来，在美国也能有一份锦绣前程。”

莫子衿点点头：“这么说来，冯公子回国是为了冯氏集团吧？不然抛了 G 联盟的职务也太说不过去了。”

冯智勋直直地望着她，不动声色地摇晃着水杯。

“我还听闻富二代去国外，表面上是出国深造念书，其实就是变相地被家族流放到外边。”莫子衿话锋急转，瞟向冯智勋，“不知道冯大公子是不是也不例外呢？”

气氛一下子被带到了死胡同里，谁也没有说话。

坐在一旁的许跳跳有些蒙，这场饭局不是为她和白宇飞设的吗？

冯智勋慢动作把椅子后移，起身：“我去一趟洗手间。”

这时许跳跳在桌下狠狠地扯了一下莫子衿的裤子，压低声音问：“你干吗？”

“抱歉。”莫子衿也意识到自己越了陪同做伴的职责，垂眸说道。

白宇飞叹了口气打圆场：“看我们家小勋勋说话做事吊儿郎当没个正行，其实他也是吃苦过来的。正如子衿你说的，国外的生活表面光鲜亮丽，实则很孤独，连个正经说话的人都没有。”

白宇飞有一搭没一搭地说了一些冯智勋在国外的生活，他十四岁就去了美国，一个人在那边待了四年的光景。

除了学费不用操心，生活费他都是要自己去挣的。

什么去汽车修理厂打过工，结果被老板克扣工钱；什么凭借出众的外貌去模特公司走秀，拿到不菲工资之后大公无私地拿去接济孤儿院，只为了周末能有个地方可以有意义地消磨时间等等。

白宇飞讲得随心，许跳跳听得专心，不时感叹原来富家公子也有凡人的烦恼。

莫子衿望着洗手间的方向，看到冯智勋重新出现，而冲他迎面走过去的两个穿黑色西装的男人拦住了他。

冯智勋和他们似有交流，两个西装男很快各自侧身。

冯智勋沉着脸朝门口的方向走去，他们紧跟其后。

莫子衿微微一怔，下意识地站起身。

白宇飞问：“怎么了？”

顺着她的目光看去，白宇飞也看到了出了餐厅门的冯智勋，有些郁闷地开口：“哦……看来是智勋的家里人找过来了。”

许跳跳敏感地捕捉到白宇飞的用词：“找过来？”

“嗯……小勋勋有一个很严肃的哥哥。”白宇飞琢磨用词，“可是他们怎么刚好知道智勋在这边呢……喂，子衿，你去哪儿？”

莫子衿鬼使神差地追出去。

一辆黑色轿车就停在餐厅门口，那两个进餐厅的西装男一个人打开车门，另一个给冯智勋挡车顶。

莫子衿朝正要上车的冯智勋喊道：“冯智勋！”

冯智勋扭头。

遥遥相望间，冯智勋冲莫子衿淡淡一笑。

他那个笑容很淡，淡到只有她才能看到，像是苦涩，又像是明知道会这样却心甘情愿。

莫子衿说不明白那种感觉。

她眼睁睁地看着冯智勋进入车里，车子扬长而去，她的心很奇怪地悸动了一下。

莫子衿折返餐厅里跟许跳跳打过招呼，自己先走了。

回到宿舍，莫子衿心不在焉地坐在床上看着窗外，眼前不断出现冯智勋踏上车后回眸一笑的画面。

反复咀嚼过后，她竟在那说不清的感受里嗅出一丝嘲讽的意味来。

…………

“看来是智勋的家人找过来了……”

“嗯……小勋勋有一个很严肃的哥哥……”

“可是他们怎么刚好知道智勋在这边……”

…………

难道说……

冯智勋那个笑，是怀疑她使的坏？

莫子衿捏了一把鼻梁，觉得是自己想多了。她下床想要洗漱时，手机响了。

莫子衿以为是许跳跳，定睛看到来电显示，是秦竹天。

拒绝他后，莫子衿没想过从此就和他老死不相往来，或者再也不说话了。

如果可以，她还是愿意和他继续做朋友的，只是希望他能放下，放宽心境后再说。

所以现在，她不准备接他的电话。

莫子衿盯着屏幕，等到屏幕变黑，秦竹天没有再打电话来。

这时，校园的电台响了。

“我现在有一点点喝醉了，因为今天月色很好……”

是秦竹天的声音！

莫子衿怔住了，随即趴到窗台上侧耳去听。秦竹天低沉到像播音员的声音透过音响，被过滤得更加有磁性，传到了每一个角落。

在各处或散步或赶去教室的学生，纷纷停住了脚步。

“今晚我想任性一回，点一首歌给一个人。”

天哪，他喝醉了。

他居然喝了酒去了播音室。

莫子衿穿上鞋飞快地奔出宿舍，飞也似的赶去C栋教学楼。她万万没想到，做事一向捏着尺子的秦竹天，也会做出这么出格的举动。

她以百米赛跑的速度跑去C栋教学楼，在黑暗的楼内，直奔三楼的播音室。

其间，秦竹天的声音一直在断断续续地响着——

“是我最喜欢的张韶涵的一首《其实很爱你》。我不知道她是不是能听见，或者选择充耳不闻……快乐的时光，永远不会和后悔挂钩，因为不舍得责怪……现在学着去遗忘……躲开有你的地方……回忆被谁放在书架上，把他从最高的地方落下……”

…………

莫子衿气喘吁吁地推开播音室的大门，看到秦竹天无力地趴在桌上，把话筒抵在嘴边。

他脸色潮红，很明显喝了不少酒。

莫子衿走近，闻到了浓厚的酒气。

秦竹天像是没看到莫子衿来一样，继续唱着自己的歌。莫子衿抬手把设备关掉，将话筒推到一旁：“你这是在做什么？”

秦竹天艰难地从桌上撑起来，靠在椅子上。

莫子衿皱眉：“是想让我愧疚？竹天，这不像你。”

秦竹天勾唇起身，伸手抓住桌角，俯身看着莫子衿：“那怎么样才像我？”

莫子衿伸手抵住他滚烫的胸膛，看到他眼底似被酒精又或者是愤怒染成了红色。

“莫子衿，你有真的了解过我吗？”他温和惯了的眉眼此时带着滚烫的温度，他倒吸一口气，道，“如果你真的了解，就不会那样果断拒绝我。”

“我可以理解你的心情。但是你知道我的，不喜欢就是不喜欢。”莫子衿短暂地挪开目光后又勇敢地迎上他的逼视。

“是因为冯智勋吗？”秦竹天拽过莫子衿的手腕，“还是因为袁飞舞？”

莫子衿蹙眉。

“我一直都是用冷漠的态度对待袁飞舞的，她并不是我喜欢的人，你都看在眼里。”秦竹天摇头，“你不可能误会我的。那……是因为冯智勋？”

“……不关任何人的事。”莫子衿奋力推开秦竹天的手，“竹天，你醉了。”

秦竹天顺势抱过莫子衿，他清瘦的身子骨用力拥住她，她一时竟挣脱不了。

“为什么不喜欢我？”秦竹天的声音夹带着哽咽，他一直强忍至今，一直以最温柔的姿态待在她的身边，一直包容她的任性、她的一切，他深信这辈子没有第二个人能够做到如此。如今，他在一个没有预料到的时间和情况下做了告白，得到的却是毫无理由的拒绝。

他不信。

他没办法相信。

“求求你告诉我，你不喜欢我的真实理由。”

莫子衿无奈地闭上眼睛，她不想做残忍的人，更不想要对秦竹天残忍。

可他偏要撞破南墙。

“我对你，没有心动的感觉。”莫子衿如实说道，“你在我心里的定义，就是朋友。”

秦竹天的身体猛地僵硬，莫子衿推开他：“竹天，别闹了，回去好好睡一觉，第二天起来就什么事都没有了。”

秦竹天露出苦涩的笑：“什么事都会没有……子衿，你说得这么轻巧，看来你真的没有对我动过情。”

他越过她，摇摇晃晃地往外走去。

莫子衿站在原地，突然手机响了。

莫子衿接起，那边竟传来冯智勋的声音：“莫子衿，我需要你。”

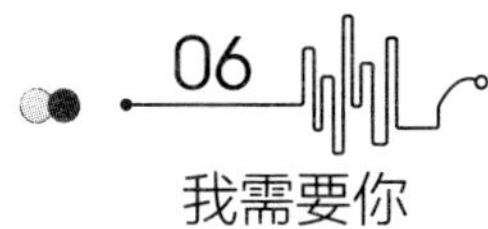

我需要你

按照冯智勋给的地址，莫子衿半个小时后出现在本市最高档的别墅小区前。

莫子衿看着面前的欧式别墅，也不知道自己是中了什么邪，因为冯智勋的一句“需要你”就这么跑来了。

灯火通明的客厅里，可以清晰地看到冯智勋站在琉璃灯下，双手背在身后，有点像做错事在受训的孩子，可神情显然不愿乖乖就范。

沙发上坐着一个西装革履的男人，和冯智勋对话的人就是他。

隔着几十米的距离，莫子衿都能清楚感觉到客厅里笼罩的压抑。

莫子衿还没来得及看清，冯智勋便看到了她，招手示意她进去。

用人开门，恭敬地迎莫子衿进去。

莫子衿换了拖鞋，踏进客厅，走到冯智勋身边，终于看清沙发上拥有强大气场的男人长什么样子了。这个人和冯智勋长得既像，又不像，比电视上还要好看，也更严肃，斑白的两鬓丝毫不影响其帅气，笔直的身板透出让人无法说不的气场。

他就是冯智勋的父亲，冯氏集团的董事长冯莫。

冯智勋指着莫子衿说：“爸，她就是我不回来的原因。”

冯莫的目光缓缓移向莫子衿，犀利而愠怒。

莫子衿脑子轰的一声，她隐约猜到冯智勋是要拿她当挡箭牌，不过真的面对时还是蒙了。

接下来冯智勋说的话更让她蒙——

“大哥派了这样一个间谍在我身边，我不回来，爸你也对我的情况了若指掌不是吗？”

间谍？

莫子衿和冯莫同时一怔。

冯智勋看向莫子衿：“你说吧，我大哥给了你多少钱，你的工作内容是什么，一五一十地说出来。”

这都什么跟什么？

画风怎么忽然转成这样？莫子衿编不下去，看向冯智勋：“我想你搞错了，我并不认识你大哥，也不是什么间谍。”

随着冯智勋的沉默，空气里飘着一抹尴尬。

莫子衿正想转身走掉，手突然被冯智勋牵住：“哦，看来是我搞错了，爸，那我先走了。”

“站住！”冯莫隐忍压抑的声音带着不容反抗的威严。

莫子衿侧目看向一旁的冯智勋，他脸上笼罩了一层阴影，看不清神情。可是那阴影里，莫子衿似乎能看到平日里在他脸上吊儿郎当的神情不见了，取而代之的是一抹愤怒和忧伤。

“你哥还没回来，你说走就走，到底懂不懂规矩？”冯莫道。

冯智勋鼻间不屑地哼出一声，这时只听门口的女佣唤了一句“大少爷”。

就这样，莫子衿看到了仿佛从电视里走出来的冯智尧，第一感觉就是精英气十足。

一身笔挺的蓝色的定制西服，笔直的肩膀随着他轻轻地扯动领结而露出好看又有力的弧度，标准的模特身高，眉眼间六成似冯智勋，却因为眼眸里的沉稳而和冯智勋有着本质上的不同。

他的目光停留在莫子衿脸上片刻，转而落在冯智勋身上："小勋，你总算回来了。"

冯智勋也不接他哥的话，而是歪头示意了一下旁边："哥，你认识她吗？"

莫子衿的目光再次对上冯智尧。

没等冯智尧回答，莫子衿感觉到自己的手被用力一扯，径直越过冯智尧，耳边飘过那该死的浑蛋的声音："得，看来我今天是搞了一个大乌龙，饭我就不吃了。拜——"

莫子衿发蒙间就被拉出了冯宅。

香樟树下，莫子衿甩开了冯智勋的手，很生气地瞪着他。

冯智勋一点儿不在意莫子衿狰狞的表情，耸耸肩："正如我刚才所说，我以为你是我大哥派来监视我的间谍，原来是我搞错了，抱歉。"

这就是道歉？真是好有诚意啊！面对他竹筒倒豆子一样的陈述和态度，莫子衿满肚子的愤怒一时堵在喉咙口，气结无语。

冯智勋又说："要我送你回去吗？"

"你走开！"

冯智勋再次耸肩："看来没必要。"说着他转身大步往前走。

走了没几米，冯智勋像是忽然想起什么一般，蓦地转身，走回莫子衿跟前："莫子衿，你是不是喜欢我？"

莫子衿原本就瞪得凸起的眼珠瞬间瞪得快要弹飞了，论话题的跳跃程度，她只服冯智勋！

冯智勋理直气壮地俯下身，一脸狡黠："不然为什么我一个电话说需要你，你就跑过来了？"

莫子衿原地石化。

可恶！她自己也不知道为什么好吗？！

这次冯智勋倒是信心十足地等着她的回答，眉眼间的得意越发明显："你说话呀。"

莫子衿憋了半天，侧过脸去："大概……中邪了吧。"

下一秒莫子衿只觉得腰间一紧，冯智勋长臂搂她入怀。

夜色里，挂在香樟树上的彩灯到了时间会有序地亮起，瞬间照亮了他们所在的狭长走道。

莫子衿能够清楚地听到自己加速的心跳声，她避无可避地瞪着冯智勋，绝望地挣扎。

如果可以，她希望有一个天使能够仙女棒一挥，然后让冯智勋成为聋子。

冯智勋："这节奏，心跳有一百二了吧。莫子衿，你对我有感觉，还不承认喜欢我？"

果然……仙女什么的都是指望不上的，新时代女子得靠自己绝处逢生。莫子衿微微扬起下巴，斩钉截铁道："对，我就是喜欢你。怎么，喜欢你要被事先同意吗？"

明亮的白光像一层白雪覆盖在莫子衿的脸上，大抵她也不知道此时自己的每一寸肌肤都清晰可见，每一个毛孔都透着光。

冯智勋微微一怔。

莫子衿推开他，大步往前走。

后来的时间里，莫子衿对这个晚上的窒息感、对视，以及自己恨不得落荒而逃却强自镇定的影子，皆记忆深刻。

可当下，莫子衿绝对不晓得，她的爱情已然在惊吓中开始；绝对不晓得，被她咬牙切齿告白的冯智勋站在原地失神好久，直到被白宇飞的来电拉回神。

白宇飞："哪儿呢？"

冯智勋："回了趟家。那个……小飞飞。"

白宇飞："啥？"

冯智勋哑然失笑："我刚刚被强行告白了。"

莫子衿走出高档小区后，站在马路上思考今晚该在哪儿落脚。

已经超过十二点，学校宿舍关门了。

她站在街边看着往来的出租车，犹豫要不要就近找一家酒店住下。

但是住酒店需要身份证，莫子衿摸摸两边空空如也的口袋，感觉一个头两个大。

“不如去我那儿住一晚吧。”冯智勋的声音适时在她耳边响起。

莫子衿扭头，冯智勋露出让人讨厌的笑容：“怎么，害怕和我共处一室？”

“你不是刚被你爸赶出来吗，还能有住的地方？”莫子衿故意讽刺他。

冯智勋摇晃手指纠正她的错误：“第一，我是自己拉着你出来的；第二，狡兔还有三窟呢，我堂堂冯家少公子怎么可能没住的地方呢？”

说着他抬手拦了一辆出租车，打开车门：“上车吧，莫子衿小姐。”

他总是有能耐把人架在那儿，无法说不，莫子衿僵持了两秒，最终上车。

她告白是事实，需要有地方住也是事实，气节这种东西总是能被现实打败。

上车后，冯智勋报了另一个小区的名字，便闭上了眼睛。

莫子衿瞅了他一眼，收回目光，很好，这样省得和他进行一些毫无意义的对话。

莫子衿看向车窗外，急闪而过的霓虹灯像在她心上乱窜的小兔。

随着车子颠簸，她能感觉到冯智勋和她若有若无的碰撞，她努力往车门靠，他的手还是碰到了她……

“喂！你……”

莫子衿扭头间，突然一片阴影投过来，紧接着唇上就传来温热的触感。

四目相对，两人都捕捉到彼此眼底跳跃的惊吓。

两人各自退开，莫子衿抬手就要给冯智勋一点教训，冯智勋适时地握住其手腕：“哎，可是你先主动的，你讲讲道理好不好？”

莫子衿怒极反笑：“道理？你不靠我这么近，怎么会……”

“我凑过去只是想告诉你，我们到了，谁知道你忽然也恰好扭过头来，这纯粹是意外好吗！”冯智勋努努嘴示意窗外，一脸无辜。

偏偏这时该死的司机还笑嘻嘻地插一嘴：“是啊，姑娘，你错怪这个小伙子了，俺在后视镜里看得真真的。”

莫子衿：“……”

“再说了，告白后就能亲到我，进程如此之快，你应该开心才对啊！”说着冯智勋开门下车，丢给司机先生一百块钱，豪气冲天地说，“不用找了。”

莫子衿的骨骼咯咯响。

她确信人生中必定会遇到克星，比如冯智勋之于她。

下了车后，是一栋和冯宅差不多的欧式小别墅。

冯智勋介绍说：“之前和小飞飞一起住的，现在和他一起搬回学校住后，这里就空了，所以今晚我们两个就在这里窝一下吧。”

莫子衿并不答话，并和冯智勋一前一后保持安全距离。

离天亮不到七个小时，她只要采取谨慎战略，相信能够平安度过。

进入一楼大厅后，莫子衿直接说正题：“那今晚我就在沙发上睡，你去二楼吧。”

冯智勋眨了眨眼睛，指指一旁的沙发：“你确定要在这沙发上睡？”

莫子衿疑惑：“有什么问题吗？”

冯智勋侧过身，莫子衿狐疑地扫了一眼，这不看还好，一看差点被吓得昏过去——

一条如碗口粗的金蛇突然抬起了头！不仔细看还以为是一条长方形的毛巾嵌在抱枕下！

莫子衿吓得一激灵，本能地抱住冯智勋大喊：“啊——”

冯智勋拥着莫子衿跌坐在一旁的贵妃椅上。

冯智勋拍拍莫子衿的背：“放心，放心，那是宠物蛇，没毒的。”

莫子衿全身战栗，即便他这样说，她也是怕的好吗！她气得想要就地解剖了这浑蛋，可是屈服于蛇的淫威，她只能死死地抱着冯智勋，不敢动弹："你家怎么会有蛇？！你这个变态！"

冯智勋被骂得咯咯笑 ："哎，这别墅里没人，总是要防贼什么的吧。一般人都怕蛇，万一真的有坏人闯入，看到这蛇也就吓得和你一样跑掉了，效果抵得过十个保安，你说是不是？"

把她和贼相提并论？莫子衿猛地抬头，几乎是同一时间，冯智勋用手背挡住了她的唇："第一次可以是意外，第二次就是故意了，你说呢？"

他语气含笑，目光却格外正经。

莫子衿被他盯牢的瞬间竟忘记了旁边大金蛇的存在。

冯智勋慢慢地把手挪下来，转而枕着脑袋，揶揄地问："那……你到底要睡哪里啊？"

莫子衿："……"

狗被逼急了，会跳墙。

人被逼急了呢？嗯……告白，接吻。

莫子衿怎么也没想到，一个晚上的工夫，她做全套了。

事情怎么就到这一步了呢？

思来想去，莫子衿发现只要冯智勋掺和其中，就不能以常理来盖棺定论。

第二天，她被许跳跳的夺命连环 call 搞得发怵，压根不敢接电话。

明亮的阳光从窗口洒进来，她脑子清醒了些，隐隐感觉到有一堆麻烦在等着自己。

这时冯智勋敲门："你起了吗？早饭已经准备好了。"

哦，不，现在更麻烦的是怎么出这间房门。

莫子衿硬着头皮凑到门口问那条蛇的下落。

"放心吧，我已经把它处理掉了。"

莫子衿不知道某人的"处理掉了"是怎么处理的，总之她半信半疑地打开房门，跟在他身后下楼，就真的没再看到那条可怕的大金蛇。

早餐是牛奶配鸡肉三明治。

莫子衿扫了一眼厨房里案板上多余的生菜和沙拉，闷声道："没想到你还会下厨做东西。"

冯智勋笑道："我也没想到，我会做东西给一个女生吃。"

莫子衿微微一怔，他说这话的意思是，难道她是第一个有此殊荣的人吗？

不，她才不要相信。

"我开车载你一起回学校吧。"

冯智勋说这话时，莫子衿差点没把嘴里的牛奶喷出来。

昨晚和他窝在这里实属无奈之举，现在她怎么可能还和他一起回学校？

冯智勋分明看出了她的心思，眯眸道："你不是说喜欢我吗？这么做是公开我们关系的最好证明呀。"

莫子衿灵机一动，看向冯智勋："那你喜欢我吗？"

冯智勋没立刻回答。

"我可是记得你说过，在我喜欢你之前你是不会喜欢我的。"莫子衿起身告辞，"我不想逼你，等你真的喜欢上我的时候，我们再公开也不迟。"

莫子衿让许跳跳来学校门口付出租车的车费。

许跳跳以一副审判官的模样盯着莫子衿："同为女人，我能明白再怎么装得跟灭绝师太一样，被校草当众表白还是会害羞的，可是你也不能害羞到躲在外面，一夜不回吧？"

莫子衿一愣，明白过来许跳跳说的是秦竹天。

昨天晚上，她是被逼急了，而秦竹天是"蓄谋已久"。

"说，你昨晚到底去哪儿了？"

"没去哪儿。"

"少糊弄我，你一撒谎就不敢看人眼睛！"许跳跳变身为厉害侦探，一路追问莫子衿。

俗话说，是朋友也是冤家，莫子衿真想把许跳跳的嘴巴给缝上。

两人打打闹闹间走在快要到宿舍的走道上，突然被一盆水给泼了个全身湿透。

许跳跳抹了一把脸，不敢相信地看向袁飞舞："袁飞舞！你是疯了吧？！"

莫子衿比许跳跳高一些，身上全湿了，但脸上没被波及。

袁飞舞把水盆往地上扔去，一副恨不得要吃了莫子衿的样子："学长向你告白，你得意了是吧？敢摆架子！莫子衿我告诉你，你不配！"

走廊上站了一堆人，对这一幕交头接耳，叽叽喳喳。

莫子衿看到气势汹汹的袁飞舞，红了眼眶，突然就没有和她计较的心情了。

莫子衿拉了拉许跳跳："走，我们回屋换衣服。"

许跳跳气不打一处来，一蹦三尺高，要上去和袁飞舞干架。

莫子衿推她进房间，门被关上的一刻还能听到袁飞舞踹门的声音："莫子衿！你算老几，你凭什么让学长那么难受！"

许跳跳气急："她跟泼妇骂街似的，莫子衿你怎么还忍得了？！"

莫子衿边脱外套边说道："我倒忽然觉得她挺可爱的。"

"可爱？"许跳跳眼睛睁圆了。

"她是心疼竹天。"莫子衿随手将披散的头发绾成一个髻，拿桌上的铅笔插上。

许跳跳撇撇嘴，想起什么来，问："子衿，听那泼妇的意思，你真的拒绝学长了？为什么？"

"不是喜欢的感觉啊，还能为什么？"

被水这么一泼，加上之前磨蹭的时间，莫子衿和许跳跳上课快要迟到了。

在快要到三楼的历史教室时，莫子衿遇到了秦竹天。

许跳跳识趣地先跑开了。

盘旋的楼梯上，莫子衿往上走，仰视着满目血丝的秦竹天，才明白过来什么叫一夜沧桑。

俊朗如风的秦竹天仿佛一下子在她面前垮了。

要知道，直观的感受才是最强烈的。虽然莫子衿从来没怀疑过自己拒绝的正确性，可看着他这个样子，眉头还是忍不住轻颤。

满腹言语到嘴边，都觉得不合适了，莫子衿压压眉，沉默地要越过秦竹天上楼。

秦竹天握住了莫子衿的胳膊。

“子衿，今天下午有校内篮球赛，你会过来看吧。”

“……到时候再说吧。”

“我等你。”

说完秦竹天放手，走掉。

莫子衿望着他的身影，百感交集。

她宁愿他冲自己发脾气，或者不搭理自己，而不是像现在这样装作什么事都没有，骗自己，骗别人。

难过嵌在心里，是会发霉的。

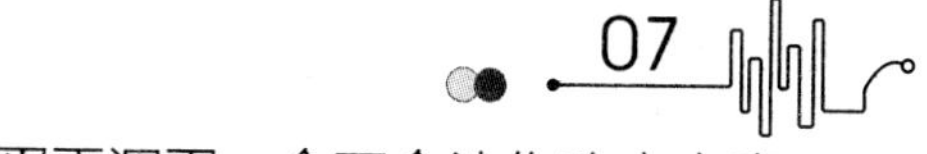

比浑蛋更浑蛋，会不会让你改变心意？

全校的人都知道秦竹天向一个女生告白了。

经袁飞舞这么一泼，大家都知道这个女生是莫子衿，且莫子衿拒绝了秦竹天的告白。

下午，体育馆内。

异常热闹的看台和球场上，大家除了关注即将开始的篮球赛，也不忘八卦莫子衿和秦竹天的新闻。

要知道，风云人物的谈资是回锅肉，总是香一点的。莫子衿拒绝了秦竹天并不是八卦的终结，大家津津乐道的是莫子衿为什么拒绝秦竹天，更准确地说，是为了谁才拒绝秦竹天的。

莫子衿和许跳跳坐在第一排，许跳跳不时地听到有人提到莫子衿的名字，更能感觉到那些越过自己锁定莫子衿的目光。

许跳跳用胳膊肘撞了撞莫子衿："哎哎，子衿，你听到了没？"

莫子衿静静地看着场上在活动的篮球队员，没搭理许跳跳。这场篮球比赛是卫天明和秦竹天分别带领的两支队伍的对决。

卫天明的占风队穿的是红衣。

秦竹天的天子队穿的是蓝衣。

看到卫天明，莫子衿就想到那天他和冯智勋的交易。

这场比赛，获胜的球队才可以代表 X 大和 H 大对垒，打联赛。对于秦竹天来说可能是友谊赛，但对于想要打联赛的卫天明，可是努力绽放光芒的绝好机会。

莫子衿出神间，便看到一个熟悉的身影径直走进场内，他没有穿球衣，径直坐在了替补队员的排椅上。

“他来干吗？”莫子衿不禁好奇地出声。

“谁啊？”许跳跳顺着莫子衿的目光看过去，“哦，冯大公子当然也是来捧场的呗。”

冯智勋出现可不太妙。

莫子衿望着场上微妙的变化，微微皱眉。

卫天明看到冯智勋虽然没有明显表现，但神情是兴奋的；秦竹天扭头看到冯智勋，他的目光变凌厉了。

偏偏……

这家伙像什么也没察觉到一般，反而扭头望向她的方向挥手。

莫子衿扭过头当没看见。

许跳跳“咦”了一声：“子衿……你的脸怎么红了？”

莫子衿大惊：“我哪有？！”

“还说没有？”许跳跳在这方面贼精，目光一闪，神秘地压低声音道，“我说，昨晚你一夜未归，该不会是和冯大公子……”

莫子衿直接上手捂住许跳跳的嘴巴，严肃地喝道：“别乱说！”

“对啊，昨晚她是和我在一起。你有意见吗？”莫子衿吓了一跳，一会儿工夫，冯智勋这家伙竟径直走了过来，还肯定了许跳跳的猜测！

冯智勋拉开莫子衿，黝黑的眸子扫向僵在座位上、身子歪成“Z”字形的许跳跳。

许跳跳一激灵，猛摇头：“没……没意见。”

莫子衿预感到这浑蛋要犯浑了，想要挣脱冯智勋的手：“喂！你放手！”

此时周围的窃窃声像沸腾的开水，越发激烈了。

冯智勋偏就握紧些，瞳孔带着狡黠：“你们听好了，莫子衿喜欢的人是我冯智勋——”

她想要捂住他嘴的手被他牢牢地握在手里，动弹不得。

他中气十足，嚣张地大声宣告，像个飞扬跋扈的孩子。

这道比赛前重磅推出的“开胃菜”，虏获众人芳心，起哄声和笑闹声不断。

莫子衿涨红了脸，尴尬得只会干瞪眼。

这时一记拳头带着风嗖地打在了冯智勋的脸上，莫子衿只觉得双手一松，那股温热且霸道的力道一点一点消散在周围的尖叫声中。

秦竹天黑着脸，全然不见从前的温润如玉，胸口起伏，慢慢地收回出拳的胳膊。

被打的冯智勋踉跄了一步，缓缓扭过头来。

莫子衿看到他嘴角的血，心口一紧。

看台上出奇地安静。

大家都以为冯智勋会生气，他脸上的笑意却更盛了，微微皱眉，用手指随意抹了一下嘴角：“没想到大家嘴里的温和学长也会发狠打人啊？”

秦竹天依旧保持着平稳的声线，只是多了一丝戾气：“我警告过你，别招惹她。”

冯智勋走到秦竹天跟前，缩短了四目交火的距离，一字一句道：“她喜欢的人是我，别再招惹她的人该是你才对。”

“够了！”莫子衿起身呵斥众目睽睽之下丝毫没有顾忌的两人，“现在是篮球赛，你们这是在干什么？”

话音刚落，教练的一声哨响昭告篮球赛进入倒计时。

秦竹天和冯智勋从彼此的目光里暂时分开，各自回到自己的位置。

卫天明和秦竹天走到各自位置，进行跳球。

这场任性随着篮球赛的开始暂停了下来，可这样被迫式的暂停让莫子衿越发不安。

冯智勋会用什么方式帮卫天明呢？

秦竹天这队的队员没有出现临时被拉下场的情况。

几个投篮下来，每个队员也都精力充沛，没有异常。

卫天明那边的队员频繁给秦竹天他们出阴招，也都被裁判犯规，看似很公正……

不知道过了多久，许跳跳轻轻唤了一声莫子衿：“子衿，你……拒绝秦学长真的是因为冯大公子啊？”

莫子衿已经百口难辩。

她盯着坐在替补区就地换上球服，准备替换上去的五号选手冯智勋，后背一寸寸地发麻。

难道冯智勋亲自加入，就是和卫天明交易的方式吗？

这是一个厉害的对手。

她自以为能在他的布局里反被动为主动，可到目前为止好像效果不俗。

晚上就是他宣告要在一个星期内抓到她这个播报员的最后期限。

他故意找碴，是误会了她是他哥哥派去的眼线。

可是，这真的是她的效果吗？

冯智勋像一团红色的火焰，点燃了两队之间真正的高潮。

秦竹天发了狠地进攻着冯智勋这个前锋，而冯智勋也积极回应着他的挑衅，并不把球传给卫天明进行得分。

明眼人可以一眼看出，两队的比赛，随着冯智勋的上场，变成他和秦竹天两个人的战场了。

许跳跳担心地扯莫子衿的袖子：“他们这样下去，会不会出事啊？”

比分不相上下，秦竹天几次防守让冯智勋差点踩线，冯智勋和占风队其他队员合作，给秦竹天他们两次犯规。

才上半场，场面已经胶着。

莫子衿起身，走下了看台，要往馆外走。

这时看到莫子衿要离开而分神的秦竹天，正好被卫天明重重地撞倒在地！

随着袁飞舞尖叫着冲下站台，莫子衿猛地回头，就这样看到冯智勋高高跃起，投进了一个三分球。

秦竹天痛苦地倒在地上。

球一下一下地跳跃着滚开，比赛暂停。

看台上坐在观众席里的罗伯特教练，目光落在卫天明的身上，像是海盗看到了新大陆一般眸底闪光。

那一刹那，莫子衿了然的目光和冯智勋的赫然对上。

吵闹声中，攒动的人影形成了灰色的背景板，冯智勋和莫子衿两两相望，仿佛在进行无声的对话——

冯智勋：不是我撞的他，你不相信我？

莫子衿：你和卫天明是一伙的，是你还是卫天明，有区别吗？

冯智勋：我不会做这么窝囊的事。

莫子衿：我从来没有真正地了解过你。

莫子衿收回目光，跟着秦竹天的担架一起离开了。

随后因为秦竹天的离开，天子队元气大损，无心恋战，很快占风队以三十九比十五的比分获胜。

占风队在庆贺的时候，秦竹天还在病床上养伤，他的胳膊被撞骨折，还有轻微的脑震荡，伤得不轻。

袁飞舞心疼地陪在秦竹天身边，把莫子衿挡在门口："你都是冯智勋的女人了，来做什么？打探敌情吗？"

莫子衿越过袁飞舞的胳膊往里看上一眼，病床上的秦竹天安静地睡着。

"好好照顾他。"

莫子衿转身间听到秦竹天在里边唤道："子衿，是你吗？"

袁飞舞气馁地放下胳膊，满心不甘地让她进去。

莫子衿走到床头，看着秦竹天虽然脸色不佳，但看到她还是微笑着柔声道："我没事。"

莫子衿原本想说"没事就好"，可是看着他，说出口的话变成了："你让我去体育馆，就是去看你打人的吗？"

脸色苍白的秦竹天微微一怔，眸里起伏的光彩暗淡下去："原来你来，是来怪我的，怪我打了冯智勋，怪我在球场找他麻烦。"

"不是这样的，我……"莫子衿抿了抿唇，有些无力地说道，"我只是觉得竹天你之前不是这样的。"

秦竹天悻悻地苦笑："我也不知道我会这样，会挥动拳头，会嫉妒得发疯。我甚至在想，我是不是比冯智勋更浑蛋，你就有可能会喜欢上我了。"

"竹天你……"莫子衿还想说什么，秦竹天侧过身子，说道，"好了，我累了，你先回去吧。"

莫子衿垂眸，心里千帆过境。

她觉得恼火，觉得无力，和竹天突然之间变成了这样：在同一个空间里各自被驱赶到彼此无法对接的角落，之前亲密无间的情谊生出了越来越深的误会。

偏为了让这误会能够成为秦竹天的心头良药，她选择加深误会。

可是这场篮球赛，泄了冯智勋的底，他只是在利用她。

不，她一开始就默许了他的利用，她也是同样的目的不是吗？

完了，莫子衿开始搞不清楚自己为什么会这么恼火了……

从医院回来，莫子衿在后花园看到卫天明和冯智勋。

莫子衿下意识地躲到假山后边，打开了手机录音功能。

只听卫天明语气里是兜不住的兴奋："冯公子，和你做交易就是痛快，我谢谢你。"

冯智勋笑笑："拿你钱财，替你完事儿。你虽然鲁莽撞人被校队处分，不过可以在联赛教练罗伯特面前露脸也算值了。"

卫天明："还不是冯公子牵线搭桥！我原以为冯公子会买通裁判或者是给秦竹天那边的队员下药什么的，没想到冯公子亲自上阵替我解决问题。"

"好了，秦竹天倒下，你们这队顺利晋级，可以代表 X 大参赛。"冯智勋拍拍卫天明的肩，"明天就是和 H 大的比赛了，我已经都布置好了，好好加油。"

卫天明点头："放心吧。"

两人很快就散了。

莫子衿静静地蹲在假山后边，半天没动。

她仰望 C 栋教学楼，暗暗下定决心。

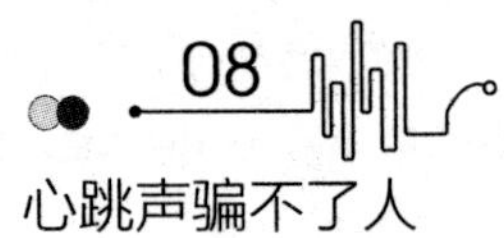

08 心跳声骗不了人

晚上九点四十五分。

C 栋教学楼。

莫子衿一身黑衣站在播音室门口，手搭在门把手上，几经犹豫，最终还是推门进去了。

莫子衿把事先准备好的 U 盘插进了电脑里，启动播音开关的瞬间，心里竟觉空落落的。

从前播过那么多次事件，听到自己处理过的声音将恶相或恶人揪出，心里只有隐忍的痛快。

这一次，她是怎么了？难道因为这次的恶人是冯智勋吗？

还是说她的想法没有得到足够的证实？毕竟冯智勋用了很聪明的方式绕开那些龌龊的手段，用不能指责的实力去进行交易。

不，她不能心软！

他今天在球场上帮卫天明虽然没用龌龊手段，可是他们的交易仍在，和 H 大的联赛冯智勋明明就说了一切已经布置好了！

“占风队队长卫天明涉嫌和大一生冯智勋做交易，在明天和 H 大的篮球比赛上作假……”

门口传来短促的闷响令失神的莫子衿回过神来，她该撤退了。

莫子衿踱步到门口往外观察了一下，迅速小心地潜出来，消失在黑夜之中。

神秘播报员再次出动，这次带来的消息仍旧劲爆。

学校四处都炸开了锅。

与此同时，男生宿舍楼里的某间房间里——

当事人冯智勋飞快地敲着键盘，比起他的淡定，白宇飞在旁边着急到不行，一边来回踱步一边问："我说，现在该怎么办？"

"就快了，已经在比对，一定能找出这个神秘播报员的真实身份。"冯智勋按下回车，答道。

"我不是说这个。"白宇飞皱眉，"你堂堂冯氏少公子，和一个篮球队队长做交易，要在球赛上作假这事儿搞得尽人皆知，摆明了是给冯氏抹黑，你家老爷子还不得扒了你的皮啊？"

冯智勋眯眸，一本正经地冲白宇飞点头："嗯，你说得有道理。"

白宇飞被气着了："你真不怕死啊？"

白宇飞什么都好，就是胆子小，爱夸张。

冯智勋翻了一个白眼："冯莫、冯智尧都等着扒我的皮，我干脆成全他们好了。"

白宇飞眉心跳了一下："小勋勋，这件事该不会是你故意……"

冯智勋笑而不语。

这时电脑发出警报声，吸引冯智勋和白宇飞同时看去。

硕大的"MATCH"在屏幕上不停闪烁，白宇飞伸手要把原声放出来时，被冯智勋拦住了。

"怎么，你知道是谁了？"白宇飞看着眉眼间流露得意的冯智勋，意识到了什么。

冯智勋把电脑合上，拔出U盘握在手心，脸色让白宇飞看得发怵。

白宇飞："小勋勋，你倒是说句话呀！"

冯智勋心满意足地爬上床，用后脑勺冲着白宇飞，道："晚安。"

白宇飞：“……”

第二天早上，许跳跳醒来时，莫子衿已经不在宿舍了。

许跳跳给莫子衿发微信，问她在哪儿。

彼时莫子衿立在校长办公室里，看了一眼手机，抬眸对校长冷冷道：“校长，如果没别的事，我先走了。”

约莫二十平方米的校长办公室，简约大气。

硕大的办公桌旁挨着的玻璃书橱里放满古书和资料，明亮的阳光洒在一尘不染的玻璃上，沉淀着静默的时光。洁白的墙壁上挂着一个匾额，上边用草书写着四个大字：教书育人。

坐在匾额下的校长没有立刻回答莫子衿。

空气里的安静转而变得压抑。

他约莫五十岁，一身黑色的西装内衬竖条蓝纹衬衫，伟岸的身躯挺拔有力；浓密的黑发中夹杂着的白发，远望过去变成了郁郁葱葱的灰色；端正的眉眼间除了书香熏陶的柔和之外还兼具商业精英的精明和敏锐；那被岁月踏出弧度的眼窝，以及脸上的褶皱都恰到好处地透露着讲究，让人心中油然而生一种尊重感——

只是不包括莫子衿。

秦竹天体育馆打人的事情闹得尽人皆知，被打的对象还是刚捐了楼的冯智勋，肯定会惊动校长，莫子衿并不意外。

“秦竹天是个优秀的孩子，成绩出众，彬彬有礼！我不希望他因为你的任性而变成现在这样！”校长压眉，隐忍着不悦，没意识到“任性”这个词，已经成为他和莫子衿之间的对话的标配。

“你想说，他因为我，现在变得冲动、打人，有了污点是吧？”

校长余怒未消，沉默着。

莫子衿垂眸，一闪而过的刺痛转而变成冷漠：“我一直都这么任性的，你现在才知道吗？”

“你！”校长气得一跃而起，迎上她倔强的眼神，错开目光，重新语重心长地说道，“你要知道，冯智勋不是一般的学生，他是冯氏的少公子，又刚刚捐了崭新的图书馆给我们。如果让他们知道冯智勋挨了拳头，后果会很严重，你知道吗？！我要保护秦竹天，保护你！”

“是啊，会威胁到你校长的位置，这后果自然很严重。”莫子衿讥讽地附和，“那你想要我怎么做？”

“你带着秦竹天一起去向冯智勋道个歉，将这件事大事化小，小事化无。”

“校长，我想你应该去找他们两个当事人说，而不是找我。”为了避免争吵，莫子衿蹙着眉转身，“我还有课，先走了。”

她头也不回地出去，关上门的瞬间，她仿佛听到里边的叹息声。

莫子衿抬眸看着上方的镀金门牌，如果可以，学校里这个地方是她最不想踏进的，里边的那个人也是她最不想见的。

她不想心软，亦不想在强烈的无力感里找妥协的理由。

“我没有错。”莫子衿垂眸对自己说。

她抬步离开，在转角处突然被一个跳出来的身影挡住。

又是阴魂不散的冯智勋！

莫子衿想到自己接近冯智勋的目的已经在昨晚达成，也就没必要再故意做戏了，便冷下脸越过他，不做搭理。

“莫子衿，我说过会抓到你的。”

莫子衿转过身。

冯智勋拿着U盘摇晃，像拿着军功章一般：“神秘播报员。”

莫子衿只觉得他是在装神弄鬼，好整以暇地点点头：“哦，我记得，你说你要在一个星期内抓到神秘播报员的。现在期限已到，你是要病急乱投医吗？”

冯智勋一改之前痞笑的模样，绕着莫子衿问道：“还记得那场歌唱比赛吗？”

“学校里每个女生都来参加了，你们的音频数据就是我拿来对比神秘播报员的声音用的。昨晚大家关注的是新闻，我关注的是声音。

你就是神秘播报员，U 盘里有对比的证据。我是不是在故弄玄虚，你听一下就知道了。”

莫子衿盯着冯智勋，不说话。

冯智勋忽然又露出招牌式的笑容：“忘了告诉你，我是从 M 国 G 联盟回来的这一点不是夸张，所以，还原声音、找人这种事对我来说简直就是小儿科。”

莫子衿从他手里夺过 U 盘，转身离开：“我不知道你在说什么。”

“我在图书馆等你。”

半个小时后，莫子衿出现在图书馆。

远远地，她就看到冯智勋坐在落地窗边，金灿灿的阳光透过玻璃柔和地洒在他的身上，像给他披上了一件金色盔甲。

米色的长桌上，他随意地翻着手里的一本书，穿着一件浅蓝色的外套，很有型，丝毫不在意周边女生保持着距离的关注。

他有王子的皮囊、恶魔的气质。

莫子衿看着看着，忍不住出了神，忍不住去想，他到底是一个怎样的人。

他能够锁定自己的行动轨迹，看起来不学无术，实际是满满的算计，他很容易让人心动的笑容毫不掩饰里边的危险。

他把一切都摆在台面上给你看，你却看不透他。

莫子衿径直走到他的跟前，拉开椅子坐下：“你明明可以戳穿却特意找过来先告诉我，为什么？”

冯智勋握拳托着脑袋：“因为我不想游戏就这么结束了。”

“什么游戏？”

“爱情游戏啊！”冯智勋逼近她，“你不是说喜欢我吗？”

“你不是已经很清楚，我是为了套取信息才这么说的吗？”

“一开始我也这么认为，不过……心跳声可骗不了人。”冯智勋意味深长的目光下移了几寸。

莫子衿的怒气值直线飙升。

“这里是图书馆，大庭广众之下，他们的关注度就取决于你的动作幅度了。”冯智勋笑眯眯地善意提醒。

“你该不会想说，你对我也有点意思，所以宁愿丢脸承认没抓到我，就是为了和我有所羁绊？”莫子衿眯眸。

“那就看你愿不愿意被我威胁了。”大抵是在心里模拟了无数遍，冯智勋的每一句话都答得飞快。

“当初我选择那么做，是为了揭露暗黑，即便被你戳穿，我也可以用另外的方式继续维持正义。”莫子衿抢先摆明自己态度，堵死他的自信源泉。

冯智勋缓缓合上书本，话锋陡然一转：“子衿，你知道喜欢和爱的区别吗？”

这是他第一次去掉姓唤她——

不经意，却煞有介事。

莫子衿微微失神，没明白他这话是什么意思。

“喜欢是蝴蝶，会飞走；而爱是大海，美人鱼即便难过也不会离开。”冯智勋的身子往左边稍稍倾斜，“就算是为了让秦竹天看清现实，你也会陪我继续玩下去的。”

莫子衿闻到他身上淡淡的栀子香，鬼使神差地卸下心防。

“好，我答应你。”

09

喜欢是蝴蝶，会飞走的

冯智勋的抓捕行动以“失败”告终，神秘播报员依旧很神秘。

大家期待神秘播报员下次的精彩爆料，更期待成为头条主人公的冯智勋要如何交代这次的事件。

秦竹天胳膊骨折不影响行走，重新穿梭在校园内。

在X大和H大比赛之前，冯氏召开了记者发布会。

冯智勋作为主角，声明内容针对他操控校队篮球联赛一事，记者发布会自然放在了校内。

莫子衿同其他人一样，看到了什么叫作排场。

冯莫没有参加，出面的是冯智尧。

在校长的帮助下，他们挪出一楼大厅约莫三百平方米的空间来容纳各路记者近百人，还有维持现场安保的数十人。

同学们都只能在玻璃的外边围观，或是通过实时转播的电视来观看。

不过别人是别人，有聪明伶俐的许跳跳去求白宇飞，莫子衿还是进去了。

两个人伪装成负责后勤的工作人员，接近了台下记者坐的位置。

许跳跳不忘冲莫子衿邀功："怎么样？要不要谢谢我？"

"嗯，谢谢你。"莫子衿心不在焉地搭腔，她看着周边摩拳擦掌、跃跃欲试的记者豺狼们，莫名有些紧张。

许跳跳用手肘捅莫子衿，故意损道："要被围攻的是冯大公子，你紧张个什么劲啊？"

莫子衿瞪许跳跳。

许跳跳立刻一副说错话的样子："哦，对了对了，我怎么忘了呢，你现在和人家是一条心……"

"你再多话，我就缝了你的嘴巴。"莫子衿作势挥了挥拳头。

许跳跳缩缩脑袋，又自顾自地说道："子衿，我是第一次见你这么在乎一个人。秦学长对你那么好，还为你受伤了，你一点也不伤心，也不去看他。我真觉得你的心是石头做的，太坏了。可现在你为了冯大公子……"

"我说过了，喜欢就是喜欢，不喜欢就是不喜欢。"莫子衿打断许跳跳的嘟囔，"如果不喜欢还要去撩拨，那才是真的坏，你懂吗？"

许跳跳似懂非懂地点点头，又问："那你喜欢冯大公子哪里啊？"

这时记者们出现了骚动，纷纷说："来了，来了。"

莫子衿抬头，冯智勋出现了，和冯智尧相继落座。今天他穿了一件墨绿色的西装，蓬松的头发整个用发油往后梳，露出完美的面容，精神多了一份干练，也十分不一样。

冯智尧露出斯文礼貌的笑容，打开话筒表示记者发布会可以正式开始了。

早已经准备就绪的记者们争先恐后地举手提问。

冯智尧点了其中一个戴眼镜的男记者。

男记者站起来飞快地报上他代表哪家媒体，然后打开了录音笔。

录音笔里的内容正是莫子衿爆料的冯智勋和卫天明的对话。

"冯智勋先生，请问这录音里的声音是你的吧？你承认你意图操控篮球校队联赛吗？你这样做是你个人的意志还是代表了整个冯氏的意志？冯氏集团是家族企业，最近传闻你和你哥哥冯智尧要争选下一任接班人，这就是你的竞争宣言吗？冯智勋先生，请你回答。”

随着问题被一个个提出，闪光灯“咔嚓咔嚓”的声音也不停响起。

许跳跳咽了口口水，下意识地抓住莫子衿的袖子：“我去，我也开始紧张了。”

莫子衿的心暗暗提了起来，她盯着一言不发的冯智勋，分明能看到万千把刀捅向他。

而这一切，是她亲自造成的。

冯智勋面无表情地环顾四周，坐在他身边的冯智尧见状，俯身想开口替他回答。

这时，冯智勋的手拍在冯智尧的肩上，示意自己来。

冯智勋站起身，伸手指向咄咄逼人的眼镜男：“你把录音笔拿过来，我再听听。”

眼镜男微微一怔，不过还是穿过人群往前走，把录音笔放到了桌上。他透过厚厚的眼镜片玩味地瞅了一眼冯智勋，等待其做出什么出格的举动。

可是冯智勋什么也没做，而是按下开关，把话筒压下，将录音内容再次播放了一遍，这次他和卫天明的对话，每一个字都清晰地回荡在大楼里。

大家面面相觑，不知道冯智勋要做什么。

冯智勋把话筒重新抬起：“这次听得够清楚了吧？就是我的声音，有什么疑义吗？”

莫子衿压眉。

这时有女记者起身问：“所以你是承认了吗，承认暗中用不当行为操控球队比赛对吗？”

“是。”冯智勋爽快极了，不扭捏造作，“我就是用不当行为操控球队，意图改变比赛公平性。包括我和我哥哥在竞争下一代继承人的事也说得一点没错。不过今天呢……”

冯智勋俯身微微一笑："我想大家也看到了，我的小辫子被人抓得彻彻底底，脸丢光了不说，更别说竞争什么家族继承人了。"

此话一出，不光台下一阵骚动，坐在身边的冯智尧也略诧异地看着他："智勋你……"

冯智勋再次拍拍冯智尧的肩："错是我一个人的错，和冯氏无关。我宣布退出继承人的竞选。哥，以后冯氏的重担就交给你了。"

说着，冯智勋转身离开，随意对台下挥个手就当作告别了，不带走一丝云彩。

"冯智勋先生，你这话是真的吗？还是开玩笑的？"

"冯智勋先生，请你等一下。"

"冯智勋先生……"

记者们被保安拦住，问话声戛然而止！

许跳跳激动得直跺脚："我的天，冯大公子也太帅了吧！等一下……那他放弃继承权的话，是不是就成穷光蛋了？子衿你说……子衿？人呢？"

彼时莫子衿已经默默追着冯智勋出去了。

两人来到了天台。

冯智勋把西装外套脱下来扔在地上，随手一扯，把领带也取了下来。他如释重负地舒了口气，仿佛得到重生一般。

他扭头冲莫子衿自嘲："刚才人模狗样的根本就不像我对不对？"

"你平时也挺人模狗样的。"莫子衿挺喜欢这个词儿。

冯智勋笑意更盛："你这是在说我帅？"

莫子衿望着他如星的眼睛，脑海里忽然浮现出刚才他说退出后冯智尧轻松勾唇的模样。

一霎之间，她突然意识到他的坏到头来恰恰是他的好。

"……对不起。"

"你干吗道歉？"冯智勋微微一怔。

莫子衿悻悻地笑了一声："我也不知道我为什么要道歉，我只是……没想到会让你付出那么大的代价，被迫放弃了家族继承权。”

冯智勋踩着外套走到莫子衿跟前，屈膝平视她：“是不是觉得我的人格提升了好几个层次？是不是第一次行使正义后会觉得抱歉？是不是……”

莫子衿伸手一把捂住冯智勋的嘴：“我只是客气一下，你不用问那么多是不是。”

冯智勋眼睛往右瞥向她身后，似看到了什么：“嗯嗯嗯……”

莫子衿觉得滑稽，松开手欲扭头看：“什么？”

不等她扭头，她突然被双手环住，被拥进了一个温热的拥抱。

莫子衿瞪大眼睛，能清晰地听到冯智勋胸膛里有力的心跳声：扑通扑通……

她的心也跟着扑通扑通，被传染了节奏。

冯智勋突然拥抱的举动，让莫子衿猝不及防。

只听下一秒他唤道：“秦学长，你怎么来了？”

莫子衿怔怔扭头，冯智勋这个魔王没撒谎，果然是秦竹天。

“该不会是来再给我一拳的吧？记者们就在下边，我怕你上头版头条。”

他立在那儿，长了一截的刘海盖住了眉眼，看不清神情。莫子衿捏住冯智勋的衣角，又停下那微小的推开的动作。

秦竹天没搭理冯智勋的讥讽：“子衿，我有事找你。”

莫子衿正想说“好”时，冯智勋拥住她不肯放：“你看到了，我们正在约会。有什么事不能当着我的面说？”

冯智勋一副要和秦竹天戳破窗户纸的架势。

秦竹天没说话。

“我可不喜欢我的女朋友被人单独谈话。”冯智勋的唇落在莫子衿额头上，宠溺一吻。

秦竹天的心被刺痛。

做戏做得太过，也会浑身不自在，莫子衿扯扯嘴角，轻拍某人的背："乖，我去去就回。"

冯智勋看看秦竹天，又看看莫子衿，捏她的脸："不能离我太远。"

下了天台，莫子衿和秦竹天站在长廊上。

两个人并肩，一同看着窗外，静寂像一个巨大而无形的铁笼将他们困在其中。

沉默半晌，秦竹天问："你不觉得奇怪吗？"

莫子衿一怔："什么？"

"你曝光了他的罪行，导致他今天在记者发布会上宣布退出继承权，他还能不动声色继续和你谈情说爱。"最后四个字秦竹天故意放慢节奏，"还是说，我应该觉得奇怪，你们两个之间达成了什么共识？"

事已至此，校长都找她谈过话，她知道瞒不过秦竹天，不如给他答案。

"冯智勋知道我是神秘播报员，他不想继承家业，索性借着这个事情宣告退出，少了兄弟相争，就是这样。"

"你是说，他知道你是神秘播报员的事？"秦竹天压眉，转而像是想通了什么一般，"所以这是你们的交易？是他拿这件事威胁你对不对？"

秦竹天又钻了牛角尖，莫子衿赶紧打断："不是这样的！"

长廊再次陷入安静，一个身影迅速地隐匿回转角处。

莫子衿迎上秦竹天灼灼的眸光："竹天，喜欢是蝴蝶，会飞走的。我真心希望你能走出死胡同，如果你愿意，我们还是朋友。"

秦竹天："你和冯智勋不会在一起的。"

莫子衿看向他。

秦竹天垂眸："喜欢一个人，是不讲道理的。但是和一个人在一起，是要天时地利人和的。"

秦竹天缓缓转身："校长找我谈过话。我告诉他，我们只是有点误会。"

他一步步地往前走，头也不回。

瘦长的身影在宽大的运动装下，显得更单薄了。原来感情真的可以放倒一个人，让他失了神采。

莫子衿静静地站在原地，意外于自己方才会脱口说出的话。她从未想过和秦竹天的感情会走到这一步。

神秘播报员的存在受到了各种阻碍、各种追捕，都是因为秦竹天的暖心支持和全力帮助，才有了校园里这么一个传说。

他成就了她的梦想，温暖了危险的黑夜，现在她却亲手毁灭了他的快乐。

出神间，一件外套落在了莫子衿的肩上，她抬头，是冯智勋。

冯智勋轻拍她的肩："走吧。"

莫子衿推开他的西装外套："都没有观众了，你就不用演了吧。"

冯智勋不由分说地按住："谁跟你说我冲你都是演戏的？"

他握起她的手，大步往前："走吧。我饿了，找小飞飞喝下午茶去。"

他的手很大、很温暖，不是很用力地攥着，却也有不容挣扎的力量。

莫子衿有一种被需要的甜蜜的感觉。

玛莎拉蒂 4.2L Spyder，软顶敞篷跑车。

十字路口，马路中间。

莫子衿看到左手边停着的公交车上，所有女生都趴在门窗上用羡慕的眼神看着，几乎要点燃她。

"……去喝个下午茶，用得着这么夸张吗？"莫子衿用手挡住额头，无语地问冯智勋。

冯智勋把墨镜压下来一点，无辜地瞅她："夸张？还好吧，一两百万的车而已，算是很普通了。"

想来某人对"普通"这个词是有误解的。

不一会儿，后边许跳跳的兴奋叫喊声也传了过来，她坐在白宇飞的黄色跑车上，用超高分贝的声音喊："哇——我一定是在做梦——太酷了——"

冯智勋手肘轻轻地推莫子衿："哎，你闺密可比你放得开啊！"

莫子衿默默翻个白眼，无奈，交友不慎，交男友……更不慎。

两辆跑车绕着市区招摇而过，最后停在某咖啡厅门口。

冯智勋下车，绕过车头替莫子衿开门。他殷勤地向她伸手："请下车。"

莫子衿扫过他的手，突然感觉到眼睛被刺了一下。

她往那个闪亮点所在的方向看去，郁郁葱葱的草丛没有什么异常，难道是她看错了？

莫子衿失神片刻，随后抬手搭在冯智勋的掌心，下了车。

四人陆续进了餐厅。

许跳跳心满意足地耸肩："这回，我们的四人聚餐不会有什么意外了吧？"

冯智勋笑而不语。

白宇飞问许跳跳要不要吃水果："那边有自助选区，你喜欢什么，我去帮你拿。"

许跳跳脸颊一红："我们一起去吧。"

白宇飞伸手摸了摸她的头，那亲昵的动作自然而熟练。

莫子衿情不自禁地噘嘴，忽地感觉双唇一紧——

冯智勋捏住她的嘴："干吗呢？看许跳跳和小飞飞出双入对，你不高兴哦？"

莫子衿也学他在天台那样："嗯嗯嗯……"

冯智勋好整以暇地琢磨着："嗯……你该不是想说白宇飞是出了名的'中央空调'，处处留情，许跳跳和他谈恋爱怕是会吃亏，对吧？"

莫子衿扯开冯智勋的手，抿唇肯定："对。"他居然猜得一字不差。

冯智勋白皙的脸逼近她，一副宠溺的神情："唉，你先担心担心你自己吧。"

他虽然和之前那种浑蛋样没什么差别，但莫子衿总觉得今天特别夸张。她预感到他要做什么，微微眯眸：“担心我什么？”

冯智勋一点点地凑近她，目光有意无意地落在她的唇上：“你会不会吃亏……”

越过冯智勋的脸颊，这次莫子衿看清楚那不是幻觉，而是一个拿着相机的男人！

电光石火间，莫子衿明白过来冯智勋的意图。她身体瞬间往后，却不及某人伸手回拉的力道。

两人贴合，他的气息扑面而来，莫子衿的心跳瞬间停住，鼻间仿佛嗅到巧克力的香气，仿佛这香气原本就有。

周围的人都模糊掉，声音都听不到。

她平日的高冷、机智，在他面前全派不上用场，她完全就像被拆散的机器。

他戏演得很敬业，真假难辨，对莫子衿攻城略地，旁若无人。

不知道是谁说：爱情就是一场游戏，不管你起初为何加入，愿意沉沦，它就赢了。

莫子衿缓缓闭上眼睛，享受且回应着。

一旁拿水果回来的许跳跳看到这一幕，蓦地站在十米开外的地方，咬着手指呆住了。

白宇飞不无叹息：“这家伙真是把别人都当透明的呀。”

“好羡慕啊……”压抑不住的羡慕从许跳跳的喉咙里发出声来。

白宇飞侧目看她，觉得她有些可爱，便逗她：“我们也来一个？”

许跳跳瞬间从脸上红到了脖子：“真……真的吗？”娇羞是真，欲望也是真，她娇羞不过三秒就嘟起嘴来。

白宇飞赶忙拿过一个番茄堵上去。

不知道过了多久，不知道吻了多久，冯智勋放开莫子衿时，莫子衿看到拿相机的男人已经不在。她轻轻把落下的发丝撩至耳后，脸蛋红通通的，一时不知道该说什么。

倒是他叉起盘子上的小块蛋糕亲昵地喂到她嘴边，问：“看清楚那个人的长相了吗？”

莫子衿迟疑两秒，然后道：“没有，只看到了一个大概。”

莫子衿瞥他：“你做每件事都这么有目的性，真的好吗？”

冯智勋笑意渐浓：“其实他那个角度，根本拍不到我们接吻的照片的。”

“喀喀喀，你们够了吧，真当我们是透明人啊？”白宇飞个了高，随手一搭就把许跳跳当拐杖使，拉着她回座位，愤愤不平，“得，下次你们两个自己出来吧，别叫上我们。”

许跳跳开心地缩在白宇飞胳膊里，一点也不敢动，还不忘附和：“就是就是。”

他那个角度根本拍不到……所以他只是想吻才吻的？

莫子衿一边琢磨着冯智勋的回答，一边将白宇飞对许跳跳关怀备至的场景尽数看在眼里。

因为执意不肯这么招摇地返回学校，莫子衿拉着许跳跳单独走了回去。

白宇飞送了许跳跳一根手链，许跳跳爱不释手，嘴巴都要咧到耳根了。

莫子衿问许跳跳：“你真的要跟白宇飞交往？”

许跳跳点头如捣蒜：“这种中了大乐透的机会不是随时都有的。”

对于白宇飞的“青睐”，许跳跳奉上这样的比喻已不新鲜。莫子衿点头：“我知道，我知道。只是……你觉得他为什么会喜欢你？”

莫子衿尽量用委婉的方式想要表达这种中头彩的不靠谱，却无心伤许跳跳。不过这话一问出来，她还是觉得言辞不妥。

许跳跳驻足，望着莫子衿：“你是说我不配？”

“不是！”莫子衿急道，“在我眼里你很好，真的，跳跳，你很好！”

只是客观来说，现实爱情里少了那么一份超然脱俗的奇迹。

许跳跳扑哧笑出声，点莫子衿的额头："我头回听你这么夸我。"

"跳跳……"

许跳跳的笑容一点点淡下来，浮现丝丝忧郁："我知道，以客观目光来看，我站在白宇飞学长身边几乎可以忽略不计。可就是因为不配，我才觉得好幸运呢。我想要努力变好，想要让那不可能变成可能。只要他对我笑一下，我就能开心一整天……子衿，你怎么能说这不是爱情呢？"

莫子衿还想说什么，许跳跳拉过莫子衿的手，撒娇似的往她怀里靠："好了，我知道你担心什么。放心吧，不管会不会受到伤害，我都甘之如饴。就让我去吧！"

许跳跳的没心没肺，从另一面看，又何尝不是一种纯粹的勇气？莫子衿甚至需要向她学习这样无所畏惧的信心。

莫子衿轻轻地拍拍许跳跳的肩，把话咽了回去。

"嘀嘀——"

温馨有爱的画面被一阵刺耳的鸣笛声打断。

莫子衿扭头，只见身后不知何时多了一辆黑色的宾利，车窗打开，是一张只见过一面但很熟悉的侧脸——

冯莫。

冯莫没有正眼看莫子衿，只是淡淡地开口："莫小姐，我希望和你谈一下。"

从车上下来给莫子衿开门的，正是冯智尧。

这种请人方式，很明显，说"不"是不可能的。

莫子衿拍拍许跳跳的肩："你先回去吧。"

许跳跳瞅瞅莫子衿，又瞅瞅他们。

莫子衿微笑："没事，你先打车回去，我马上就回。"

许跳跳见状，只好点点头。

莫子衿上了宾利车。

她以为会被带回冯宅，不想谈话就在车里进行。

冯智尧开着车，缓缓行驶在夜色中。

一直沉默的冯莫先挑起了话头："关于今天的记者发布会，莫小姐就没有什么要和我说的吗？"

莫子衿侧目看向冯莫："冯先生，我不明白您的意思。"

冯莫那像迟暮苍鹰，虽沧桑但不减锐利的目光在她的脸上停留，大抵她这个年纪的人一般会恭敬地称他一声伯父吧。不过在她看来，这是礼尚往来，他唤她"莫小姐"，她自然要回一声"冯先生"。

"那么，这些呢？"莫先生把一个信封丢过来。

莫子衿打开，里边是一沓冯智勋带着她招摇过市以及在餐厅里的亲密照片。

"就如冯先生看到的，我和冯智勋正在谈恋爱。"莫子衿坦然做总结。

开车的冯智尧往后视镜上看了一眼。

冯莫皮笑肉不笑地扯扯嘴角："我要说的很简单，尽早断了吧，他的人生不是你耽误得起的。听明白了吗？"

莫子衿点点头："听明白了。"

冯莫嘴角上扬一点："很好。"

莫子衿："不过我不打算这么做。"

冯莫的笑容僵在那里，尴尬里透出愠怒："你说什么？"

莫子衿礼貌地假笑。"我和冯智勋谈恋爱这件事，他喜欢我，我喜欢他，就可以了，暂时还不需要冯先生您的同意。"也不等冯莫再说什么，莫子衿轻轻地拍椅背，"下车。"

冯智尧没有要停车的意思。

冯莫哼笑："莫小姐，我承认他对你确实与众不同，可你是真的喜欢智勋吗？今天在记者发布会上，他主动退出继承人的竞选，你知道这意味着什么吗？一旦他退出，就代表着冯氏没有他的位置，我这个父亲也要放弃他。从刚刚上车开始你就摆出和我针锋相对的姿态来，一点也没有关心询问的意思。莫小姐，你别告诉我，你们现在的年轻人把爱情定义为剥夺，不是给予了。”

逻辑紧扣，字字戳心，果然，姜还是老的辣。

莫子衿不想和冯莫做口舌之争，她的沉默让冯莫很满意，他继续道：“莫小姐，胳膊是拧不过大腿的。你是个聪明人，前途一片光明，不过你的前途绝对不在冯智勋的身上。”

说着，他示意冯智尧停车。

冯莫下了车，用那种冷淡的语气吩咐冯智尧：“把莫小姐送回学校吧。”

“是的。”

冯莫上了另一辆车，扬长而去。

车子里的压抑气氛却一时三刻散不去。

莫子衿没想到有一天电视上被长辈约谈的经典场景会出现在自己身上，原来滋味是这样复杂。

“我父亲说话比较冲，你别在意。”冯智尧微笑着看向后视镜，“父亲也是关心智勋。”

“没关系。”莫子衿也微微一笑。

车上只留下他和她，她这才有机会注意到他的彬彬有礼。想到白天在记者会上看到的那一抹浅淡的笑，她忍不住对他产生了好奇。

“你是智勋的哥哥？”

“是，我是冯智尧。”冯智尧对着后视镜点头致意，“那天在家里我们见过。”

莫子衿：“是啊，那天没来得及好好打招呼。你和智勋长得很像，也不像。”

“是吗？那是哪里像、哪里不像呢？”冯智尧笑问。

“你们的五官很像，不过透露出的气质完全不同。”莫子衿故作深思，“你是如玉君子，不凡精英；他是绝世魔王，坏痞浑蛋！”

理工生卖弄成语，还是费了一番工夫的。

冯智尧大笑，不过他很快就用手握拳，搁在嘴边清了清嗓子：“这个比喻真是有意思。不过智勋没那么糟吧，不然你也不会喜欢他。”

莫子衿挠挠眉心：“嗯，可能是男人不坏，女人不爱吧。”

冯智尧：“莫子衿？我可以叫你子衿吧？”

莫子衿点头说“当然”，内心忍不住犯嘀咕：老爹刻板决绝，大哥又来打温情牌，这是想要闹哪样？

冯智尧打方向盘，车子驶入另一条街区：“智勋他是一个古灵精怪的孩子，有他自己的想法，在美国多年，现在刚刚回来。其实我很想和他多亲近亲近，不过我白天忙，他也要上学，一直找不到很好的契机。”

莫子衿静静地听着。

“希望你的出现，能让智勋和我的关系得到改善。”

莫子衿微微一怔：“你支持我和智勋？”

“智勋从不轻易喜欢一个女生，他看中的，一定很特别。”冯智尧笑，“你确实挺特别的。”

莫子衿瞅他的侧脸：“冯老先生命令我和冯智勋断了，你这样鼓励我，难道不是违抗皇命？”

冯智尧毫不介意莫子衿的直接：“在这件事情上，我想阳奉阴违一次。”

他很明显在通过她传达亲善的意思，这是为什么呢？

发布会上冯智勋主动退让，已经不在战场，他还需要稳住对手吗？或者因为冯莫并没有同意吗？还是说他和冯智勋是真的兄弟情深呢？

在她出神间，车子已经到了学校门口。

冯智尧很绅士地下车来替莫子衿开车门，莫子衿下车后迎上他温和的目光，不禁脱口说道：“如果智勋没退出继承人竞选，你会怎样？”

她问得突兀，他黝黑的眸底似也有一丝起伏。

莫子衿摆摆手，打圆场：“我问得真多余，也没有如果了。谢谢你送我回来。”

冯智尧勾唇。

莫子衿越过他，快步往校门口走去。

望着她的背影，冯智尧的笑意一点点从脸上散去。

“好好盯着他们，事情不会那么简单就结束的。”

“是，老板。”

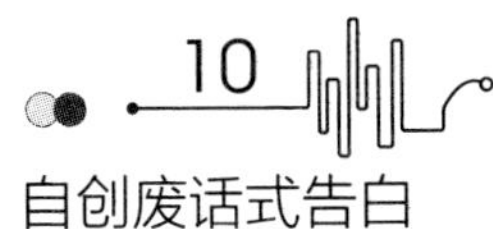

自创废话式告白

一连五天，莫子衿都没再跟秦竹天说过话。

校园不大，但两个人要是存心不相见，也是很简单的。

记者发布会的事，随着冯智勋的公开道歉，卫天明被开除出校队而结束，由副队长顶上继续和 H 大比赛，结果虽然赢了 H 大，不过这已经不是大家最关心的了。

卫天明主动退学，行踪成谜。

有人说他受不了打击自杀了，也有人说他其实是被国际教练挖去打国际比赛了。

校园重新恢复平静。

袁飞舞紧跟在秦竹天身边，像之前一样不离不弃，却又变了味道；冯智勋和莫子衿的关系没有彻底公开，但随着许跳跳和白宇飞出双入对，亦已经成了大家眼里的风景，公开的秘密。

这一天莫子衿上完最后一堂课，外边下雨了，稀薄的雨帘像暧昧不清的慢镜头。

大家飞也似的离开。

莫子衿磨磨蹭蹭地把书放进包里，没有立刻起身。一向和她同进同出的许跳跳也不知何时没了踪影。

自从和白宇飞同进同出后，这位好友时常不见。

果然重色轻友，是大多数人的通病。

“咚咚咚。”清脆的敲门声在教室里回响。

莫子衿抬眸，冯智勋一身清爽的白色运动装，脖子上挂了一件宝蓝色的针织长袖，显得俏皮活泼。

这些天他尽职尽责，上课送，下课接，好男友的光辉形象在冯智勋身上体现得淋漓尽致。

莫子衿把包往桌上一掷：“你过来拿。”

冯智勋笑着大步走来，顺势在莫子衿身边坐下，指了指大黑板：“坐得这么远，你看得见吗？”

“看得见啊！”

冯智勋好整以暇地说道：“真的？”

他又想耍什么花样？

冯智勋起身向讲台走去。

莫子衿饶有兴趣地托腮望着他，只见他指了指自己，又指了指她，再做了一个比心的手势：“这样看得到吗？”

莫子衿扑哧笑出声。

真幼稚！

“废话！”

“废话是看得到还是看不到啊？”冯智勋挥挥手示意还有，他双手交叠在身前，嘴巴动了动，没有发出声音。

“这样呢？看得到吗？”

他用口型说了四个字：我喜欢你。

莫子衿侧过脸，绷住淡定神色：“废话！”

像这样的小把戏，好像就是他的天赋，随时随地就能变一堆出来。她白眼没少翻，吐槽没少给，但心里的弦还是被拨得嗡嗡作响。

这场爱情游戏似乎没有尽头，他需要她的配合，来抓住冯智尧安排在学校里的内线，而她需要他的配合来让秦竹天死心。

彼此的目的如此鲜明，触动心房的真假反而更加模糊。

冯智勋跑回来，扳过她的下巴很认真地计较起来：“你都没对我说过，你喜欢我。”

莫子衿微微一怔。

触动心房的真假可以自个儿模糊，但游戏规则她得时刻铭记。她试图推开他的手，辩称周围又没人。

“别想躲。”冯智勋不依不饶，“就是因为周围没人，我才想听。”

“……”莫子衿对上他的目光，问，“为什么？难道你真的喜欢上我了？”

涉及原则问题，冯智勋仍旧嘴硬：“我说过‘你喜欢上我之前我绝不会喜欢你’，你忘了？”

莫子衿深吸一口气，正想送出大白眼，冯智勋搂住她的脖颈急急道：“所以你赶紧说喜欢我呀，不然我怎么承认真的喜欢上你了？”

他的语气急切，他闪动的明眸透露着孩子般的焦躁不安。

她想就此妥协说喜欢，又怕真的说出口，下一秒他就会说这是玩笑，她怎么就中招了。

说白了，她怕输。

莫子衿慢慢地贴近他的脸，轻声道：“我……”

空气仿佛静止，静听八卦。

冯智勋撑在桌面的手指微微弯曲，闻着她身上的清香，下意识屏息，他竟不知自己会如此期待。

日光倾斜而至，那光线里弥漫着缓慢浮动的尘埃，莫子衿的下一个字眼看就要说出口……

突然，她像一颗弹珠一样从他身边飞了出去：“看见他了。”

莫子衿跑出教室，一口气跑到一楼，从后边追上来的冯智勋拉住快要冲出去的她：“嘿，你这戏演得有点过啊！”

莫子衿摇头：“不，我是真的看到他了。”

一眨眼的工夫，她看到了那个男人。

冯智勋见她不像开玩笑，脸上的笑意也退了下去："看清脸了？"

莫子衿闭上眼睛努力回想："他戴着眼镜，脸上的鬓角有点密，不高……"她还想想起更多，懊恼地拍了一下脑门。

冯智勋拉住她的手："你已经很厉害了，别急，剩下的交给我。"

莫子衿望着他，不解地问："他已经拍到我们的关系，你家冯老先生也找我谈过话，我也表达过立场，他还想拍到什么？"

冯智勋笑得深沉，揽着她的腰，问道："想知道？那就把刚才没说完的话认认真真地说了。"

看来这次她是躲不了了！

莫子衿倔强地瞪他，心里想着对策。

"冯智勋，我喜欢你。"

冯智勋微微挑眉，莫子衿的嘴巴没动，显然这话不是她说出来的。

莫子衿确定自己没说，这话不是她说出来的。

两人同时扭头，最先映入眼帘的是一个粉色信封。

信封微微颤抖，顺着白皙的手看过去，一个留着 BOBO 头的红脸女生抿着唇，无措地说道："我知道你们的关系，可是我想把我的喜欢说出来，也算是……也算是成全自己！"

说着，她把信封塞到冯智勋的怀里，转身就跑掉了。

莫子衿翻滚的心绪仿佛被泼了一盆冷水。

冯智勋拿过粉红信封，脸上不知道该摆什么表情："嗯……子衿，你看，你不告白，有的是人想告白啊！"

莫子衿抬起脚狠狠地踩在某人的脚背上："看你很高兴的样子，那你一个人慢慢地高兴吧。"

她愤愤转身。

"日日思君不见君，只愿君心似我心……冯公子，从你第一天转学来到 X 大，我在操场上看到你的那一刻开始……"

莫子衿已经走出五米远，闻言硬着头皮转过身，看到冯智勋这浑蛋根本就没打开信封，刚才那些煞有介事的表白句子全部是他凭空捏造的！

可恶！

莫子衿恼了，一个箭步冲过去将信封一把夺过来，攥在掌心："这就是我的告白，你满意了？"

冯智勋叹了口气："开口说喜欢我有那么难吗？莫子衿你知不知道你这叫什么？叫矫情。"

"哼，我矫情？"莫子衿终于忍不住翻了一个大大的白眼，晃晃手里的信封，"冯智勋，这女生是你安排的吧？这么拙劣的把戏，我才劝你不要再矫情了！"

"这姑娘真不是。"冯智勋无辜地摇头，"考虑到我冯智勋的魅力，不至于要故意安排。"

和他待久了，她已经搞得清他什么时候是在说谎，什么时候不是。

这时，新一堂课的铃声响了，有要上课的学生陆续往这边赶，刚才那个女生早已不见踪影。

莫子衿回想她告白的样子，觉得有漏洞——

一个真的害羞的人会选在他们抱在一起的时候递情书吗？这会不会太刻意了？

莫子衿把信封打开，在里边发现了一个微型窃听器。

冯智勋皱眉冷笑："不错嘛，我们国家现在也进入了间谍时代。"

十分钟后，两人来到监控室画面。

保安一看是冯智勋来，很殷勤地敬礼，询问有什么可以帮忙的。

冯智勋塞给保安一点钱，让他和其他同事去买点吃的，便把人"赶"出了监控室。

他拉过椅子坐下，单手操作键盘。

很快显示器上就放大了教学楼位置的监控。

莫子衿看到的那个男人没有从楼里出来，很显然他防着这一招，没有在监控下出现。

不过那个送情书的女生倒是看得真切，她掉头跑开后朝不远处的一棵树看了一眼。虽然很短，不过冯智勋可以确认那树后有人："这种窃听器的窃听范围半径最多二十米。"

很快，有脚从树干后迈出，莫子衿瞪大眼睛想要看清楚那人的真面目。

可是画面轻微闪动了一下，他们并没有看到出来的人。

莫子衿皱眉："这怎么回事？"

"监控画面被人提前动过手脚了。"冯智勋往椅背上靠，"看来等那保安回来后得好好问问了。"

莫子衿俯身："不用，你把闪动之前那个画面定格放大给我看。"

冯智勋应声把那只脚给放大了。

莫子衿盯着画面两秒，得出结论："是袁飞舞。"

冯智勋侧目看她："你怎么知道的？"

冯智勋认真地打量画面上的鞋子，还是没看出端倪："这鞋子没什么特别的呀。"

"不是鞋子，是脚踝的文身。"莫子衿伸手一指，"那脚踝上的竹子，是秦竹天。"

冯智勋了然："难得你和她这么关注彼此。"

莫子衿看他："你说，袁飞舞和那个男人有关联吗？"

"如果有关联的话，袁飞舞就不会派人来查我们的底了。"冯智勋分析道。

表面看似安静的袁飞舞原来并不安分，她难道是看出了什么？她这么做是秦竹天授意的吗？

莫子衿头疼地把键盘一推："真可惜，没有看到那个男人的样子，不能收集到更多信息。"

"放心吧，只要他在学校里，我们就一定能抓到他的尾巴。"冯智勋伸手摸了摸她的头，以示安慰。

莫子衿盯着他温暖的眉眼，忽然想起什么，扭头看向显示器："既然可以调监控，那那天在餐厅外你怎么不看监控？"

只要那天看了，不就知道眼线是谁了吗？

"看了，那我还怎么有理由跟你继续交易啊？"

"……那你现在为什么又看了？"

"不看，我怎么和你结束交易，说我是真心的？"冯智勋一把搂莫子衿入怀，傲娇地仰起头。

千方百计，为你而已。

就算道行再高，也终有人能降服；

就算表面再强，也终有弱点深藏。

莫子衿感觉自己飘浮不定的心像坠入深海的石头，不停地、不停地沉落。

晚上，冯氏集团二十三楼的办公室里。

冯智尧站在窗边，点开某人刚发送过来的一截录音。

伴随着乱七八糟的背景音，出现了莫子衿和冯智勋的声音——

"……他已经拍到我们，你家冯老先生也找我谈过话，我也表达过立场，他还想拍到什么？"

"想知道？那就把刚才没说完的话认认真真地说了。"

黑影中，他修长的手指轻轻地点着暂停播放键，重复听着这段录音，好看而深沉的眸子眯起，透着神秘的弧度，像静候狩猎的狮子，耐心而隐忍。

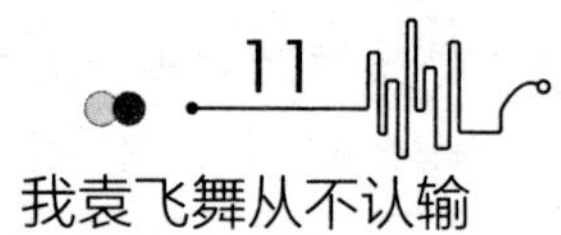

11 我袁飞舞从不认输

入秋没多久，许跳跳的生日到了。

在她发了朋友圈，发了短信提醒，又单独敲了对话框千叮咛万嘱咐别忘记这重大的日子后，莫子衿决定去给寿星买生日礼物。

离学校一条街，有一家挺大的化妆品店。

莫子衿看到门口放着面膜买三送一的优惠活动，便走进去看看。

女人心甘情愿为化妆品沉迷，大抵就是从明亮的灯光下，放在玻璃架子上看过去仿佛十分精致的盒子开始的吧。

莫子衿看到一款动物面膜，想到许跳跳每次和白宇飞见面都要提前敷脸的仪式感，伸手便去拿。

这时，她碰到了另一只手，扭头，是袁飞舞。

袁飞舞面无表情地缩回手：“你先吧。”

莫子衿仔细一瞅，架子上只剩五片面膜了。

袁飞舞：“这款卖得很好，卖光了商家就不补货了。”

她忽然这么大方，莫子衿有些不习惯地说道：“那让给你吧，你先看中的。”

袁飞舞哼笑：“和你抢面膜？我没那么幼稚。”

莫子衿望着她，感觉她是指之前泼了自己一身水的事，便把最后的五片动物面膜放进篮子里。

结算时，莫子衿帮袁飞舞刷了优惠卡，两人相继往门口走。

莫子衿把两片面膜放到袁飞舞的袋子里：“我是拿来送朋友的，用不了那么多。”

袁飞舞扫了一眼也没拒绝，瞅着莫子衿：“怎么，交了大款男友，还这么节俭来扫打折货？”

莫子衿笑笑：“有时间吗？我们聊聊。”

街角的咖啡厅，两人相对而坐。如果外人不知道这两个是水火不容的关系的话，画面其实是很美好的。

不过两人是从什么时候开始变得水火不容的呢？历史遗留问题，时间太久远，有些影响记忆。

莫子衿看着袁飞舞没忍住笑了。

袁飞舞皱眉：“你笑什么？”

莫子衿摇头：“没什么，我只是觉得我们这么坐着聊两句的画面很难得。”

袁飞舞点头：“确实很难得，我以为我只会在去看你的墓碑时才会这么心平气和。”

她真毒舌。

莫子衿作势举了一下手里的卡布奇诺：“你就不怕我拿这个泼你的脸，报复回来吗？”

袁飞舞盯着莫子衿，一脸不屑：“你会吗？”

莫子衿摇头：“不会。那天的事全世界都觉得你幼稚，其实你才是真的高明。拿水这么一泼，谁都知道秦竹天表白失败，彻底断了他和我之间的可能性。”

袁飞舞冰冷的眸子难得跃起一点火苗：“你看出来了？”

“虽然一直都对你没有好感，但你的执着、对待秦竹天的心还是很可爱的。”莫子衿如实评价。

“别一副胜利者的姿态，我袁飞舞从来不认输。”

“既然如此，那就好好地攻下秦竹天就好，为什么还要来打探我和冯智勋呢？”顺着袁飞舞的话，莫子衿问出重点。

袁飞舞了然垂眸：“那天你发现我在树后了是吧？……要不是竹天，我才没工夫管你们呢。”

莫子衿：“什么意思？”

“这些天我和竹天在一起，他对我的态度缓和很多，甚至是温柔了。”袁飞舞说这话时，眉眼并没有展现开心，反而是眉头紧锁，“可我能感觉到他只是把心思放得更深了而已。”

莫子衿不是很明白。

“他那么喜欢你，被你拒绝了，还眼睁睁看着你和冯大公子招摇过市。你们有多招摇，你们自己知道吧？”袁飞舞歪头，“可是秦学长没有难过，我确定他不是假装不难过。你不觉得很奇怪吗？”

莫子衿：“所以你觉得我和冯智勋有问题？”

“我怎么知道你是不是在耍诈？”袁飞舞用反问来回答。

“那你通过窃听器听得真切，我和冯智勋有没有在使诈。”莫子衿说道。

“窃听器？什么窃听器？”袁飞舞一愣，不像是装的。

莫子衿仔细打量袁飞舞：“你真的不知道？”

“知道什么？”袁飞舞越发一头雾水。

莫子衿最后问道：“那天你去过保安室吗？”

“我去那儿做什么？”

如果她和那个奇怪的告白女生不是一路的，那么监控画面是为谁而删的？

莫子衿重新思索，袁飞舞出来时的画面被人剪掉，可是恰好留下那有标志性的脚踝文身，的确太巧合了。

莫子衿出神间，袁飞舞用拳头敲了敲桌面：“莫子衿，你到底想说什么？”

“我想说……”莫子衿准备起身，“时候不早了，我们该回学校了。”

袁飞舞抬眸：“等一下。你问了我那么多，我也想问你一个问题。”

“神秘播报员的事，你打算怎么交代？”

莫子衿没有回答，而是微笑地放下一张粉色大钞：“这顿我请，等你追到秦竹天了，再回请我，这样我们就两不相欠……”

说着她提着东西越过袁飞舞，大步往门口走。

袁飞舞给她提了个醒——神秘播报员尽职尽责地给了听众一个交代，可秦竹天交代给莫子衿调查这件事还没有给出结果。

回到宿舍，莫子衿把礼物放进衣柜里。

许跳跳正好回来：“子衿，你去哪儿了？找了你一圈都没找着人。”

“出去给你买礼物了呗。”莫子衿没好气地说，“你过个生日搞得整个宇宙都要放鞭炮。”

许跳跳嘻嘻笑，搂过莫子衿的脖子亲昵撒娇：“哎哟，就知道你对我最好了。”

莫子衿推开她：“少来，通知你的白宇飞了吗？”

不想许跳跳立刻做了一个“嘘”的动作：“我没告诉他。”

莫子衿一怔：“为什么？”

许跳跳一脸体贴小媳妇的模样搬过椅子：“我不想给他负担，那天到了再和他约个会，轻描淡写地提一下就行。”

某人的脑回路，莫子衿真是不理解。

一个最应该记得她生日的人如今却成了局外人？世上哪有这样的道理？

莫子衿拿过手机，立刻发微信给冯智勋：我要见你。

彼时接到这条微信的人却不是冯智勋，白宇飞拿着他的手机打开微信：“小勋勋，莫子衿要见你，还给了时间，right now（现在）。”

冯智勋正在电脑上实验他的秘密任务，头也不抬地说：“就说我在忙正事，有什么直接微信说吧。”

白宇飞歪头："忙正事？什么正事？"说着他调成语音，按下——

冯智勋："忙正事就是忙正事，她聪明伶俐，会明白的。"

白宇飞翻了一个大大的白眼，本来想"套路"他一下，居然不上套！

莫子衿飞快地回了一句："是白宇飞吗？正好，我找的就是你。"

白宇飞愣了，放下手机对冯智勋说："你女朋友说不找你，她找我。"

冯智勋的视线终于从屏幕上往左转了一个角度："哦，那你去吧。"

白宇飞放下吹风机，捏捏自己刚刚固定好的刘海，嘚瑟地说："你就这么放心我？不怕……"

"子衿眼光高，不然当初也不会拒绝你。"冯智勋重新盯屏幕，极其轻描淡写。

…………

白宇飞拿上外套，充满怨念地往外走。真不明白，这么毒舌的人，自己当初为什么要和他当朋友？

几分钟后，男生宿舍楼下。

白宇飞笑眯眯地冲莫子衿打招呼："子衿弟妹，你好呀。"

莫子衿："谁是你弟妹了？"

白宇飞使坏得逞："哦，不对，子衿学妹……"

"我是说，冯智勋同意你当大哥了吗？"莫子衿使坏说。

白宇飞气结，果然不是一家人不进一家门啊。

使坏完毕，莫子衿摆手说正事："我找你是想通知你，许跳跳快过生日了。她通知了全世界就是没通知你，怕麻烦你这个男朋友。"她故意把最后三个字说得铿锵有力。

白宇飞如释重负："原来是为这事儿。"

莫子衿很认真地问他："白宇飞，你对许跳跳是认真的吗？"

白宇飞迎上莫子衿格外严肃的目光，上前两步："她确实挺可爱的，不过我对她确实还没到小勋勋对你的份上。莫子衿，企业最避讳负面影响，尽管冯氏有能力搞定，但以冯伯父的性格，是不会轻易放过神秘播报员的。你要小心。”

莫子衿一愣：“你知道神秘播报员……”

白宇飞笑着摇头：“小勋勋守口如瓶，可什么都没对我说过。不过他拿着对比的录音证据跑出去后，我要猜到也不难吧。”

莫子衿：“谢谢你的提醒。”

莫子衿转身后顿了一下，还是侧过脸，道：“如果你对跳跳没有那种心思，希望你能尽早让她清楚。别拖着，这样对她不公平。”

白宇飞双手插口袋站在原地，目送她离开。

经过袁飞舞和白宇飞两人相继提醒，莫子衿才想起来关于冯智勋因为暗箱操作公开退出继承人资格的这件事，唯独漏掉了神秘播报员。

冯莫那张写满精明和计较的脸浮现在莫子衿的脑海中，任凭她天不怕地不怕的性子，也不禁打了一个寒战。

目前的安静，更像是一种报复的悄然发生，莫子衿很不安。

回宿舍的路上，莫子衿的手机来短信了。

她瞄了一眼短信发件人，是M。

是他……

莫子衿不自觉地皱起了眉头，打开短信内容：晚上回趟家，我有事问你。

家？这个字眼真刺痛。

莫子衿想了想，拨通，把手机放到耳边。那边很快接起，一如既往的口吻里夹带了一丝勉强的柔和：“今天我打听过了，你下午都没课，晚上回来一起吃顿饭吧。”

莫子衿刚想说“不用”，电话那头传来了两声咳嗽声。就这样，“不”字在嘴巴里打转最后变成了：“……我知道了。”

曾经，她不顾一切地去做神秘播报员，就是为了不为难自己。

可是一路成长才发现，为难自己像打不死的小鬼总是会缠上来，而自己唯一能做的，就是平息心绪，找各种理由去接纳。

晚上。

莫子衿踏入熟悉又陌生的小区，站在别墅前迟迟不肯进去。

说是熟悉，这里是自己长大的家，怎么会不熟悉？

可陌生也的确是陌生的，她已经有将近一年没有踏入这里了。

通过灯火，莫子衿仿佛能看到里边自己曾经的影子，家里只有她和他，意见不合，常常吵架。

再明亮的光都暖和不了他们之间的阴暗鸿沟。

是到了自己身上才明白沟通这种东西，也可以是无效的。

这种深深的无力感让她抵触着踏进这里。

出神间，客厅的窗帘忽然被人拉开了。

光亮的客厅里，他套着一件米色背心，白色衬衫的袖口利落地卷着，身上系着一条有些别扭的围裙。

见到她，他微微一怔，随后挥了挥手，示意她进来。

白天怎么没见到他的头发其实白了一大片呢？

莫子衿心下某处被踩了一下，低头迈步。

他搓着双手迎她进来，还弯腰从鞋柜里拿出拖鞋。

莫子衿抬眸望去，鞋柜上放着她最喜欢的盆栽，灰白的瓷砖上一尘不染，东西都整齐有序地摆放着。

他一个人，尽管工作忙碌，仿佛……仍然随时在等她回来。

莫子衿抿唇，轻轻松口："爸。"

他高大的身子恍然一僵，但很快装作没太在意，用鼻息"嗯"了一下，便往里走："我今天特地早点回来，做了你最爱吃的鸡蛋羹，还有肉末炒蘑菇，还有……还有其他的一些。"

他推开椅子，殷勤地指着满满一桌的家常菜介绍起来，又自顾自地谦虚道："很久不做了，也不知道手艺退步了没有，你还爱不爱吃……"

莫子衿拿起筷子，示意他也坐下来开动。

他点点头，战战兢兢、无措地不敢抬头，生怕一个不小心就破坏了眼下这难得的温馨气氛。

莫子衿吃上几口，抬眸间对上他的眼，终于问出了今天来这里的"重点"："不是说有事要问我吗？是什么事啊？"

提到事情，他的脸色严肃了一点："神秘播报员的事，我听说秦竹天交给你了。"

今天，他是第三个提到神秘播报员的人。

莫子衿放下筷子："是。"

"那你查得怎么样了？"他的目光掩藏不住焦急。

"怎么，是冯氏给你压力了吗？要你把播报员交出去？"莫子衿强压内心的情绪，努力平静地问道。可她即便努力压抑，语气里的讽刺依然是多年摩擦出的习惯。

他缓缓放下筷子，叹了口气："这么多年，你一直都看不惯我。我知道，在你看来，我更像个商人，而不是校长。可正因为我是校长，我是X大的校长，我需要为X大负责。不管是任何人、任何事都不能伤害X大的利益，这就是我的职责！"

莫连藏着沟壑的眼睛里放射着谁也不容挑战的坚持。

莫子衿冷笑垂眸："所以，你就能睁一只眼闭一只眼，违背良心把黑的掩盖成白的，只是为了X大。所以，当年你才会把我妈逼走害我……"

声音戛然。

提到不愿也不能提的人，就像利刃出鞘刺痛别人，也伤害到自己。

莫子衿紧闭双唇，一股气涌到喉咙口硬生生吞咽回去。她很不想把今晚难得的好气氛破坏，但又无处堆放这残毒已久的不甘。

莫连深吸一口气，可以看得出他很不想再为这样陈芝麻烂谷子的事进行争辩，他也在隐忍克制。

餐桌上一时陷入寂静，不知道过了多久，莫连先开口道："这些年，你一直在怪我，在学校你叫我校长，对外你不希望曝光我们的父女关系，你甚至在外边租房子，说你是外来念书的。这些我都可以包容，因为你是我的女儿。我有错，所以也没什么好辩解的。今天找你来是公事，不管受牵连的人是不是冯智勋，这个神秘播报员是一定要找出来的。你明白吗？"

莫连握拳扣桌面，莫子衿迎上他别有深意的目光，感觉到前所未有的压力。

这顿饭吃得索然无味，怎么结束的，莫子衿也忘了，她只记得莫连那个眼神，和那句"这个神秘播报员是一定要找出来的"的话。

知女莫如父。

她就是神秘播报员，莫连是知道的。

如同她看不惯莫连的行事作风一样，莫连也看不惯她神秘播报员这个身份的存在。

秦竹天是他最得意的学生，他才会把这件事交给秦竹天来查。在秦竹天的庇护下，她才能一次又一次地当夜间英雄。相信就算莫连一开始不知道，后来也有所察觉了。

怎么办？

事到如今，莫子衿忍不住问自己，真的要放弃神秘播报员了吗？

万万没想到，第二天，神秘播报员被抓到了。

莫子衿听到这个消息的时候正在食堂里拿豆浆喝，忽然就听到了通报台冰冷的男声："下面宣告一则通知，下面宣告一则通知。土木工程系大三学生兼学生会主席秦竹天，主动表示他就是在学校制造新闻的神秘播报员，他就是神秘播报员……"

听到的人都沸腾了。

持续一年多的神秘案件终于告破，大家感到意外之余，开始饶有兴趣地寻找蛛丝马迹，来给这段新闻添砖加瓦。

莫子衿狂奔出食堂，一头撞在冯智勋的怀里。

他稳稳地扶住她，伸手拨弄了一下她凌乱的发丝："哎哟，我的子衿宝贝素面朝天的，也美到闪光呢……"

素面朝天？这个词用得真肤浅，她没洗脸出来的，头发随便梳一梳，还穿着一身特别宽松的蓝色运动服。

莫子衿推开他："我现在没工夫和你磨叽。"

冯智勋把她拉回来。"我有，走，我们去那边磨叽。"冯智勋把她拉到回廊里，"你想去自投罗网，还是想帮秦竹天沉冤得雪？"

莫子衿想了想："我不要别人帮我背锅。"

冯智勋："他已经背了，拿下来身上也是脏的。"

莫子衿很生气地甩开他的手："一定是你们冯家施加压力了，秦竹天是想保护我！"

冯智勋双手轻按莫子衿的肩，微微低下头平视她："我也是想保护你，你明白吗？"

他玩笑惯了的眼睛认真起来也透着不容置疑的决绝，莫子衿定定地看着他，听到自己说道："除了保护我，就没有别的原因了吗？"

除了保护我，就没有担心你的计划会被破坏？

除了保护我，就没有省时省力的想法？

除了保护我，就没有一点点自私？

冯智勋，是有的吧？

天阴阴的，像是随时就要哭泣一般，层叠的云，故意在为难着晴天。

冯智勋微微一怔，手慢慢从莫子衿肩膀滑落："莫子衿，你为什么一定要扭曲别人的真心和关怀呢？"

他眼里的怒意像密密麻麻的小针刺痛了莫子衿的心，莫子衿垂眸越过："谢谢你的关心。"

无尽的长廊让奔跑的人看不见终点到底在哪里，她飞快地跑，沉闷的空气扑打在脸上，黏稠得像蜘蛛网，要将其困顿住。

莫子衿脚下生风，心里也跟着漏风，她也不明白自己为什么还要这样。

或许是见过父母爱情的破碎，亲情的残忍，一股理智始终裹挟着无法自控的心动，这样的清醒时不时地涌上心头，让莫子衿不敢完全把自己交给幸福，不敢相信幸福是毫无破绽的。

这一瞬间，她看到了自己和冯智勋之间的鸿沟，那是无法跨越的认知。

原来，心痛的感觉是彻彻底底的喜欢。

莫子衿气喘吁吁地赶到电台楼下，秦竹天正好从里边出来。

秦竹天微微一怔，很快恢复平静。

莫子衿走到他面前问："谁让你这么做的？是校长吗？"

秦竹天摇头："就是我想这么做而已。"

"为什么？"

"这件事需要有个结果，而我来承担这个结果。就这么简单。"秦竹天解释。

"可是……"

"当初我说过我会保护你，现在……就算你不需要了，我还是会履行我的职责。"

"我自己的事我自己担，你这样我承担不起。"说着，莫子衿跨步往里。

"你是想我退学吗？"身后的秦竹天忽然轻声质问。

莫子衿难以置信地扭头，秦竹天扯嘴角："如果你真想为我做点什么，之后冯家人追究我责任的时候，你就以冯智勋女朋友的身份帮我求求情吧。"

他的故作轻松和半开玩笑，她听起来实在不是滋味，隐隐明白过来冯智勋说的"保护"是指什么。

莫子衿担心秦竹天，去校长室找莫连。

莫连仿佛知道莫子衿要来似的，避而不见，还交代秘书说他出差去了。

莫子衿生气到不行，却也无奈。

在秦竹天承认自己是神秘播报员后，莫子衿心里忐忑了好几天，每次要见到秦竹天的身影才觉得安心，而冯家人似乎没有来找神秘播报员的麻烦。

就这样，安静无事中迎来了许跳跳的生日。

会享乐的公子哥白宇飞，安排生日宴这种小事绝对小菜一碟——

蓝色气球装满了庞大的体育馆不说，还用几架无人机把星星小灯结扎的星空网拉到上空，随着操控无人机，星空上下起伏，非常逼真，如梦如幻。

他还别出心裁地用鲜花编织一个个宝箱，每个宝箱里放着生日礼物，拿对应的香水做钥匙。如果猜对了，就可以打开相应的宝箱拿到礼物。

可以说，浪漫的必备元素他都 get（做）到了，套路之内又推陈出新。

白宇飞十分满意自己的杰作，问参与帮忙的莫子衿和冯智勋："怎么样怎么样？给点评价呗。"

冯智勋在东，捆绑花枝；莫子衿在西，吹着气球。

"嗯嗯，一般般吧。"两人异口同声。

莫子衿和冯智勋"被迫"四目相对。

白宇飞瞅瞅闹别扭中的两人，扑哧笑出声："哎，你们两个这么有默契，是想怎样？"

"谁和他有默契了？！"又是异口同声。

莫子衿忍不住脸红了，冯智勋也忍不住脸红了。

白宇飞撇撇嘴，摇晃着脑袋装模作样地往一旁退去："那什么，时间差不多了，我去接人了……"

莫子衿不好叫住故意制造机会让她和某人独处的白宇飞，只低头加快弄气球。

安静是可以滋生任何可能的沃土。

莫子衿的心跳不自觉地在这种安静里加快……

自从那天在长廊上跑开，冯智勋再也没有找过她，当然她也没有去找他。

别扭就像一座桥梁将他们之间连接在一起，又各不相见。

许跳跳会为了白宇飞的短信开心地痴笑一天，可莫子衿高冷惯了的脸上多了一些丧气，许跳跳便吐槽莫子衿怎么这么快就把和冯智勋的热恋期耗过了。

热恋期？是了，她自以为是地搞砸一切，第一次发现想念一个人居然这么苦。

一刻不歇地吹气球让脸颊一阵阵酸痛，莫子衿回过神，刚刚吹大的气球因为后气接不上立刻又瘪了大半。

莫子衿一慌，正要重新吸气时，一双温暖的大手盖握住她的双手，温热的温度从后背贴上来了。她整个身体像触电一样僵住，视线随着双手往上……

冯智勋把她手里的气球移到嘴边："呼——"

莫子衿仰头，冯智勋以绝对优越的身高，下巴正好抵在她的头顶。

冯智勋垂眸，对上她的仰望："还不扎上？"

莫子衿赶紧挣脱开他的手，把气球的吹气处扎上。她手指上沾染的湿润因为他的后续接力，显得更加暧昧……

他从后面环住她，轻声道："我想你了。"

莫子衿屏息。

"我想你了，莫子衿，我居然想你了。"

他的声音真真切切，流入耳朵，带着无法解除的魔力，将她的心夷为平地。

冯智勋转过莫子衿的身体："我们不吵架了，好不好？"

"我有跟你吵吗？"

冯智勋很乖巧地摇头："没有，你只是单纯地误会我而已。"

莫子衿抬脚就要踩，冯智勋灵敏躲开。

下一秒，他又把她圈进了怀里："明明就是你不对，我们约法三章，以后你不许怀疑我，不许和我闹别扭，不许做我不许你做的事。"

这什么逻辑？莫子衿眨巴了两下眼睛，推开他："我能干什么？"

"你可以先说想我啊。"冯智勋眼珠一转，贼兮兮地笑。

莫子衿很辛苦地压制嘴角，绷住脸："别想拿这种话唬我。才十一天而已，有什么想不想的。"

冯智勋扑哧笑出声，哦，不对，是放声大笑。

莫子衿被笑得莫名其妙："你笑什么？什么让你这么好笑了？"

冯智勋抿住唇，清了清嗓子，道："嗯嗯，才十一天嘛……确实没什么好笑的。我就是爱笑，没事儿。"

……莫子衿发现自己又上当了。

于是接下来，遍地的气球因为两个人的追逐而此起彼伏。

许跳跳和白宇飞进来的时候，莫子衿正好跌倒，冯智勋为救她也倒在气球中。漾起的蓝色气球像两人掉进海色海洋，溅起的大片深蓝。

莫子衿感觉到窒息了，她眼里的冯智勋是那样的好看，他原本帅的样子很好看，先服软的样子更好看；他眼里只有她的样子很好看，他说想她时的样子更好看……

原来，爱情最好的样子就是：我们都还想要对彼此温柔。

"对不起。"莫子衿想了想，诚恳地对那天的自己道歉，"那天我那样说是……"

"没有安全感。"冯智勋抢先替她说了。

"我能了解这种感觉。"冯智勋轻叹了口气，"可能是我们这代人的通病吧。对这个世界，对这个世界上的人缺乏足够的信任，什么都会变，以肉眼可见的速度。"

莫子衿的头抵在冯智勋的胳肢窝上，内心深处尘封的锁被碰掉灰尘，无声地将光亮放入。

那段一直不愿说出口的往事变得柔软……

“我见过我的父母从恩爱到陌路，我看着他们从相敬如宾到仇恨以对。他们为了维持对外和对我的关系，可以说谎，可以做戏，可以转过身后就是另外一副嘴脸……”

莫子衿哽咽了。

时间太长，她没有办法把一件件的委屈细说。就像一间凌乱的房间，物归原处实在是太难太难，而那些混乱的画面就像疾驰的火车从她的眼前飞驰而过。

“很小很小的时候，我就知道任何幸福都会有跑掉的那天，任何人都有可能背叛，我不敢让自己彻底放松下来……”

“好了，别说了。”冯智勋的唇落在莫子衿的额头上，结束她那疼痛的回忆。他的大手轻轻地落在她的后背，像安抚孩子一般，“我们还有很长的时间彼此验证，不必急于一时。”

他的语气总是飘然在云端，轻描淡写中带着一点玩世不恭。可是，都说爱笑的人只是将眼泪风干成嘴角的弧度罢了。在他的温暖里，莫子衿忍不住心疼，他又有多少难过没有宣之于口呢？

莫子衿仰头：“智勋。”

“嗯嗯？”

“你能不能答应我，从现在开始，你不能骗我。不管是什么原因，我想听的是实话。”

冯智勋用力地把下巴抵在她的头顶：“我把底牌都告诉你了，还能骗你什么？”

他所说的底牌就是冯智尧派人跟踪他们，想要知道他背地里偷偷做的事情——冯智勋以退为进，暗地里藏了一样和冯智尧真正能一决高下的秘密武器。

“那我就当你答应了。”

“嗯嗯，好……”

“喀喀！”

“喀喀！”

两人循声望去，许跳跳和白宇飞两个活宝神同步地把双手背在身后，一脸贼兮兮地瞅过来。

莫子衿一脸黑线，立刻火箭一般噌地站起来。

许跳跳吸鼻子，得意扬扬地打趣莫子衿："哎呀，看某人一脸粉嫩、开心的样子，应该是借着本小姐的生日会和冯大公子和好了吧？"

莫子衿："……"

冯智勋倒是落落大方，笑着耸耸肩："许小美女，生日快乐……"

许跳跳嘿嘿笑，又眨巴眼睛道："为什么是小美女？"

"因为第一大美女已经在我身边了，其他女生我只能以'小'来称呼。"冯智勋殷勤地用余光扫莫子衿，嘴巴抹了蜜一样。

许跳跳被甜到直打哆嗦。

莫子衿眼看着画风走偏，赶紧看向白宇飞："白宇飞，今天是你和跳跳的主场，有什么绝招就赶紧开始吧。"

许跳跳娇羞地把身子转向白宇飞。

白宇飞拉过许跳跳的手，大手覆盖在她的手心上："今天是你的生日，跳跳，我想把全世界的好运都送给你。"

随着他的大手慢慢挪开，许跳跳的掌心什么都没有。

许跳跳不解地抬头，白宇飞的手已经迅速到了她的脑后，变戏法一般捏过一朵四叶草："第一片代表真爱，第二片代表健康，第三片代表名誉，第四片代表幸福。"

许跳跳接过四叶草笑："真爱……"

她突然毫无预兆地，伸手把第一片给摘掉了。

莫子衿愣住，完全没反应过来许跳跳这是要干吗："跳跳，你……"

白宇飞也很意外许跳跳这样的举动，笑容一时愣住。

气氛顿时急转直下。

许跳跳的笑容始终挂在脸上，但和刚才的感觉已经完全不同，她望向白宇飞："宇飞学长，你真正要送我的生日礼物，是分手吧？"

说着她拿出手机，莫子衿听到了自己和白宇飞的声音。

…………

"白宇飞，你对许跳跳是认真的吗？"

"她确实挺可爱的，不过我对她确实还没到小勋勋对你的份上。"

"如果你对跳跳没有那种心思，希望你能尽早让她清楚。别拖着，这样对她不公平。"

…………

莫子衿诧异地看向白宇飞，白宇飞垂眸不语。

许跳跳看向莫子衿："子衿，这就是你给我庆祝的生日？"

莫子衿不知所措地语塞了："我……"

许跳跳环顾四周，像个旁观者欣赏着精心布置的生日场景，后退道："这么精心布置的分手场景，我真是受之有愧。其实不用麻烦的，你只要简单地告诉我一声就可以了。我没有那么难打发，真的。"

白宇飞伸手想要拉住许跳跳，许跳跳避之唯恐不及地把手缩到身后。她此时的声音已经哽咽，在极力隐忍此时此刻的崩溃情绪，极力想要保持住体面，"白宇飞，谢谢你给我的梦。现在梦醒了，我也该退场了。"

她最后看了一眼莫子衿，转身跑开。

"跳跳！"莫子衿想要去追，被冯智勋拉住。白宇飞追着许跳跳出去了。

偌大的体育馆，布置好的蓝色梦幻顿时失去了意义和颜色。

莫子衿皱眉："怎么会这样……"

好端端的，怎么会搞成这样？

莫子衿问冯智勋："难道我又被人窃听了？可刚才白宇飞为什么一点都不意外？那时候只有我和他两个人，难道真的是他……"

冯智勋抿唇，琢磨着开口："其实……你不是也希望白宇飞和她说清楚吗？"

"可，为什么是在跳跳的生日会上呢？偏偏是用这种方式？"莫子衿头痛地捂额头，这下许跳跳会恨死她！如果真的是白宇飞，那家伙实在是太浑蛋了！

“他们的事情就让他们自己解决吧，你着急也没用。”冯智勋拉过莫子衿，“既然生日宴看不成了，走，我带你去看一样东西。”

蓝色气球被冯智勋和莫子衿撇开两边，又重新堆积在一起。

就像大海会被浪花再折腾，最终还是会回归平静。

冯智勋带莫子衿来到男生宿舍，他把自己外套给莫子衿穿，跟宿管阿姨闲扯两句让她成功溜进去。

两个人偷偷摸摸地上了三楼，冯智勋紧紧地牵着她的手，有人下来时，他就整个人挡住她。

莫子衿竟觉得有点刺激。

进了宿舍，冯智勋把门关上，拉着她坐到电脑前。

他修长白皙的手指飞快地敲动键盘，一个 APP 的内测页面就这样出现在莫子衿眼前。

“这个就是我发明的‘听恋’APP，利用声音来创建当下年轻人新型的交友方式。要知道声音也是有 DNA 的，不仅可以进行对比，也可以进行匹配。有时候只要听，就能先入为主地爱上一个人。”说起自己的作品，冯智勋颇为骄傲，亮亮的黑眸透着自信的光芒。

莫子衿却听得一愣一愣的：“……声音也有 DNA？”

冯智勋戳莫子衿的额头：“你不就是我对比出来的吗？”

…………

莫子衿浏览着网页：“所以，这几天你就在忙这个？”

冯智勋垂下手，盖在莫子衿的手上，带动鼠标，给她看数据：“简单来说呢，这就是一个上传声音，以直接对话或者多人对话进行好感搭线的交友平台，每天还会有魅惑声音的热搜榜等等。”

就在冯智勋有滋有味介绍“听恋”时，一阵不合时宜的警报声响起。

莫子衿一个激灵，扭头看向门口：“怎么回事，哪里着火了吗？”

冯智勋迅速走到门口，开门。

外面的吵闹声立刻席卷而来，只见走廊上确实笼罩白色气体，很多男生纷纷拥到走廊上，并准备往楼下转移，情况好像十万火急。

冯智勋拉过莫子衿，毫不迟疑地往外跑："快走！"

莫子衿被拉到门外，混乱间看不清一米开外的人。她忽然想起宿舍里的电脑，转身往回跑："等一下，电脑还没拿。"

在她转身之际撞上一个黑影，她第一眼看到的是对方手里抱着的电脑。

"喂！你！"莫子衿本能地伸手去抓电脑，在她抬头间被他狠狠推开。

"子衿！"冯智勋牢牢接住莫子衿，她才没有摔在地上。

莫子衿看着那个黑影迅速地消失在混乱的人流里，雾气中。

"来，子衿，我们先下楼。"

来到楼下后，所有人都往宿舍楼上看，叽叽喳喳一片。大家左看右看，都没有看到火情，开始怀疑是不是有人在搞恶作剧。

莫子衿着急到不行："他跟得还真紧！那个电脑里有你内测的东西，就这么被拿走了，那你不是……"

冯智勋却一反常态地冷静，配合着点头。

莫子衿愣住。

几秒后。

"……你是故意的？"

冯智勋缩手捏着袖子给莫子衿擦额头上的汗珠，压低声音道："《孙子兵法》有云，故善动敌者，形之，敌必从之；予之，敌必取之。以利动之，以卒待之。"

莫子衿的一对眸子散发着懵懂之光："什么意思？"

冯智勋笑容更甚，轻轻地拍拍莫子衿的脑袋瓜："莫同学，你要多读书呀。"

…………

莫子衿拿手机百度《孙子兵法》，特地找出这段文言文看了注释，才明白冯智勋这是欲擒故纵。冯智尧既然这么想搞清楚他在搞什么，就彻底让他知道得“清楚”。

知道冯智勋是有准备的，莫子衿也就没那么担心了。

她最担心的是许跳跳。

回到宿舍后，许跳跳还没回来。

不知道白宇飞那个笨蛋追到哪边去了，莫子衿不放心，想要打电话给许跳跳。冯智勋拿着 iPad 低头道：“第一，你打了她一定不接；第二，她接了也不会告诉你她在哪儿；第三……”

莫子衿皱眉看他。

“第三，我已经定位到她的位置了。”冯智勋把 iPad 举起来给她看，上边的红点点在学校两条街外的明翎公园，一闪一闪的。

莫子衿盯着他：“差点忘了，你是混过 G 联盟的。”

冯智勋得意歪头：“谢谢夸奖。”

两人去往明翎公园前，自然是要做戏做全套的——

他们报了警说电脑不见了，还煞有介事地去保安室看了录像，收下满满一箩筐的保证以及“请先回去休息”后，再行离开。

去明翎公园的时候，已经是晚上九点多。

为了给许跳跳准备生日会，都没来得及吃饭，莫子衿的肚子饿得咕咕叫。闻到空气里弥漫的烤饼香气后，她实在受不了，要下车。

这是一个报刊亭的小铺，做生意的是个老奶奶，在霓虹夜色下就着一个不大的油锅摊蛋饼。见有生意，老奶奶微笑地问：“小姑娘，来几个？”

莫子衿扭头看看坐在跑车里的冯智勋，特意竖了一个手指头：“一个就好，奶奶，多给我加个蛋。”

“好的……”

莫子衿回到车上，冯智勋正要接过自己那份，定睛一愣：“怎么只买了一个？”

莫子衿咬了一口，如实道：“哦，我想你应该不会吃路边摊这种东西，所以就没买你的份。”

冯智勋拿过莫子衿手里的蛋饼扯成两半：“谁说我不吃的？”

莫子衿狐疑地盯着他淡定从容地咬下一口，丝毫没有为难的样子，不由得笑了。

“笑什么？”

莫子衿变成正经脸：“没什么，就觉得你挺逗的。”

“你是看我挺帅的吧？”冯智勋丝毫不放过任何一个可以自恋的机会，“在美国念书的时候，我常常一个星期三餐都吃热狗。这样的算是上品了。”

“你爸没给你足够的生活费吗？为什么会常常三餐吃热狗？”莫子衿问。

冯智勋突然推了一下莫子衿的脑袋瓜。莫子衿身子歪了一下：“你干吗？！”

冯智勋俯身，像打量外星人的目光打量她：“在你的脑袋瓜里，富二代是不是都泡在游艇或豪车上，旁边有美女为伴，整日无所事事、花天酒地的？”

莫子衿撇撇嘴：“难道不是吗？”

冯智勋感叹摇头：“唉，都什么年代了，平民的想象力还是这么贫瘠。”

“别人我不知道，至少我过得很正常。出国前我和家里夸下海口，他们只要给学费就好，生活费我自己挣。之后我为了学费也可以自己出，除了上课之外就拼命接活，写程序拿去卖。生活费和时间上自然是能省则省了。”回忆起自己拼命奋斗的那段时光，辛苦和甘甜交织在眼眸中像蒙上好看的战袍，飘扬着优越。

“看过外边的世界，你就知道这个世界太大了，人外有人，天外有天。别人不见得都能看到你的光辉，但一定能见到你靠自己拿出手的作品。”冯智勋勾着招牌式的上扬嘴角，像个文绉绉的老人家，掏心掏肺地说着自己的心得。

莫子衿忍不住吐槽："被你说的，好像这个世界曾被你踩在脚底下过一样。"

冯智勋又咬了一大口蛋饼，摇头道："这个世界和我无关。"

莫子衿把最后一口饼吃到嘴里，将塑料袋揉在手心，随口问道："那什么和你有关？"

"你啊。"冯智勋好整以暇地回答道。

"这个世界和我无关，不过以后，我想和你有关。"冯智勋笑笑地拿过莫子衿手里的塑料袋下车走向路边的垃圾桶。

他呀……

好像随时随地都有拨动人心弦的本事。

他呀……

到底有什么不在计划之中掌握之内的呢？

好像，目前，没有。

莫子衿觉得自己好像在做一道数学题，遇到了一个不管自己怎么努力，但结果其实早就被对方完全掌握的对手。

她生气，但又太好奇对方会出怎样的题目。

短暂停留过后，两人来到明翎公园。

过了散步的时间点，公园里人很少，看上去特别大、特别荒芜。

莫子衿和冯智勋分开找人。

绕到喷水池边，莫子衿发现了一个蜷缩起来的影子。她放慢脚步一点点靠近，真的是许跳跳。

她静静地坐在冰凉地上，抱着双膝，像恨不得把自己隐身掉一样。

莫子衿从没见过这样的她，那个一直大大咧咧爱笑的许跳跳仿佛一瞬间被抹杀掉了。

莫子衿心疼地跪下身，伸手去扶她的肩："跳跳……"

"你别碰我。"许跳跳触电一样地退开。

莫子衿的手尴尬地抬在半空中，望着面前这个想要和自己划清界限的好朋友，心被恶魔的手死死地攥成灰。

“跳跳，你告诉我，你是怎么拿到那段录音的？”如果真是白宇飞给的，他又何必布置生日会，这太奇怪了。

“哼，我怎么拿到的还重要吗？”许跳跳缓缓看向莫子衿，“重要的是你说过那样的话，重要的是白宇飞说了他的真心话，不是吗？”

是了，真相最无可辩驳。

莫子衿抿唇，努力不对她造成二次伤害：“我……我只是希望白宇飞别玩弄你的感情，只是希望你……”

“我知道，我都知道！你是为我好嘛！”许跳跳打断莫子衿的话，自嘲一笑，“所以我才更加生气。为什么你总是自以为是地替别人决定一切？为什么你没把我的话放在心上？为什么你一定要让我那么快从梦里醒来？！”

许跳跳从地上爬起来，歇斯底里。

她责备的目光深深刺痛莫子衿的心：“跳跳……”

“难道你就没有不想让别人知道的事吗？难道你就像你现在做的这样正直吗？”许跳跳脸上挂着已经干掉的泪痕，指着莫子衿，“你是校长的女儿这件事要我说出来吗？！”

夜空下，没有一颗星的压抑，莫子衿不敢相信自己的耳朵。

可分明，许跳跳讲了这句话。

“你是怎么知道的？”即便是许跳跳，她也没有说过这件事。她不是存心隐瞒，而是从内心深处想把这件事当成不存在。

许跳跳扶开脸上凌乱的头发：“我无意间看到你的短信知道的。”

一道目光穿越而过，莫子衿扭头间看到冯智勋出现在一旁。

不知道他是不是听到许跳跳的话了，莫子衿忽然间什么话都说不出来。

一切凌乱不堪，跟被扎了几千个洞的气球一样，只有气馁。

她避开冯智勋的目光，越过许跳跳：“就算生我的气，也回学校再说，一个人晚上待在外边很危险。”

许跳跳最终还是跟他们回到学校。

一路上，三个人各自沉默。

回到宿舍后，许跳跳脱掉鞋子就爬上床把自己裹成茧。莫子衿扶着床边扶梯，才觉得自己好像从来没真的了解过许跳跳。

原来许跳跳早就知道她是谁。这么久以来，许跳跳从来没问过自己家里的事，友情也就限于吃饭、上课、去哪里玩、分享一下小秘密。

原来大大咧咧的外表下也包裹着秘密。

原来造成今天生日会乱七八糟的罪魁祸首，是她的自以为是，不是别人。

莫子衿紧攥冰冷的床杆，无法呼吸。

另一边，把两个姑娘送到学校后，冯智勋去了别墅。

果真，别墅的灯亮着。

白宇飞开了瓶红酒，一个人坐在琉璃台上喝着。

冯智勋拿起红酒瞟了一眼："哟，拉菲？这次怎么舍得从酒窖拿酒了。"要知道，平时白宇飞只会开书房里那些不到一万的酒来喝，这种放在酒窖里价值万金的陈年酒，可是碰都不会碰的，更不会让别人碰。

白宇飞索然无味地抿上一口："不知道，就忽然想喝了。"

冯智勋拉开高脚凳坐上去："该不会是……你真的对许跳跳动心了吧？"

白宇飞抬眸。

冯智勋耸肩："所以看到她那么难过，你的心里才不好受。"

白宇飞微微眯眼，又抿了一大口。

"抱歉。"冯智勋给他续上，"让你拿录音当了我的挡箭牌，只有你和许跳跳真的吵架了，我哥那只狐狸才会放松警惕，我们这出戏才能继续演下去。放心吧，之后我会帮你挽回许跳跳的。"

白宇飞悻悻摆手，故作轻松地拍拍胸口："不用了。你是知道我的，心早就是铜墙铁壁，恋爱不计其数，顶多伤感两天就生龙活虎了。倒是莫子衿那边，你得帮我兜着点，我看她在体育馆瞪我的样子，恨不得把我给吃了……"

冯智勋点点头："我也看到了。放心，你我是兄弟，她要是提着剑，我就帮你挡剑；她要是提着刀，我就帮你挡刀。"

白宇飞被冯智勋逗笑，又好气又好笑。

"嘁，少来了。你巴不得莫子衿越凶越好，这样你哥才能更放心地从我这里套取情报不是吗？这些年对着你哥阳奉阴违，心甘情愿给你擦屁股，关键成败就在此时了。"笑罢，白宇飞放下酒杯，"不过说正经的，你确定这次能一击即中吗？"

冯智勋看向落地窗上的倒影："如果我还在美国，我哥或许还不会那么急。但这次我爸找我，继承人的事从之前只是偶尔提提，到现在迫在眉睫。我哥对冯氏投下了太多精力，他是绝对不会让任何人对他造成威胁的。"

白宇飞点头，顺着他的话说下去："而一旦一个人对一样东西太过在乎，就很难冷静下来好好分析。"

冯智勋和白宇飞碰杯。

晶莹的玻璃杯壁，红色的酒液扬起漂亮的弧度，给这个漫长的夜增添最后一抹色彩。

次日。

"哎哎哎，莫子衿，你冷静一点。"

"冷静你个大头鬼！你说，生日会上的录音是不是你弄的！"

"莫子衿，你是窈窕淑女，戴着拳击手套算怎么回事啊？你先放下，我们有话好说。"

"你躲什么？你怕我打死你吗？"

"我……我怕什么。小勋勋说过，子衿妹妹你是脸冷心热，怎么可能真把我打死，你说是吧？”

两个人绕着操场上跑步的学生，猫捉老鼠。

白宇飞仗着大长腿和体力躲着莫子衿，加上言语求饶，一路从操场追到食堂。

他越是求饶，她越是生气。

趁他不备，莫子衿伸右拳做了个假动作，趁他躲闪之际，左手一把揪过他的帽领：“你少跟我油嘴滑舌的，跟冯智勋学的是吧？告诉你，不好使！”

眼见着她右拳高高举起，白宇飞自知躲避不过，只好忍痛别过脸去：“打人别打脸！”

“什么跟我学的呀？”

又是那惹人讨厌的声音！

冯智勋适时握过她的拳头，笑眯眯地把笑脸迎上来：“打他不要紧，我来效劳，别脏了你的手……”

莫子衿瞪眼：“这是我和他的事，你别插手！”

冯智勋双手抱住莫子衿的拳套，继续温柔赔笑：“哎，亲亲子衿，如果严格说起来，这其实是许跳跳和白宇飞之间的事，不是吗？”

“你！”莫子衿见好就收，不和冯智勋玩语言游戏，继续主攻白宇飞，“你告诉我，到底为什么要挑在跳跳生日的时候？如果今天你不给我一个正当的理由，我绝不轻易罢手！”

说到许跳跳，白宇飞索性直起身，双手插进口袋：“我没想过要在她生日的时候坦白，我明明定在三日后的，却莫名其妙提前了……变成这样，我也不想的好吗？”

话音未落，一记飞快的拳落在了白宇飞的脸上。

围观的众人惊呼出声，原本看来大家只是嬉笑谩骂，一下子因为这一挥拳，画风变得严肃起来。

画面定格，白宇飞侧过脸，半晌没回过神来。

莫子衿看向动手的冯智勋，只见他慢慢地收回拳头：“这一拳我替子衿打的，我早就跟你说过，你招惹别的女生我不管，不要碰子衿身边的人，否则就要负责到底。”

白宇飞难以置信地捂住脸瞪向冯智勋：“你打我？”

冯智勋护在莫子衿身前，毫不躲闪，目光坚定。

白宇飞强忍住情绪，抬手将一旁桌上的餐具推到地上，随着成堆的餐具排山倒海落地，发出惊人响声。

在众目睽睽之下，白宇飞撞开冯智勋负气而去。

谁也没敢劝阻，更没敢吱声。

两个形影不离的贵公子，今天居然动起手来，割袍断义……性质有点严重。

工作人员默默地上前整理一地的餐具，冯智勋拉莫子衿离开。

“现在解气了没有？”

“还行，我原本是想打掉他两颗牙的。”

“这样啊，你就不怕许跳跳会心疼吗？”

两人来到学校对街的餐厅吃饭，落座后，冯智勋把菜单放到莫子衿手里。

莫子衿接过菜单，看向冯智勋：“心疼？我看是你比较心疼吧。”

冯智勋一愣，指指自己的右手表忠心：“哎，我可是放了力气的。你看你看，我的手都打红了。”

莫子衿瞅着夸张做戏的某人，不为所动：“兵者，诡也。虚则实之，实则虚之。这也是《孙子兵法》里有的呀。”

冯智勋眼底闪过流彩，笑而不语，别过头去。

莫子衿轻敲桌面，陷入回忆中：“刚才白宇飞看似是在没有章法地乱跑，却带我进了人最多的食堂。你适时出现，当着我和大家的面亲手揍了他。阵仗搞得这么大，真的只是给我出气吗？你说过让我不要再怀疑你的关心，可今天你的破绽太多，我不得不怀疑。”

冯智勋勾唇，垂眸片刻，伸手给莫子衿倒水：“看来我和白宇飞都不是好演员，这么简单的一场戏，还是被看出了破绽。你这么聪明，还用我说原因吗？”

“你故意和白宇飞闹翻，就是想让冯智尧以为白宇飞那边可以接近，从他那边下手来催化你的计划。”莫子衿说道，“我猜你的‘听恋’有没给我看的撒手锏，对吗？”

冯智勋把水杯递给莫子衿：“亲亲子衿，深得我心……”

莫子衿盯着水杯：“所以我是再一次被利用了，对吗？”

“我答应你不会再骗你。”冯智勋脸上的笑意不知何时消失了，认真的样子就像那天在长廊上说要保护她那样，“从你第一次见到我，我就是身背一幢图书馆进 X 大的冯家公子。这个身份我改变不了，意味着我的生活不会像别人那样简单、纯粹，包括我的感情，也不只是风花雪月。我喜欢你，莫子衿，喜欢你的聪明、你的固执。你可以和我势均力敌地对抗，但不影响你也是在我的棋盘之中，我能做的……就是给你选择的权利。你愿不愿意待在这样的我身边？”

把利用说得这么坦诚，这么理直气壮……上天下地，也就只有冯智勋这么一朵奇葩了吧？

莫子衿盯着冯智勋，越看越想在他脸上刺上“宝藏男孩”四个字。她忍不住想，如果今天她选择远离，他会伤心难过吗？

“你是什么时候知道我和校长的关系。”

“昨晚在明翎公园，许跳跳说的时候我才知道。”

“那白宇飞对许跳跳真的没有感情吗？”

“他说没有，不过昨晚他难过得把珍藏的酒都拿出来买醉了。”

“许跳跳现在这么难过，该怎么办？”

“我只能说，得等。”

他回答得飞快，没有一点破绽可寻。

不知道过了多久，莫子衿收回目光，将水杯里的水一饮而尽，推到冯智勋的面前。“如果我说就到这里，那不是太亏了吗？”莫子衿倏地把水杯挪回自己手里，“你都利用我这么久了，我现在放弃，成果不就都你一个人的了，亏本生意我可不做……服务员，点餐。”

如果这份爱情的外衣是五彩华丽的“利用”，在“我喜欢你”的这个前提下，何乐而不为？

“看你精打细算的样子，真心怀疑你是会计系毕业的。”

“哪有，我跟你，是小巫见大巫。”

“谁是大巫，你说清楚，谁是大巫？”

“放手，你放手啦……”

冯智勋用力捏莫子衿的鼻子，莫子衿躲闪间意外看到了袁飞舞。

餐厅的另一边，袁飞舞在和一个看来是高级白领的女人会面，女人要走，袁飞舞还赔笑地希望可以挽留对方。

点完单，莫子衿说要去一下洗手间，她跟着袁飞舞进到女洗手间。

袁飞舞双手撑在洗面台前，一副心力交瘁的样子。

莫子衿刚走过去，袁飞舞抬头就从镜子里看到了她，显然是有些意外。

袁飞舞扭头望向莫子衿：“你怎么在这里？”

莫子衿作势去洗手。

“我在学校附近的餐厅里出现，很意外吗？”她瞟一眼袁飞舞，问，“怎么了？一副丢了五百万的样子。”

袁飞舞冷哼：“不是我丢了五百万，是竹天要丢五百万了。”

莫子衿怔住了：“什么意思？”

袁飞舞把手里捏着的一份文件夹扔给莫子衿：“很意外吗？他为你挡了灾，现在他可是成了所有公司封杀的毕业生。”

莫子衿打开文件夹，里边是一份冯氏的通知，大概的意思是秦竹天这个人冯氏不会录用，而文件共享给了 X 市的各大公司。

“刚才那个姐姐和我算是有些关系，我求她帮我写推荐信，她怎么都不肯，还劝我放弃，最后给了我这个。”袁飞舞抚发，“莫子衿，你知道这代表什么吗？”

莫子衿合上文件夹，脑海里忽然浮现秦竹天扯着嘴角说“如果你真想为我做点什么，之后冯家人追究我的时候，你就以冯智勋女朋友的身份帮我求求情吧”的样子。

“他为了你，牺牲了大好前途，这下你满意了？神秘播音员。”最后五个字，袁飞舞一字一句，咬牙切齿。

莫子衿垂眸，没有辩解：“这件事我知道了，我会想办法的。”

袁飞舞双手抱臂点头：“也对，我怎么忘了，你现在是冯智勋的人，冯氏的封杀令你应该有办法撤销的，对吧？”

莫子衿抽过一旁的擦手纸，越过袁飞舞往门口走去。

“莫子衿！”袁飞舞喊住莫子衿，侧目，“他为了不让你担心，这些天都在孤儿院打工，想要多攒一些学分，你去看看他吧。”

强硬的袁飞舞到底还是软了语气，为了秦竹天，她有再多委屈也值得。

莫子衿点头回应。

她回到餐桌上，和冯智勋吃完饭返回学校。

莫子衿带了许跳跳喜欢吃的外卖，一推开宿舍门，就见许跳跳穿好外套正要出去。

莫子衿赔笑，把外卖放到许跳跳的桌上：“跳跳，你还没吃饭吧，这个带给你的，快趁热吃吧。”

许跳跳看了一眼外卖，抬手就把外卖扔到垃圾桶里。

“我说过，不要你再管我的事吧？”许跳跳冷眼望莫子衿，“我没吃饭也好，白宇飞的事也好！莫子衿，你是听不懂我的话吗？”

莫子衿垂眸，顿了一下：“我是想打白宇飞来着，不过最后是冯智勋打的，所以不知道他到底怎么样了。”

许跳跳：“……”

“可能打断了牙，也可能只是出了点血。”莫子衿的话还没说完，许跳跳就跟一阵风一样跑了出去，“哎，跳跳！他去别墅了，没回男生宿舍。”

许跳跳猛地在走廊上站住，莫子衿冲她的背影说道：“你如果想知道别墅的地址，我去问智勋。”

“不必了。”许跳跳头也不回，闷闷地拒绝后，大步往前。

莫子衿暗暗握拳，她说不必，应该还是会去找白宇飞吧。

冯智勋，你这个大笨蛋，是你说白宇飞为了许跳跳买醉的，我就信你这一回，你可千万别骗我……

她回到宿舍，把外卖从垃圾桶里拿出来，放到许跳跳书桌上，看着书架上和许跳跳的合影，心慢慢变得柔软。

照片里，许跳跳搂着她的脖子大笑，她不习惯笑，脸上始终淡淡的。但只有她自己知道，当时拍照，她内心有多开心，多雀跃。

外人只道许跳跳是她的跟屁虫，其实也只有她自己知道，她有多在乎许跳跳这个朋友。

是爱笑的许跳跳，闯进她习惯冰冷风藏的心，大肆温暖。

12

四手联弹，你身上有光

晚上，莫子衿去了袁飞舞说的孤儿院。

这家孤儿院收留的是五岁到十来岁的孩子，有些是走丢一两天的，有些是走丢好几年的，无人认领，也无从寻起。

莫子衿刚入学的时候来这里做过义工，只要不说起父母，孩子们都是一脸天真烂漫的笑容。

秦竹天果然在那儿。

还没到就寝时间，教室里灯火通明，秦竹天正在给孩子们弹钢琴。

音乐有让人快乐的力量，自然也有让孩子们安静下来的力量。

大家围着坐，明亮的灯光照在他们的每一张小脸上，他们很认真地在听秦竹天弹着《我们的纪念》。

这是一首有些悲伤的曲子，前奏响起的时候，莫子衿微微一怔，静静地立在落地窗外的花圃边。她望着秦竹天的背影，仿佛穿越到那段学琴的时光。

迷上弹钢琴，其实是很偶然的一件事。

那时，因为一部电影她才想要弹钢琴，但又不想从学乐谱开始，那么麻烦，最后秦竹天总结了一下她的动机，就是言简意赅的两个字:

做作。

然后，秦竹天就教她弹奏这首歌。

曲调缓慢，易上手，也符合她想要做作的气质。

那时她才大一，课时不多，想要学琴的兴致坚定地持续着，一有空就跟秦竹天钻进琴室。

秦竹天教课时很严格，她一记错、弹错就会被尺子打。背地里她叫他冷血鬼，还偷偷画圈圈诅咒他第二天感冒什么的。

不过也正是这样的严师出高徒，她没学过琴谱，却把这首曲子弹得十分流畅，每一个音符和节奏就像是刻在心里一样，无论如何都忘不掉。

那时的黄昏，白色的窗帘翻飞，他逆光而坐，就像此时的明亮下不需要看到他的脸，单就是身影便能温柔地散发着光芒。

他修长的手指在琴键上跳跃、起舞，看着孩子们的眸光是带着笑意的。

就这样，他看到了窗外的她。

琴声没有断，而是继续弹奏了一遍。

然后他起身，招呼孩子们该去睡觉了。

到了教室门口，带孩子们去寝室的阿姨已经在等着了。等秦竹天和阿姨交接好，莫子衿走过去："辛苦了。"

秦竹天摇头："不辛苦，只是弹弹琴，讲讲故事，我也不能为孩子们做其他的。对了，你怎么会来？"

"我来……看看你。"莫子衿没有提到袁飞舞，感觉提到她就要提到他被冯氏封杀的事，徒增伤感。

秦竹天问："吃过饭了吗？"

莫子衿想了想，说："没有。"

秦竹天一边往教室里走，一边回头说："那只能跟我去吃便当了，介意吗？"

莫子衿笑笑："有什么好介意的，你吃什么，我就吃什么。"

走廊里，她和他一前一后。昏暗的吸顶灯仿佛给他的笑容打上了一层灰，又仿佛把他们之间的距离暗暗拉近了一点点。

重新回到教室，秦竹天从一个蓝色的袋子里拿出粉色的饭盒套组，然后拿来两个小板凳，一人一个。他把饭盒的盖子当饭碗，把饭盒推给莫子衿，勺子留下，筷子递上。

在照顾人这方面，他永远都是这么绅士，无可挑剔。

莫子衿望着饭盒里的菜和饭，都摆放得很整齐，不由得脱口而出："是袁飞舞准备的吧。"

秦竹天"嗯"了一声，没有尴尬，没有不想提及，没有一丝情绪。

莫子衿想，在她看不到的画面中，袁飞舞陪在秦竹天的身边一定付出了许许多多的心力，从餐厅里袁飞舞为了秦竹天拼命挽留那个前辈姐姐，就可见一二。

秦竹天能够吃袁飞舞准备的食物，也算是某种程度上的接受吧。

莫子衿咬着米饭出神，秦竹天开了口："今天你来，就是为了看看我？"

莫子衿回神，迎上秦竹天的目光，把筷子从嘴里抽出来，指向钢琴："还来找你弹钢琴的。"

秦竹天扭头，莫子衿放下筷子，快步走到钢琴边坐下来。

莫子衿敲了敲几个音符，问秦竹天："要不要合弹一首？"

秦竹天也没扭捏："好啊。"

两个人并肩而坐，四手联弹。

还是《我们的纪念》，他们很有默契地分配前后，中间的高潮一起交织。

弹第二遍的时候，秦竹天忽然放下手，开口道："回忆渐渐凋谢落在我身边，唤不醒原来还跳动的画面……就让我留在轮回的边缘，等一道光线……看见某年某月我们之间曾经说过的预言……"

莫子衿还在弹奏，那零星的单音承载着他清丽的歌声，显得落寞而凄婉。

这首歌她听惯了钢琴曲，听到原先的歌词还有些恍然。

她也弹不动了，手轻轻地盖在黑白键上。

秦竹天的左手挪到最左边，一键一字：“谁能发现我的世界，曾经有过你的脸……”

一曲终了，静默无声。

他的歌声犹在耳畔……

秦竹天，你是把放下唱给我听吗？你是在告诉我，我们还能是朋友，而我不必再对你退避三舍吗？

不知道过了多久，秦竹天勾唇，打破沉默，轻松语气：“怎么样，我唱歌也不赖吧。”

莫子衿点头附和：“嗯嗯，你应该去参加歌唱比赛的。”

秦竹天悻悻一笑：“其实我不会唱歌，也就这一首，我寻了歌词记下来了。”因为那是我教过你的回忆，也是我想跟你说的。

莫子衿盯着钢琴，说：“这首歌好听是好听，但太悲了一点，以后还是弹点别的给小朋友听吧。”

秦竹天轻轻地放下沉重的盖子：“嗯嗯，我也这么觉得，以后我也该弹一点别的了。”

莫子衿垂眸，又听到秦竹天说：“我没事，就算不能去想去的公司。也可以做别的事情。如果X市不能待，我就去别的城市。世界那么大，总有我秦竹天可以发光发热的地方，你说对吧？”

她扭头，秦竹天的笑容恍然如梦。

原本她过来是想安慰他的，没想到反被他安慰。

莫子衿觉得自己很没用，她的鼻子一酸，湿了眼眶。

对于秦竹天，她的心里始终是有愧疚的。即便从一开始拒绝他的告白就坚定地认定自己没有错，到后来担心他的固执偏执，都无法抹杀他的温暖和照顾。

在朋友这方面，他做得无可挑剔，甚至是过分优秀。

为了她，他顶住调查的压力；为了她，他顶替了神秘调查员这个烫手身份；为了她，他很有可能葬送了大好前途。

他凭什么不对她痛恨，凭什么不对她大加指责？她宁愿他这样，她的心里会好过一些，而不是像现在这样笑着安慰。

“傻瓜，你哭什么。”秦竹天伸手去抚她的脸。

莫子衿赶紧躲过，起身。

“在你眼里，我这么不堪一击吗？”秦竹天问。

莫子衿吸鼻子，迅速用手背擦掉夺眶而出的眼泪：“没有。”

“你放心吧，这件事就算我没有十足的把握，也会尽力一试，我一定不会让你就这么平白无故地被冯氏封杀的。”莫子衿说完迈步往门口走去。

“子衿。”秦竹天喊住她，“我想知道，如果没有冯智勋，你会喜欢我吗？”

爱情里避免不了胜负，才总忍不住想要问如果；因为太不甘心，太想珍惜，才会想要问如果。

如果没有冯智勋，你会不会试着看到我的存在呢？试着没那么快拒绝，试着退一步的角度来喜欢我呢？

“不会。”莫子衿大步迈出。

袁飞舞总说她太残忍，连如果都不给，居然是莫子衿给他最大的慈悲。

竹天，对不起。也谢谢你为我做的一切。

莫子衿快步跑出孤儿院，并没有发现身后的两双眼睛。

袁飞舞和冯智勋静静地从黑暗的角落里出来。看着她跑远的身影，袁飞舞：“你说，她会去哪里？我猜……她现在是去冯宅找冯伯父。”

两个人的身影被昏暗的灯光拖长，只是黑色的轮廓。

“如果她真去帮秦竹天求情，不是正合你意吗？为什么带我来这里？你就不怕我怒火中烧，截了子衿的求情吗？”冯智勋用余光打量袁飞舞。

袁飞舞笑了笑，一脸无所谓："我怕什么，她和秦竹天的过去你也看到了，如果你去阻止，你就是做了恶人。如果你不去阻止，那她说不定能解除秦竹天的危机。不管怎样，我没损失啊……"

冯智勋打量算计塞满脸颊的袁飞舞，不由得笑出声："我自认为是会算计的了，不过比起你，我还真是甘拜下风啊。"

袁飞舞不屑冯智勋的讥讽，绕着他煞有介事地说道："我从进X大，就对秦竹天一见钟情，也是看着他和莫子衿这么过来的，他们的关系一直很暧昧。怎么说呢，全世界都看出秦竹天喜欢莫子衿，可莫子衿却假装不知道。或许莫子衿觉得不说破就可以和秦竹天维持朋友关系吧。刚才的合奏只不过是他们两个人很多回忆里的一小部分，即便莫子衿现在选择的是你，你也看到了，秦竹天是她生命里抹不开的温暖。"

袁飞舞正步到冯智勋跟前，仰头道："冯大公子，都到这个地步了，你能否给个实话？你和莫子衿之间到底是怎么回事啊？"

冯智勋勾唇，笑得恍然大悟，笑得深不可测。

他戳开某人的额头，大步离开。

袁飞舞按按自己的额头，算计的眉眼越发寒冷："都跟我玩沉默是吧？很好……很快，你们就能彻底无语了。"

她拿出手机，拨了一串号码。

莫子衿一路跑到冯氏集团。

夜里的冷风吹得她的骨头像马蜂窝，四处漏着寒意，等到她看到直插云霄的冯氏大楼，只觉得脸颊像是两块冰。

她仰头，在错落的一簇簇灯火下，才发现自己并不知道冯智尧在哪一层，又该怎么进去找他。

秦竹天的事，她之所以第一个想来找他，不是因为那天冯莫下车后冯智尧对她展露了温柔，而是因为她很清楚，冯智尧就是冯莫的发言人。

有些事，他们之间可以比较有效率地沟通。重要的是，冯智尧当时给了诚意。

出神间，莫子衿看到从旋转玻璃门里走出的冯智尧。

大抵是忙碌了一天，他的神色有些疲倦，拿着手机，手臂上搁着外套。

抬头间，他看到了她。

冯智尧迅速挂掉电话，把手机放进兜里，朝她走了过来："子衿，你怎么在这里？"

莫子衿也不废话，直接开门见山："我是来找你的。"

冯智尧点头："好，我们去里边说。"

大厅一楼的咖啡厅里人来人往的，即便是晚上，也灯光熠熠，犹如白昼。

冯智尧给莫子衿点了一杯卡布奇诺，给自己来了一杯咖啡。

服务生殷勤地放下杯子离开，莫子衿立刻开口："我是为了秦竹天来的。"

冯智尧微微皱眉："谁？"

"你们对神秘播报员的惩罚，你们下了封杀令，他明年毕业，不会有企业要他。"莫子衿说，"他是我的朋友，我想厚着脸皮过来找你，看能否替他求情，你们收回这个决定。"

冯智尧哑然失笑，摆手道："子衿你说得太严重了，我们可没有一手遮天的本事。只是……说了我们的意见，别人怎么做我们管不着。"

莫子衿觉得太阳穴一阵一阵地疼，她不想和他走官腔浪费时间："你们是龙头企业，你们轻描淡写的一句话就是指向标，这一点我就不过多恭维了。智尧哥怎样才肯卖我这个面子呢？"

冯智尧定定地望着莫子衿，他那和冯智勋相似的眉眼里是刻进骨子里的精明："这个秦竹天，和你是什么关系？"

莫子衿："是我的学长，也是我很好的朋友。"

冯智尧点点头，整个人靠着椅子，双手交叉放在膝盖上，思忖了片刻道：“子衿，你知道爸爸在给智勋介绍新的对象吗？”

忽然他话锋一转，莫子衿压眉，不知道他想说什么。

“田氏千金，在英国留学。爸爸把智勋的联系方式给了田小姐，田小姐说对智勋的印象很好。”冯智尧顿了一下，道，“这件事智勋还没有告诉你吧？”

莫子衿静等冯智尧继续。

冯智尧：“其实对秦竹天下达的所谓封杀，是爸爸的主意。他对你的态度，那天你也看到了。虽然我有心劝阻，但到底也不能做些什么。你的请求我只能转达，不过……”

“不过，冯伯父是不会听我请求的。”莫子衿接话道。

“子衿，其实我很希望你和智勋能一直走下去，现在这个紧要关头，你去触爸爸的霉头，确实不太好。就算我和爸爸谈条件，也要有谈条件的资本。虽然听起来很现实，但恕我直言，子衿你不是田小姐，你就已经输了第一步……”

冯智尧说得动情又为难，莫子衿听了一圈，听出了中心思想：“我的平凡身世是我的羁绊，如果我的身世好一点，我就有求情的资格了，对吗？”

她直视他的眼睛，从沉默里得到答案，淡淡一笑：“如果我说，你们查到的关于我的资料，都是假的呢？”

冯智尧的眸光一凛。

莫子衿：“我是X大校长莫连的女儿，我的家不在青湖路那个旧小区里，是在白鸥别墅区。你查到的都是我故意让外人以为我是父母双亡的孤儿。不知道，这样的身份可不可以去求一求呢？”

她一直不想对外说明自己和莫连的关系，万万没想到主动坦白会是在这种情况下。

她说不清是什么心情，是可以帮上秦竹天的庆幸，还是一直引以为耻的东西有一天居然也可以引以为豪的幸运。

冯智尧的手指绕着交叉，意味深长："我就说过，子衿你是会给我惊喜的人。"

莫子衿起身："我不喜欢浪费时间。智尧哥，现在可以带我去见冯伯父了吧。"

冯智尧再无理由推辞，点点头起身。

两个人径直进入 VIP 电梯，莫子衿看到冯智尧按下 26 楼的按钮，透明的电梯房里静默无声，将他们直线往上送。

她的心也跟着一点点地收紧。

这即将是第二次和冯莫的见面，不是为了冯智勋，是为了秦竹天。

莫子衿知道，这样见面的理由是别扭的，甚至有些荒诞。

"这件事智勋知道吗？"突然，一旁的冯智尧问道。

莫子衿回神："当然。"

冯智尧双手插口袋，没有再说什么，而是静静地看着电梯一层层往上升。

莫子衿分明能看到他浅笑之下的算计。

电梯上到二十六层。

她刚踏出电梯门，黑色绒毛地毯像是在夜色里铺就了一条通往神秘宫殿的路，白色天花板上的小灯星星点点，给予恰到好处的光亮。

冯智尧引着她一路往里，来到最里边的一间办公室。

磨砂玻璃外，莫子衿站在门口往里可以看到冯莫的办公桌。

冯智尧轻敲玻璃门："爸爸，莫子衿想要见您。"

里边传出冯莫低沉的声音："嗯嗯，进来。"

冯智尧朝莫子衿点点头，然后帮忙推开了玻璃门。

莫子衿暗暗地深呼吸一口气，往里迈入。她明白，接下来是她一个人的战场。

冯智尧并没有跟进来，莫子衿来到窗边，来到倚窗而站抽着雪茄的冯莫身边，轻轻地唤了一句："伯父。"

冯莫悠然地抽着雪茄，并没有扭头看她："这么晚过来找我，有什么事吗？”

莫子衿：“我是来替神秘播报员求情的，他是我的朋友，希望伯父能够网开一面。”

冯莫终于缓缓转过身，那双如墨的眼睛在幽暗的办公室里依然透着不容小觑的灼灼。

“求情？”冯莫哼笑，用那种让人很不舒服的目光从上而下打量她，“你凭什么？”

面对重复的问题，莫子衿忽然不慌了，抿唇一笑：“刚才来之前，智尧哥跟我说过了，向您求情需要求情的条件。伯父，您嫌弃我没有相对的出身可以配智勋，我现在想告诉您我的真实身份，不知道有没这个资格。”

她把刚才对冯智尧说的话，再对冯莫说了一遍。

冯莫微微一笑：“公主假装灰姑娘？有点意思。不过，即便如此，比起田氏千金，你依然没有什么优势，我为什么要卖你这个面子？”

“因为冯智勋喜欢我。”莫子衿毫不退让，“这就是我最大的优势。伯父，您说是吗？”

办公室很大，大到每说一个字都似有回声重新撞击耳膜。

莫子衿除了对莫连有这样咄咄逼人、毫不退让的态度之外，还从没对其他人如此决绝。她没有把握能得胜而归，却势必要拿出不怕输的勇气。

四目相对，短兵相接。

莫子衿能闻到冯莫身上的烟草味。她缓缓开口，压低声音道：“伯父一点也不希望智勋退出继承者的竞争，伯父卖我这个人情，我有办法劝智勋回来。”

果然，冯莫的神色一凛，有了变化。他严肃的脸缓缓露笑：“不错，真是不错，我喜欢你跟我谈条件的样子，像我年轻的时候，天不怕地不怕的。好，你得到你想要的了。”

听到应诺的那一刻，莫子衿感觉到自己的心脏有了喘息的空间。

她努力地用云淡风轻来遮盖内心的如释重负："多谢伯父。"

冲冯莫点头致意后，莫子衿退出办公室。

冯智尧还在门口，他伸手道："恭喜。"

莫子衿盯着他的手，伸过去："谢谢。"

冯智尧："我送你下去吧。"

"嗯嗯，谢谢。"

进了电梯后，莫子衿盯着数字版上的楼层标识，也问了冯智尧一个问题："智尧哥，智勋的电脑被偷了，你知道吗？"

冯智尧很快反应："电脑被偷？什么时候的事啊？报警了吗？"

莫子衿看向他："嗯嗯，报警了，只是警察来查，发现监控画面遭到破坏，暂时还找不到那个人。"

冯智尧皱眉："是吗？放心吧，一定能尽快抓到的。这样，我再买一部新的电脑送去学校给智勋。"

"电脑倒没什么，重要的是里边的资料。"莫子衿继续看向数字板，"电脑被偷的时候，正好智勋给我看他最新研发的 APP。"

这时，电梯到一楼，门开了，莫子衿定定地盯着冯智尧："幸好智勋说最后一层的重要资料，他加了防密措施，外人绝对不会看到。"

冯智尧机械化的礼貌脸上闪过不易察觉的表情，他微微一笑，做了一个请的动作："是吗？那就好。"

他送她到旋转门外。

就这样，莫子衿看到等候多时的冯智勋。

只见冯智勋靠着他的跑车，双手抱臂，一如既往的吊儿郎当。看到她出来，他笑着迎上来："子衿，我来接你回学校。"

莫子衿"嗯"了一声，扭头冲冯智尧说道："智尧哥，那我先走了。"

冯智尧点头："路上小心。"

莫子衿感觉到某人的大手搭在腰间后顿了一下，只见他扭头看向冯智尧："哥，是不是最近操劳了，你的脸色看上去不太好。"

冯智尧微微一怔，笑道："操劳惯了，还等着你毕业后来公司帮我忙呢。”

冯智勋拍拍冯智尧的肩：“哥，好好保重身体，现在流行早秃。”

唉，真是幼稚。莫子衿无语地瞟了某人一眼，某人微笑地给她开车门。

车子扬长而去，莫子衿透过后视镜看到冯智尧依然站在原地，只是看不清神情了。

冯智勋从后座上拿了一件外套给她盖上：“晚上冷，出来怎么也不多穿点，万一冻坏了怎么办？”

莫子衿回神：“你怎么知道我在这里？”

冯智勋用反问回答：“手机定位，很难吗？”不过，他也很快交了底牌：“其实是袁飞舞找我的，我在孤儿院看着你离开。”

莫子衿点头：“这就解释你来了却只是在外边等，没有上来找我的原因。”

冯智勋握着方向盘看向远方，也化身为福尔摩斯：“刚才看你下来时心情不错，让我猜猜，我爸答应你，撤销对秦竹天的封杀令了，对吧？”

莫子衿点头：“你说对了一半。”

“哦？还有一半是什么？”

“我向冯智尧提及了你的电脑被偷的事，并且告诉他关键资料进行了加密，外人是看不到的。他显然受到了惊吓。”

车子在路边停下了，冯智勋望向莫子衿：“可是，我那部电脑里并没有加密的资料。”

莫子衿：“冯智尧一定会找电脑高手来验证我说的话，他一定会发现我是在骗他。你觉得他会怎么想？”

冯智勋想了想：“他会觉得我们在拖延时间。”

莫子衿点头：“这样冯智尧会毫不迟疑地加快将‘听恋’占为己有，公之于众。”更何况，冯智尧在门口把她和冯莫顺利交易的内容听得真切。从他的立场出发，必须要拿出有利的筹码才能增加在冯莫跟前的竞争优势。

冯智勋眯眼，凑近，打量她。

估计他刚嚼了草莓味的口香糖，整个人甜甜糯糯的，莫子衿被他看得脸都要破洞了：“……你干吗？”

“我很好奇，你到底是用了什么办法说服我爸那只老狐狸的？”冯智勋很清楚冯莫跟前没有人情，亲如父子也一样，更何况是被严重不看好的莫子衿。

她完成了一个不可能完成的任务，她勾起了他强烈的好奇心。

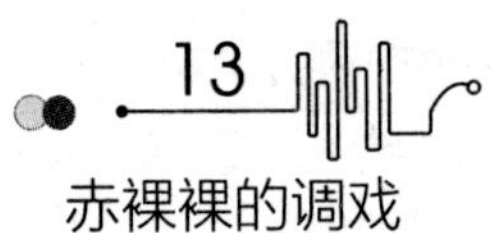

13 赤裸裸的调戏

莫子衿今天初尝了胜利的果实——和某人斗智斗勇这么久，第一次听到某人也有认输的时候。

尽管“认输”一词是用“好奇”代替的。

那个狭小而隐秘的跑车空间里，莫子衿慢慢地靠近他那张想要知道答案的脸，手指轻轻地滑过其完美的轮廓，贪婪地呼吸他衣领上的草莓味，凑到耳边极尽得意道：“这是我的秘密，怎么可以告诉你啊？”

两个人的身体贴近，近到可以听到彼此的心跳。

冯智勋猛地勾过她的腰，眉眼散发出张扬的危险：“可我有事情要告诉你。”

“刚才在这里等你的时候，我一遍遍地回想起你和秦竹天在琴室里弹琴的样子、他给你擦眼泪的情景。今晚，你让我看到了秦竹天在你过去里占的分量。莫子衿，我很嫉妒。”他一字一句，掷地有声。

克制是放肆的另一种方式。

当下莫子衿感觉到他大手的力道、他眸底的怒火。

他毫不掩饰说出对她的在意，给了她极大的虚荣，而这样不隐瞒情绪的他比起之前又更真实了一点。

她想了想，把玩着他的头发，这样安慰："你应该这样想，他和我认识这么久，如果我想喜欢他早就喜欢了，何必等到现在。"

"我知道。"冯智勋骄傲地扬了一下下巴，随后闷闷道，"可我还是嫉妒。"

莫子衿扑哧笑出声。

"你笑什么。"冯智勋俯身。

"没什么，就觉得你挺可爱的。"莫子衿抿唇。

他忽然就吻住她。

"谁让你用'可爱'形容男生的？"冯智勋眯眼，"这是赤裸裸的调戏！"

言语的调戏能和动作上的调戏相比？某人又开始耍无赖了……莫子衿揪住冯智勋的脸颊，忍无可忍道："别忘了你就是大一菜鸟！敢在你学姐面前卖弄，不想活了吗？我就说你可爱，就说你可爱怎么了……啊！"

就在她拎出学姐的架势要好好端正和冯智勋之间的关系时，使坏的他忽然放倒了她的座位。

她倏地向后倒去，瞪大眼睛看着冯智勋整个人压上来，将她的双手压在两旁，带着绝对性的优势重新掌握话语权："亲亲子衿，你搞错了一件事。"

莫子衿咽口水。

"我们之间不是什么学姐学弟，而是男人和女人的关系，你明不明白？"

…………

他笑意横生，俊朗不已，像一轮月亮。莫子衿以为他要放大招，赶紧慌乱地呵斥："冯智勋，你别乱来！"

话音未落，他松开了她，座位再次神奇弹回。

冯智勋重新开车："放心，我这个男人不会欺负你这个女人的。"

……她是再一次被无形 KO（击败）了吗？可恶！

更可恶的是……这个男人不由分说地把女人带到了别墅。

莫子衿从车上下来时，第一反应就是那条可怕的大蛇。

他该不会是把那条大蟒蛇找回来，要借此欺负她吧？

冯智勋看穿了她的心思，笑着摆手："放心，大黄我已经送去郊外农庄了，绝对没有小黄二黄啥的。"

"那你带我来这里……"莫子衿的脑袋被某人用大手歪向了别墅的客厅方向，只见没有拉窗帘的落地窗内，白宇飞和许跳跳待在一起。

莫子衿怔住了。

许跳跳果然来找白宇飞了。

她到底还是做不到表面那般潇洒，到底还是担心着的。

只见白宇飞静静地坐在沙发上，药箱摆放在茶几上，许跳跳拿着棉花棒轻轻地擦拭他的嘴角，给他上药，样子认真而专注。白宇飞则是默默地望着她。

这画面太合适用是胡兰成的那句"岁月静好，现世安稳"来形容。

莫子衿感觉到即将会发生什么，果然，下一秒白宇飞握着许跳跳的手，一点点地靠近。

突然，她眼前一黑，眼睛被冯智勋的大手覆盖："哎哎，非礼勿视。"

"什么非礼勿视！"莫子衿扯开他的手，瞪眼，"白宇飞这根本是在占跳跳的便宜！他根本都还不够喜欢跳跳！怎么可以……"

莫子衿说着就推开冯智勋，要闯进去，冯智勋也没伸手拉住她。

"你怎么就知道白宇飞还不够喜欢许跳跳？"

莫子衿顿在原地，抬眸间，许跳跳已经推开白宇飞，给了他一巴掌，号啕大哭歇斯底里。

他们似乎在吵架。

莫子衿忽然想起喷水池边许跳跳冲她歇斯底里的样子。

没错，她又冲动了，她差点又要给许跳跳做决定了。

莫子衿默默低头，她本着不想许跳跳受伤害的心，反而给了对方最大的打击，她还有什么资格一错再错呢……不管好的坏的，都是许跳跳自己的。

她作为好朋友，该做的、能做的，就是不干预和不离弃。

这时，一只温暖的大手牵起她："好的感情都值得挽回。我带你来，就是想让你放下心里的石头。你看。"

顺着冯智勋手指的方向，莫子衿看到刚才在大哭的许跳跳已经被白宇飞拥在怀里。

白宇飞宠溺地摸许跳跳的脑袋，说了一句什么，许跳跳温顺地点了点头。

他们到底讲了什么，不得而知。可看起来，许跳跳中断的梦似乎在她的努力下连接了起来。

莫子衿刚想问冯智勋是不是可以透露点什么，冯智勋打了一个大大的哈欠："哎，好困啊，他们再不来个 happy ending（大团圆），我就要冲进去直接给他们按快进键了。走吧走吧，上楼睡觉了。"

又装傻。

三分钟后，白宇飞和许跳跳瞪大眼睛目送往楼上走去的两人。

二楼房间，柔软的大床。

莫子衿和冯智勋的衣服都没来得及脱，直接和衣而卧。

他用手臂当枕头，拥过她："睡吧，这几天都够折腾的。"

的确是够折腾的，可莫子衿睡不着。

……某人是怎么做到心如止水的。

很快，她听到他入睡的匀称呼吸声。

躺在他的怀里，莫子衿却浑身发热，身体僵硬。

偏偏他还把脚压过来，呼吸直接喷在她的脸上。

这家伙是故意的吧？

莫子衿瞪着一脸睡意、单纯无辜的冯智勋，缓慢地推开。她先是把他的脚轻轻地从自己的大腿上一寸一寸挪开，然后轻轻地抱着她的手臂……

过程十分辛苦，她好不容易把他的长腿长臂都挪开，正要起身时，他一秒将她搂住。

一朝回到解放前。

“别离开我。”冯智勋把下巴抵在她的头顶，彻底将她锁死。

他拿撒娇来当挡箭牌，莫子衿彻底没辙了。

第二天一早，莫子衿迷迷糊糊醒来时，整张大床上只有她一个人。她环顾房间，冯智勋的确不在，才暗自呼了口气。看来他还是挺体贴的，知道先走，免得两人尴尬……

“哗啦。”

莫子衿猛地扭头，冯智勋站在洗手间门口，赤裸着上半身，下半身裹着白色浴巾，头上盖着一块浴巾，标准的擦头动作。

莫子衿心惊肉跳地转头，没有尖叫，没有说话，只有内心腹诽——体贴个大头鬼！

暧昧像八爪鱼一样四下延伸，莫子衿的余光看到他一步步走过来。

冯智勋俯身道：“早安，子衿。”

莫子衿“嗯”了一声，三两下往床尾挪过去：“我先出去了，你赶紧穿衣服吧。”

冯智勋毫不费力地一拉，将要逃跑的莫子衿按在床上，明知故问地笑：“哎，你怎么连正眼都不敢看我？”

莫子衿绷着脸，道：“怕长针眼。”

冯智勋笑捏莫子衿的脸：“我看你是怕克制不住把我扑倒吧？”

莫子衿打掉他的手，据理力争：“要扑，我昨晚早扑了，何必等到现在！”

冯智勋微微眯眼：“你是在嫌弃我的身材，还是自诩克制能力强？如果是前者，你干吗不敢看？如果是后者，那就是越克制越念想？”

“看就看！”莫子衿转回视线，无死角地扫视他还没有完全擦干的身体，晨曦照出他好看的线条，随着他的呼吸，身体起伏，闪着光。

莫子衿强忍住乱掉节奏的呼吸：“已经看过了，你可以放我起来了吧。”

冯智勋点点头，绅士地让开，目睹某人像只兔子一样蹿出房间，忍俊不禁地笑出声。

蹿下楼，莫子衿进了厨房，捧起许跳跳刚放下的水壶，仰头狂饮。

许跳跳睁大眼睛，不知道发生了什么。

可恶的家伙！

之后的很长一段时间，他的身体会挥之不去地在脑海里来回飘荡了。涨红脸的莫子衿有一种深深的危机感，这之后都逃脱不掉冯智勋的魔咒，她该怎么正常生活呢？

“你们……起得挺晚的。”许跳跳清嗓子，抿手里刚泡好的麦片。

莫子衿放下水壶，一口气终于顺上来，她望向许跳跳没接话，而是忽然说道：“你的麦片，我也要。”

许跳跳一愣，扭头：“你要喝，自己泡。”

“不要，你泡的比较好喝。”莫子衿咬得很紧。

许跳跳没说话，转身从麦片包里拿出一小袋默默地开始泡。

莫子衿欣慰勾唇。这波和好，她很稳地顺水推舟。

从许跳跳主动开始搭话，她就知道许跳跳不生气了，她们之间还可以回到从前的。

好朋友就是一起走，即便中途互相弄丢了对方，也可以找到彼此，继续往前。

莫子衿接过热乎乎的麦片，由衷地叹了一句“好香”，然后开始喝。

“所以你们昨晚睡了没啊？”

没被烫死，也差点被这句话给呛死。莫子衿用力咳嗽了两声，瞪着口无遮拦的许跳跳：“那你呢？你和白宇飞昨晚到底怎么了？”

许跳跳双唇紧闭，往右一斜。

“就许你八卦，不许我回击。”莫子衿把嘴往右一歪，走过去，用肩膀推了她一小下，“昨晚我好像听到不小的声响呢。”

许跳跳涨红脸，急急地拉开餐桌边的长椅：“那你一定是听错了！

昨晚我和白宇飞各睡各的，真不知道你听到的不小声响到底是从哪儿来的哦！”

她还跟着尾音，莫子衿“冷下脸”，直接上去揪她的脸：“那你也给我听清楚了，昨晚我和冯智勋也是各睡各的，绝对没有你想的那种事啦！”

“哎哟哟，疼疼疼，坏子衿，你放手！”

“就不放。”

“你快放手！都快有褶子了！”

…………

“果然，人和人待久了都是会互相影响的。子衿学妹现在越来越像小勋勋了，连整人的动作也是一模一样的。”白宇飞和冯智勋从楼上下来，笑眯眯地调侃正在对许跳跳实施掐脸暴行的莫子衿。

冯智勋则和他一唱一和：“嗯嗯，确实受我真传。”

莫子衿瞟到套了一件水蓝色套衫的冯智勋，就像被施了魔法一样偃旗息鼓，败下阵来，立刻安静地拉过一把椅子坐好。

两个男生有说有笑地开始做早餐，莫子衿和许跳跳当甩手掌柜坐着就好。

“都说男生做饭就是风景，现在看着，果然没错。”许跳跳双手托着脸，又是花痴状。

莫子衿戳许跳跳的头，默默地把目光挪向冯智勋。

他说在美国都是自己打理生活，看来真不是吹的。那拿刀的架势、煎蛋的从容，是实践后的熟能生巧。即便是偶尔和白宇飞故意作秀，也配合默契，看起来也是得心应手、好看。

早餐有沙拉、牛奶、煎蛋和燕麦粥。

满满一大桌，许跳跳开心地拿起刀叉挥舞：“这可比学校的食堂丰盛多了呀！我该先吃哪个呢……”

“小飞飞让你吃苦了，这些小小意思，不成敬意，特地向许小姐您赔罪用的。”冯智勋摸摸白宇飞的头，漂亮话脱口而出。

许跳跳十分给面子地回应："哈哈，好说好说。"

莫子衿默默地拿起勺子将黏稠的燕麦粥舀了又舀，是她的错觉吗？冯智勋好像故意在跟许跳跳亲近，在和她玩疏离。

这看起来很正常，可偏偏就是不正常。

白宇飞皱眉，把三明治扔到冯智勋盘子里后，笑眯眯地望向莫子衿，她就可知一二。

所谓，解释就是掩饰，掩饰就是真有其事。

莫子衿只好什么也不说，不过看起来，收效甚微呀。

早餐过后，四人回到学校。

莫子衿和许跳跳刚走到宿舍门口，就被早就等着的宿管阿姨逮个正着。

"你们两个给我站住！"

宿管阿姨姓梁，年过五十，长得彪悍，厚重的老花镜下，一双细长的眼睛像装了扫视仪一样敏锐。她和蔼起来很和蔼，严厉起来跟地震一样。

她铆足了劲在这儿守株待兔，这猎物一号和猎物二号自然是跑不了的。

莫子衿和许跳跳相视一眼，自知在劫难逃，转过身赔笑道："梁阿姨。"

"少跟我在这里卖无辜，告诉你们，我不吃这套！"梁阿姨晃晃手里的竹竿晾衣架，让两人立正站好。

"莫子衿、许跳跳，门禁时间是几点？"

"十二点。"莫子衿和许跳跳乖乖地异口同声。

"可你们昨晚是一夜不归啊！还不提前打报告！"梁阿姨手里的晾衣架拍在空气里还是能震天响，噼里啪啦的，"才不过半个月的工夫，你们没按时回来多少次了？！"梁阿姨说着就指向重犯莫子衿，"特别是你！莫子衿！别以为你是校长的女儿，我就会特别宽待，既往不咎了。告诉你，校规就是校规！谁都不能例外，必须执行！"

这话一出口，莫子衿和许跳跳同时怔住了。

本来还想着打诨插科，或者跟梁阿姨探讨一下关于门禁的合理性这件事，莫子衿忽然就没了心情，像是打扮得好好地出门，忽然就被迎面浇了一桶水。

见她不说话，梁阿姨斜着粗眉，扯着嗓子继续道："怎么？我说错话了吗？还是你觉得不服，要和我探讨一下？"

这时,有上早课的同学从上边下来了,听到这边的动静,纷纷注视。

"她就是校长的女儿莫子衿呢……"

"是啊，之前都不知道呢，还听说她家庭很清寒……"

"唉，我就说不可能，她一看就是出身不凡。寒门难出贵子了，灰姑娘也只是在童话故事里才有……"

"别说了，别说了，别人家的孩子总是好命的……"

…………

莫子衿的脸色绷不住，越来越难看。许跳跳见状，赶紧冲梁阿姨鞠躬："梁阿姨，我错了，我们保证下次再也不会了，好不好？这次就放过我们吧。您最漂亮了，生气的话就不好看了……"

说着她就拉过莫子衿赶紧往楼上走。

回到宿舍，关上门，许跳跳朝莫子衿做发誓状："不是我说出去的，我发誓。"

莫子衿按下许跳跳的手，挤出一个不怎么好看的笑脸。

她当然知道不是许跳跳，也不会是冯智勋。

冯智尧这么快帮着她和冯智勋，莫子衿隐隐预感不太好。

"子衿，你的表情有点可怕。"沉默中，许跳跳的声音瑟瑟发抖。

莫子衿抬眸，对上许跳跳不知所措的表情，一本正经地恐吓："所以别再和我闹别扭，不然我会吃了你。"

许跳跳缩着脑袋，很乖地点点头。

"子衿，来四楼食堂吃饭吧？爸爸在这儿等你。"

“子衿，你要吃什么？今天新出了一个菜叫茄子炒肉，不知道好吃不好吃？”

“子衿，多盛一点饭嘛，你吃得太少了。”

…………

如果说在这段关系公开后，最开心的人应该就是莫连了。

莫连再也不用扭扭捏捏地在校园里看到莫子衿假装没看到，也不用克制住想要叫她来职工食堂一同进餐的心思，更不用冠冕堂皇地找一些理由让她来校长办公室。

终于能和女儿相对而坐，他欢天喜地地给她夹菜。

莫子衿看着如山的饭菜，却一点也高兴不起来：“爸，你不好奇是谁说出去的这件事吗？”

莫连微微一怔：“是谁……重要吗？”

莫子衿张张嘴，想到冯智勋和冯智尧的事父亲并不知道，说了也是无益，便重新闭上嘴巴。

“重要的是，公开你是我女儿的这层关系，能助你和冯智勋在一起不是吗？这是好事啊。”莫连笑眯眯的，“之前我是很想你和竹天走在一起的，但是现在，你有更好的选择，自然是……”

“爸，我喜欢智勋，不是因为他的家境；我不喜欢竹天，也不是因为别的什么。”莫子衿很严肃地放下筷子。

莫连讪笑：“爸爸知道，爸爸……爸爸不是那个意思。”

他就是这个意思，当冯智勋第一次亮相 X 大，带着那闪耀的图书馆时，她忘不了自己爸爸开心到不置可否的神情。

“爸爸，我吃饱了。”莫子衿悻悻地把筷子放下，起身。

莫子衿下楼回到学生的大食堂。

许跳跳和白宇飞，还有冯智勋在一起吃饭，莫子衿想朝他们那边走去，袁飞舞忽然端着盘子从她面前经过。

袁飞舞提议：“莫小姐，过来一起吃？我请客。”

第一声硌硬的称呼，听得莫子衿满肚子火。

袁飞舞用肩簇着她往前走，只见秦竹天低调地坐在角落的位置，旁边还有很多女生围绕着，以吃饭为名进行谈话“围攻”。

袁飞舞和莫子衿一过去，那些叽叽喳喳的女生们纷纷闭嘴起身，识趣地端盘子离开。

袁飞舞喊住最后一个走的女生：“我看你也没吃的意思，不然就放着吧，倒了也是浪费。”

女生瞅着莫子衿，心领神会，立刻赔笑地把餐盘放下：“莫学姐，我没动过，不然给你吃吧。”

莫子衿没说话，袁飞舞压眉：“还不快走？”

女生脚底抹油，溜之大吉。

莫子衿望向袁飞舞：“你真是越来越有黑道范儿了。”

袁飞舞毫不客气地回击：“不敢不敢，我哪儿有这个面子啊，还不是托你的福。”

莫子衿冷冷瞅她，虽然没明说，但鬼都听得出来她是在说自己身份曝光的事儿。

这时，秦竹天用筷子戳戳桌面，发声道：“你们过来就是为了当着我的面吵架的吗？”

袁飞舞微笑坐下，语气软了好几分：“当然不是。”

莫子衿也顺势坐下。

“你身份曝光的事，我听说了。”秦竹天扭头低声，“看你是从四楼下来的，和校长谈过了吗？”

“嗯嗯。”

“他怎么说？”

“他很开心。”

“那你呢，你怎么看起来不开心的样子？”秦竹天把自己盘子里的土豆夹给莫子衿，故意回避她颇为审视的目光。

莫子衿抿唇。

他明明知道她为什么不开心，可是现在，他也如旁人一样明知故问了。

袁飞舞盯着莫子衿，咬着筷子笑道："现在学校里，人人都说你和冯智勋原来早就是十分般配的一对。"

莫子衿刚想开口，一旁响起冯智勋的声音。"你和秦竹天也很登对啊。"她扭头，冯智勋把盘子端过来，直接在她的右边坐下。"怎么？没有人这么觉得吗？"

袁飞舞垂眸不语。

冯智勋越过莫子衿，看向秦竹天："秦学长，那天篮球赛后一直忘记关心你的伤势了。"

秦竹天冷冷淡淡地继续吃着饭："早就好了，多谢关心。"

冯智勋耸耸肩："是吗？那就好，我还以为那天之后，你就一蹶不振了呢。"

他这么找过来就已经不对了，故意搭话，还语气这么呛……

莫子衿拽过冯智勋的袖子，疑惑地冲他使眼色。

冯智勋就像没看见一样，继续道："秦竹天，子衿的身份是你爆出来的吧？想拍校长的马屁？还是你有什么阴谋？索性现在直接说出来吧。"

莫子衿压眉："智勋，你在说什么，不要乱说……"

冯智勋越过莫子衿，一直定定地看着秦竹天，若有若无地轻笑："我有说错吗？就算是我的手下败将，也不希望他是扭扭捏捏的。"

"砰。"莫子衿无语地闭上眼睛，听到一直安静沉默的秦竹天放下筷子的声音，"你是存心找碴吗？冯智勋。"

两个男人同时起身，坐在中间的莫子衿被两道宽大的阴影覆盖，心像坠入大海的石头，无限下沉："这里是食堂，很多人，你们别闹。"

"我们三个人，从那天我不小心撕烂你的衣服开始，就成了大众的焦点，现在还有什么好怕的？"冯智勋淡淡反驳，"你说是不是啊，秦学长？"

秦竹天温润如玉的脸，阴沉起来像是聚集了满天的乌云，非常可怕。他已经忍冯智勋好久了，用最后的礼貌隐忍着脾气没有立刻发作："我说第一次，也是最后一次，这件事和我没关系。既然子衿的身份曝光了，你能做的就是好好地待在她身边保护她。"

"说得好听！那你们的纪念呢？"冯智勋咄咄逼人。

莫子衿霍地抬头，那一刹那，她分辨不清他这别扭的计较到底是真的还是假的。

"你一直喜欢莫子衿。"冯智勋搂过莫子衿入怀，也不顾及周边，很大声道，"我的女人，不允许别人惦记着。"

这时，周边能听到的都扭头加入观看阵营，远处一些听不太到的也掩耳盗铃地跑到就近围观。

那些八卦的目光自带灼热，莫子衿感觉自己居于炭火之上，要被烤焦了。她想要挣脱开某人的大手，可某人的力量容不得她有丝毫的反抗。

秦竹天定定地落在她身上的目光，像冬日的冰锥，很轻易就刺痛了她。

气氛陷入僵硬的尴尬中，周边的蜂鸣声越发沸腾。

就在这时，秦竹天毫无预兆地、倏地搂过一桌之隔的袁飞舞，然后吻上。

众人惊呼出声。

莫子衿瞪大眼睛，望着眼前发生的一切，脑子里一片空白。

不知道过了多久，秦竹天放开袁飞舞。袁飞舞整张脸红扑扑的，温顺地咬唇低头。

秦竹天的脸色也没有好到哪儿去，而是语气刺骨地问冯智勋："这样可以了吗？"

冯智勋耸肩，不置可否。

秦竹天拉着袁飞舞走了，临走前，他充满怨念地望过莫子衿。

大抵在他看来，她和冯智勋是一个战队的，今天这公之于众的戏弄，她也有份。

后来的很长一段时间里，她都忘不了他那责备和失望的目光。

众人散去，莫子衿推开冯智勋的手，忽然失去了生气的动力："你满意了？"

冯智勋："我这么做完全是为了帮他一把，那天在体育馆撞了他之后，一直没时间给他一个发泄的机会，我都做好挨他一拳的准备了。"只是没想到后来他会那么做。

他说得很是认真，莫子衿抚发抿唇，觉得人像打了一架一样虚脱无力。

这时，许跳跳过了来："子衿。"

莫子衿转身往外走："谁也别跟过来，我想一个人静一静。"

世界上，有很多事找不到人负责；很多意外，是每一片无辜的雪花堆砌在一起造成的。

这大概就是无力的缘由。

莫子衿来到假山后边，坐在人工池塘旁边，看着锦鲤搅和的水面，一遍又一遍地浮现秦竹天吻袁飞舞的画面，懊恼地想要抓头发。

她这是怎么了？她曾经很希望秦竹天尽快放下她，寻找新的幸福。

在孤儿院看到袁飞舞给他做的便当时，她甚至欣慰他终于能接受袁飞舞了。

可是现在……

"子衿。"许跳跳轻轻地唤了一声，站在她的不远处，没有走近。

莫子衿低头："我不是说了吗？我想一个人静一静。"

"我知道……但是我担心你。"许跳跳怯怯抿唇。

"我有什么可担心的？我是X大校长的女儿，我爱在哪儿就在哪儿。秦竹天还和袁飞舞在一起了，皆大欢喜，你担心我什么？"许跳跳的话不知道为什么触到了她的导火索，她忍不住瞬间爆发。

莫子衿愠怒地和许跳跳四目相对，只剩下急促的呼吸。

许跳跳也没恼，而是静静地上扬嘴角，继续说道："刚才我都看到了，我也知道你在气恼什么。”

莫子衿怒极反笑，悻悻侧脸：“我自己都不知道自己在生气什么，你怎么会知道……”

“就像上次我生日的时候冲你发脾气一样啊，明明知道你是为我好，可就是控制不住地要生你的气。”许跳跳撇撇嘴，“可能我们都不喜欢被人操控的感觉吧。”

操控？莫子衿怔住了。

“我是不知道冯大公子今天为什么突然这么反常啦。其实我想冯大公子是没有恶意的，他应该只是想用他的方式让秦竹天放下你，解开心结吧。只是没想到，秦学长最后用了那种方式……”

“你为什么不会觉得他纯粹只是吃醋，无理取闹，找麻烦呢？”关于许跳跳格外体贴冯智勋和白宇飞的思维逻辑，莫子衿从来都觉得很好奇。

“对啊，我也是这样觉得啊。是这样的话，那不就更好吗？”许跳跳捂嘴笑，“你应该高兴才对，还生气什么啊？那证明冯大公子在乎你啊。”

“如果白宇飞能这么一把搂过我，当着全部人的面说‘许跳跳是我的女人’，我一定开心得……当场晕过去……”她还好死不死地还原冯智勋的霸气动作。

莫子衿翻白眼，气不过地拾起地上的石子就朝许跳跳扔过去。

许跳跳敏捷躲开，委屈地指着莫子衿：“莫子衿！你这是想谋害亲友哦！”

就你这种亲友不要也罢……莫子衿无语地从石凳上起身。

“好了好了。”许跳跳拉住她，苦口婆心道，“不管是哪一种，都不是你该生气的理由。子衿，你一开始就分得很清楚，那秦学长的事，你就不应该再在意了啊。他和袁飞舞是被迫也好，是水到渠成也好，都是他自己的选择。你如果为了他，和冯大公子闹别扭了，不就划不来了吗？”

…………

许跳跳把石头放回到她的手心，“要知道，冯智勋才是你以后最重要的人啊。”

他，才是我以后最重要的人。

莫子衿出神地看着手里不规则的小石头，慢慢压眉，冯智勋那坏笑的脸，像幻灯片一样闪过眼前。

所以他才这么又臭又硬吗……莫子衿把手里的石头再次丢出去!

冯氏企业，会议室。

冯智尧把“听恋”搬上台面，冯莫就坐在中间，看着他演示完所有的策划。

“以上，就是‘听恋’的成品。我当然知道会有很多不足和需要补充的地方，但现在可以先推上线，吸纳用户的同时，结合用户的使用意见同步更新。我相信这会是结合时间效率和时间成本之后最好的选择……”冯智尧一口气说完，环顾在座的决策者，最后望向冯莫。

大家都鼓掌点头，表示了肯定。

不过，冯莫一直一语不发。

冯智尧看向他：“董事长，您的意见是？”

末了，一直安静的冯莫把手里的钢笔放下，只说了一句话：“放手去做吧。”

冯智尧一直提着的心终于重重放下，他垂眸间黑瞳下的孤注一掷得到了暂时的舒缓：“是，董事长。”

冯智尧恭敬地垂首，等着所有人都离去，会议室里只剩下他一个人后，拿出手机，把这个好消息告诉白宇飞。

他告诉白宇飞，就是告诉冯智勋。

冯智尧亮如熠熠星辰的眼，按捺不住冯智勋来找他时的欣喜。

这张网铺得太大、太久了，冯智尧需要收网，享受胜利果实了。

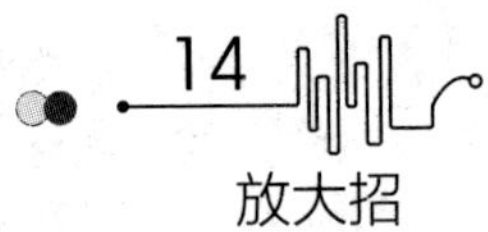

14 放大招

又到了星期一，例会时间，操场上站满了学生。

这最隆重的全体开会时间，没有特殊情况不能请假，除了要听校长，或者老师絮叨一些重要决策或者有的没的之外，可以期待的就是，有些需要发表演讲的同学——提前被安排的，或者临时想要上去开口的，算是彩蛋部分。

莫子衿下意识用余光打量九点钟方向的冯智勋，他双手背在身后安静地站着，没有要上去出风头的意思。

她默默地舒了一口气，心口又闷闷的。

那天在花园里，她第二次把石头丢出去时，不偏不倚，正好砸中冯智勋的额头。

冯智勋捂着额头，吃疼地把五官皱得很集中。

他问她："解气了吗？"

她扭过头："我不是说了要一个人静一静吗，你们一个两个、三个四个跟过来做什么？"

"你真的不要见到我？"他站在原地。

她没说话，转过身去。

等她感觉好久没动静后，望去，冯智勋已经不见了。

就这样，这个周末冯智勋都没有来找她。

莫子衿无法确认，这是不是冷战，这算不算别扭。

她只知道自己和许跳跳一起遇到他们时，冯智勋该微笑就微笑，该说话就说话，也没有故意不理她。

可就是没有发微信，没有了私下的谈话。

他把她立在一个尴尬的境遇里，手段高明。

与他们做强烈对比的，是许跳跳和白宇飞。他们倒是关系好了不少，一起吃饭，一起帮忙补课，一起进进出出。

原本莫子衿以为自己不会和许跳跳一样，有那些小女生才会有的别扭和委屈，可是对上忽然扭头的冯智勋，她心里积压层叠的情绪还是汹涌而出。

隔着人群，他看得懂她的眼神吗？还是明明看懂了，却想假装没看懂？

"各位同学，我相信大家最近都特别关注的一组 CP（情侣），就是冯智勋和莫子衿吧？"猛然听到自己的名字，莫子衿愣了一下，看向红旗台。

上去的人不是别人，是袁飞舞。

只见她今天一反常态，穿了 X 大校服，手拿话筒，一脸有预谋要放大招的样子。

莫子衿死死地盯着她。

"这对 CP 男帅女靓，最近我们也知道了莫子衿是校长的千金，公主和王子的童话走进现实，如果他们能修成正果的话的确是我们 X 大最好的招牌呢，大家说是不是啊——"

"是——"

同学们终于从大片死鱼变成了充满氧气的活鱼，特别热情地和袁飞舞打着配合。

听到这里，目前都是正常的，可是莫子衿的心提到了嗓子眼，她到底想干什么……

果然，下一秒，袁飞舞话锋一转。

“但如果我说，他们这对国民 CP 是假的呢？”

莫子衿的呼吸漏跳了一拍，被噎在那里。

大家哗然。

她再次把目光瞥向同是当事人的冯智勋。

冯智勋没有看她，而是定定地望向袁飞舞。

袁飞舞很满意众人讶异的神情，等大家都喧闹得差不多了，她缓缓地把手伸进口袋：“大家还记得神秘播报员的事情吗？”

“秦竹天学长忽然出来认领这个身份，大家难道不觉得奇怪吗？如果真的是他，他又何必在事情平息之后，在大家根本没有找到蛛丝马迹的时候，忽然跳出来承认呢？从时间点就可以看出，秦竹天学长承认自己是神秘播报员，是在冯智勋召开新闻发布会宣布退出冯氏继承人之后。我一直都在调查这个事情，并且拿到了这个充满真相的录音。”袁飞舞从口袋里拿出一支录音笔，掌握着猛料，带着吃瓜群众走向高潮。

原本在一旁想要听袁飞舞继续对冯智勋和莫子衿这对 CP 说赞美之词的老师们听出了不对劲，笑容开始凝固，试图想要上前拉她下来。

可是大家面面相觑，谁都没有先迈出那一步。

“莫子衿才是那个神秘播报员，冯智勋和她有交易，条件是让她做他的女朋友，麻痹他的哥哥，以退为进来争夺冯氏集团继承人的位置，以此来放弃揭穿她就是神秘播报员，而冯氏集团的冯董事长不肯轻易放过给他们集团带来负面影响的神秘播报员。秦竹天是为了保护莫子衿，才会挺身而出顶替的！”袁飞舞指着莫子衿和冯智勋，“他们欺骗了所有人，还连累了无辜的人，甚至有可能连累整个 X 大！”

莫子衿僵在原地，觉得从脚底冷到了头皮。

袁飞舞是步步为营，先是把她是校长女儿的身份曝光出来，再趁着星期一的例会时间，把所有事都搬上台面，将影响力牵扯到最大，最广。

可是，录音笔袁飞舞是从哪里得来的？

莫子衿的脑海中一下子闪过那天在校长办公室外的画面，冯智勋拦住她也是拿着这样的录音笔和她谈交易。

场面乍然重叠！

不可能，她不可能有这录音的！

可如果没有，她会在这大庭广众之下自取其辱吗？

莫子衿忽然没有把握了，她一咬牙，迈步想要冲向红旗台。与此同时，袁飞舞按下了录音笔的开始键。

莫子衿的双脚像是被定在了草坪上。

犹如定时炸弹炸开一般，每个人都睁大眼睛，没了思考能力。

一秒，两秒，三秒……

袁飞舞把话筒递到被按下开始键的录音笔旁，里边发出的始终是轻微的气流声。

…………

袁飞舞得意的笑容慢慢变得慌张起来，她立刻按快进键，再播放，还是气流声："怎么……怎么会这样？"

"不是说有证据吗？证据呢？"莫子衿扭头，始终一言不发的冯智勋从人堆里走出来，一步步走向红旗台，"袁飞舞，你该不会是拿了一个空的录音笔来诓骗大家，浪费我们的时间吧？"

袁飞舞的脸色煞白煞白的："不可能，我之前明明听过，这里边真的有……是你，是你做的手脚对不对？！"

冯智勋已经走到了袁飞舞跟前，站在台阶下仰头望着瑟瑟发抖的她："我什么？我刚刚可是和大家一样，等着你拿出证据来呢，我和子衿欺骗大家的证据。"

…………

高高的台阶上，袁飞舞的小腿肚已经在发抖。她瞪大眼睛望着来自人群中刚才还安慰她的那些目光的继续支持："我说的每个字都是真的，我没必要骗大家，我……"

袁飞舞的声音越来越低，手里的录音笔，刚才还是闪耀夺目的武器，转眼间就变成了可笑的鸡肋。

转变之快，令人咋舌。

莫子衿微微皱眉，就像上天听到了她的祷告——袁飞舞，真的很清楚地诠释了什么叫自取其辱……

冯智勋一步步走上红旗台，从袁飞舞手里夺过话筒："还是你其实是为了秦竹天喜欢莫子衿的事，报复莫子衿才搞得这么一出？又或者，这件事是你和秦竹天一起……"

"不是这样的！你别牵扯到别人，是我自己！"一听到冯智勋想要拉秦竹天下水，袁飞舞想也没想，立刻打断他继续往下说的念头，"是我自己看不惯你们风头这么旺！是我感觉你们有猫腻才调查的！冯智勋，你敢发誓，敢当着所有人的面，说你和莫子衿之间真的没有存在交易？你敢说当真没有这段录音？！"

袁飞舞在做最后的垂死挣扎，她的质问振聋发聩，这是在利用全体师生给冯智勋施加压力。

冯智勋盯着袁飞舞冷冷一笑，单手插裤袋，环顾全体师生："我和子衿的确有过交易。"

莫子衿怔住。

"我说，我想和她交换以后的时光，她和我交换她以后的幸福。"他的目光甜到跟两块巧克力融化了一样，直勾勾地望着莫子衿。

众人喝倒彩，唏嘘声连连，纷纷说要起鸡皮疙瘩了。

莫子衿无奈咬唇，绷紧想笑的脸，看到袁飞舞整个人被阴影覆盖，完全失了气息。

这时，校长莫连不知道从哪儿蹿出来，气定神闲、微笑着上台："好了好了，相信这是一个乌龙，大家听过、笑过就算了。星期一是新的一周，大家听过八卦要好好上课了，别以为在大学就可以放松，等到毕业重修的时候，就有你们哭的了……”莫连身为校长，圆场能力是骨子里就带着的特长，气氛一下子就被带回来，而冯智勋和他并肩而站，和睦得就像是一家人一样。

莫连后边说了什么，莫子衿已经完全听不到了。她长长地舒了一口气，知道这个危机算是勉强度过去。

只是……

“袁飞舞这么信誓旦旦，她手里的录音笔不可能一开始就是空的。”彼时，图书馆内，莫子衿拉冯智勋到休息区，抑制不住内心的好奇，“你到底是怎么做到的。”

冯智勋微笑地打量莫子衿拉着他的手，像是没听到她问的话一样。

莫子衿赶紧松开手，却被他适时回握住。

“手都主动拉了，还想反悔啊？”

“反悔什么，我又没答应你什么。”莫子衿傲娇仰头。

冯智勋煞有介事地叹气：“唉，你的自尊心是被扔到珠穆朗玛峰上去了吗？让你跟我服个软就这么难？”

莫子衿想要甩开他的手，被他趁势拉过来反扣，仗着身高优势整个人压下来，她就这样被他从后边圈在了怀里。

冯智勋抵在她的右肩，低低道：“我愿意每次都来哄你，但偶尔也想换你来宠我一下。”

他的声音原本就很好听了，带着撒娇的心意在其中无形地增加了几番的磁场，让人受不了。

莫子衿的目光落在书架的书上，压着胸口的手肘分明感觉到那胸膛里热浪的心跳。

“你别告诉我，为了让我主动来找你，你故意安排了这么一出。”

冯智勋哑然失笑：“原来在你心里，我这么无所不能啊？”

“你！”他这逮着机会就主动贴金的毛病，真容易让人火大，火大，再火大。

“‘听恋’上线了。”他忽然冒出这么一句。

莫子衿怔了一下，赶紧扭头："冯智尧上钩了？"

冯智勋点头："是的，所以明白了吗？今天袁飞舞闹这么一出，靠山是我哥，而不是我。"

他告诉莫子衿，从袁飞舞那天晚上故意引他去孤儿院的时候他就知道，冯智尧把学校里的眼线撤掉了，接替合作的是袁飞舞。而随着"听恋"的上线，冯智尧要彻底斩断两人竞争的可能性。曝光莫子衿的身份，切割他们之前的软肋，这招主意不错。袁飞舞拿的录音笔里如果不是空的，他们确实就麻烦了。

"那部被偷走的电脑里，黑客找不到你跟冯智尧说的关键资料，但一定能找到我放好的录音资料。"冯智勋说道。

"你留着我们之间的那段录音，知道一定会派上用场？"莫子衿定定地望着冯智勋。

如果一开始这段录音就销毁的话，冯智尧就不会这么快上钩，袁飞舞也就没有刁难的机会了。

冯智勋摇头："我又不是神仙，怎么能肯定录音一定会有用呢。"

他仿佛看出她真正想要问什么一般，轻轻地点了一下她的额头："别心急，我还没说完呢。当有人企图下载那段录音资料时，电脑就会启动自动毁灭程序。袁飞舞是直接 copy（复制）到录音笔里，才没发现这一层的。"

莫子衿紧巴巴的脸这才舒散开来，他没有想过留着他们那段交易的证据，他没有要给这段感情留一个有争议的地带。

"以前怎么没发现你这么爱计较啊？"冯智勋倒吸一口气，双手按在书架两边，将她圈在里边，正经地打量。

"现在发现也不晚，你有很多选择。"莫子衿没有了心理负担，索性和他认真调起情来。

冯智勋再次摇头，感叹道："晚了。我是冯大公子，你是校长千金，再也没有比这更登对的 CP 设定了。"

没有比这更登对的 CP 设定？莫子衿脑海里浮现过一个名字。"不见得吧。比如什么田氏千金田悠然。听说那可是从英国学钢琴回来的高才生，长得漂亮不说，还才华出众……”莫子衿揪过冯智勋的衣领，眯眼反问，“不是比我更登对？”

冯智勋好看的瞳孔里流光溢彩，但也免不了一丝尴尬：“是我老爸跟你说的吧？”

“是啊，你不告诉我，自然有人会告诉呗。”莫子衿好整以暇地活动下颚。

“我和田悠然并不认识。这没有的事又何必对你说呢，对吧？”冯智勋笑容可爱，态度乖巧。

咦……这缝明明这么大，可以拿来挤对莫子衿的，冯智勋却这么快主动交代，简明带过……

有可疑。

莫子衿琢磨着刚要开口，一个清丽好听的声音适时响起：“不认识我？冯智勋，你睁着眼睛说瞎话的本事真是一点儿没退步啊……”

莫子衿循声扭头。

该怎么形容看到田悠然的第一感觉呢？

田悠然身着黑白相间的不规则吊带裙，外披一件亮色的黄色超短马甲，脚蹬黑色的露趾高跟鞋，手里拿着一个亮片手包，特别是那一头乌黑的及腰中分长发，就这么随意散开，跟着脚步有节奏地微微晃动，像瀑布一样美，令人震撼。

她漂亮又新鲜的脸蛋，一亮相就是一道超级风景线。

看到她后，莫子衿心里的警报器就响了。

百闻不如一见，她如果是情敌的话，她不一定打得过。

冯智勋显然没料到田悠然会忽然出现，一时不知道该说什么好，呆呆地保持原有姿势，一脸局促。

“你要不要当着我的面，再说一遍你不认识我？”田悠然歪头，俏皮地挤对冯智勋，那熟络的口吻真是对刚才冯智勋的回答啪啪打脸。

莫子衿一把推开冯智勋的双手，抚发站好。

冯智勋双手插口袋，讪笑道："悠然，你……你怎么突然来了？"

居然叫悠然！居然还结巴！

莫子衿想到刚才他那句无比乖巧的谎言，心里就在冒火。不过，万马过境，表面仍然炉火纯青的冷淡。

"我当然是来看你的了，刚下飞机，就直接从机场过来了。怎么样，够意思吧。"田悠然伸手轻轻地拍了一下冯智勋，这才缓缓把目光看向莫子衿，"听说，你趁我不在的时候恋爱了？"

女生之间的目光，常常胜过千言万语。

心口不一的语气，也能立刻分辨是不是友善气场。

这或许就是成年人之间最容易玩的游戏。

四目相接，莫子衿捕捉到了以下信息——田悠然来者不善。

基于第一点，田悠然喜欢冯智勋的事实是没跑了。

莫子衿也不含糊，点头示意："你好，我是莫子衿。"

田悠然明眸灿烂，主动伸手："你好，我是田悠然，你应该有听说过我吧？"

"有所耳闻。"莫子衿依然保持着淡淡的礼貌和疏离，没有伸手回礼。

两军对垒，不要透露给对方太多信息，是为上策。

田悠然没有得到回应的手，转而很自然地缩回去，抚了一把秀发。她炯炯有神的大眼睛环顾四周："嗯嗯……我们要待在这里说话吗？好像不是很方便呢。"

冯智勋终于"复活"，赶紧说道："我们去玻璃房吧，那边比较清静。"

莫子衿注意到他的双手始终插在裤袋里，没有要牵她的意思。他是害怕田悠然吃醋吗？还是他忘记了？

冯莫提起田氏千金时，她没有走心，可是现在，看某人这个态度，她的自信心不得不开始动摇了。

三人去往玻璃房。

玻璃房是图书馆最上边一层的空中花园，用玻璃搭建而成的天然休息区，放了一些造型艺术的座椅，绕着边缘摆放的花草熏陶着空气以及人的质感。

有阳光的时候，在这里晒晒太阳；若是下雨，待在里边就可以欣赏到无遮挡的雨景。

这里视野开阔，还能看到 X 市的江景。

冯智勋刷卡进入，田悠然一边打量这敞亮的玻璃房，一边点评道："这个玻璃房是你的创意吧？呵呵，你的品位还是这么大胆、上乘。"

莫子衿盯着田悠然把外套脱掉，骄傲地露出洁白的肩膀和好看的锁骨，和刚才的大气比起来，现在就多了几分随意和性感。

这些都不是可气的，真正让莫子衿在意的是田悠然的话，她凭什么那么笃定这玻璃房是冯智勋的创意？都不带一丝疑惑，且非常笃定。

这里边包含的是多少熟识和回忆？莫子衿不敢深想。

冯智勋走到一旁的开放式琉璃台上拿饮料，问田悠然喝什么。

田悠然往椅子上一坐，大长腿侧斜交叠，妆容干净，笑起来如皎洁的明月："你们喝什么，我就喝什么。"

冯智勋拿过橙汁，拿出三个杯子："那就橙汁吧。"

某人自始至终都没抬眼瞅她一下。

田悠然见她站着，还示意旁边的椅子："子衿，来这边坐呀。"

…………

片刻，田悠然一副主人姿态就出来了。

莫子衿意识到不对，在她对面坐下后，开始先发制人："田小姐，冯叔叔跟我提起过你，说你和智勋门当户对，很是般配。"

田悠然扑哧一笑，将头发拨到耳后："冯叔叔真是的，总是把我和智勋挂在嘴边，这么多年了一直都这样。"

"是啊，可能他想不到智勋会喜欢上别人吧。"莫子衿也跟着腼腆笑，默默地跷起二郎腿。

田悠然的笑容微微一怔，然后不动声色地抿唇：“子衿和智勋谈多久了？”

要拿时间说事？莫子衿如实回答：“两个月不到吧。”

这时，冯智勋把橙汁端过来，田悠然从他手里接过橙汁，又拿那种宠溺又温柔的放电模式注视着：“智勋，你打破纪录了耶，你之前的历史可都不超过一个月。”

冯智勋的脸像被刷上油漆一样变成猪肝色。他目光闪烁，忙让田悠然一句接一句的爆料：“悠然，你别闹我了好不好，我哪里有什么历史……”

莫子衿知道田悠然说这句话后，是希望了解她和冯智勋的认识时间，以此来对比出亲疏远近。

莫子衿偏偏不问。

“其实我和悠然认识挺长时间了，她的性子一向这样，喜欢开玩笑，子衿你别当真。”

…………

不怕神一样的对手，就怕……

莫子衿的眼睛瞪成铜板，硬张嘴问：“看来……你们真的认识挺长时间了。”

“二十年，青梅竹马。”田悠然微笑，“我们从穿纸尿裤开始就玩在一起了，可以说知道对方的一切。”

在莫子衿看来，时间这种事从来都不代表一切，拿她和父亲来说，这么长时间都无法消磨隔阂，更遑论温情。可是现在，面对着田悠然，面对着“青梅竹马”这四个字，还有“二十年”的这个时间。

她才意识到，时间的重量和厚度的确不是可以轻易忽略的。

莫子衿出神间，冯智勋在她旁边坐下，握过她的手：“我把悠然当家人，怕你误会才没和你说实话。”

下一秒，他忽地贴近她的耳朵，压低声音道：“我把你当情人，所以不许你跟我闹。”

他的大手不容她一丝挣扎，说这话时努力表现出的轻松仍然有一层讨好和解释。

不管他现在说什么，她都得欣然接受——当着田悠然的面。

莫子衿看向田悠然："既然是好朋友，那悠然一定会帮我们的吧？冯叔叔的意思，你会拒绝的，对吗？"

两点之间，直线最短；情敌对接，当断则断。

田悠然的笑容始终带着足够的底气，尽管莫子衿给的问题没有回避的空间，她的态度需要明确。

"我不准备拒绝哎。"

此话一出，空气像被熨斗烫平一般，莫子衿感觉到深深的锐利。

玻璃房外的天，阴沉沉的云朵像打湿的海绵整个压下来，抬眸，好像触目可及一样。

冯智勋微微蹙眉："悠然，别闹，你这玩笑可一点也不好笑。"

"我们认识这么久，如果真的能修成正果也不错啊。"田悠然耸肩，"我们太熟了，之前都没想这方面去，其实退一步仔细看看，你各方面还是挺不错的。想说能试一试的话，也未尝不可啊。"

冯智勋皱眉："可是我已经有女朋友了。"

田悠然再次看了一眼莫子衿，笑意渐深："结婚了都可以离婚，更何况没有结婚，世界上的事一切都有可能。子衿看上去也是落落大方的人，相信会给我这个公平竞争的机会吧？还是说，你们对自己的感情不够自信？"

她更狠，直接要求给公平竞争的机会。

莫子衿在心里皱眉，大抵没有人以插足者的身份出现还这么理直气壮的吧？偏偏田悠然就做足了架势，直率到让人无法厌恶。

递战书，直接宣战，比那些偷偷摸摸还死不承认的好太多，这或许就是田悠然的聪明之处吧。

莫子衿摁住要发表意见的冯智勋："好，我答应你，我们公平竞争。"

冯智勋扭头难以置信莫子衿会答应："子衿……"

田悠然点头，眸子一闪一闪的。"我就知道我的第六感不会有错，子衿，你是个有趣的人。"说着她像解决了一桩事一样，轻松起身，"好了，刚下飞机就过来了，我还得先回家一趟，今天就先到这里吧……"

冯智勋跟着起身："我送你回去。子衿，你等我回来，我们一起吃晚饭。"

他说这话时，握了握她的手腕，她点头，应声说好。

她注意到他和田悠然出去的背影，忽然觉得是立在了两个不同的时空……

她想到一个词：天作之合。

不安感，有时不是恋爱中的两个人互相造成的，而是站在第三视角冷不丁去发现一些事实，继而自我消退的。

比如，田悠然的自信。

比如，他们之间的二十年。

比如，他们四目相对的气场。

新时代的中国女生才不会轻易认输！

莫子衿出现在画室门口，特意来堵白宇飞的门。

白宇飞拿着画笔，挂着黑皮围兜，正在给作业上色。下课时间一到，听到铃声就脚底抹油的同学看到莫子衿，便扭头冲白宇飞招呼："有人找哦。"

白宇飞以为是许跳跳，头也不抬地拿着调色板说道："让她再等一下。"

莫子衿跨步进来，揶揄道："原来你都是这么糊弄许跳跳的，我真后悔，那天在别墅应该再当一次恶人才对。"

白宇飞歪头，看到是莫子衿，笑着扬了扬画笔："你怎么来了？"

"我不能来吗？"莫子衿反问。

"能能能。"白宇飞点头，脸上有点脏兮兮的，多了一点艺术感，

“你就是没跳跳乖巧就对了，可想而知，我家跳跳平日里得受你多少欺辱……”

…………

想到还有求于他，莫子衿就没反驳，而是说道：“我家跳跳只有我可以欺负，别人都不行。”

“我也是。”白宇飞把脸埋进画板里做最后的上色，“我家跳跳只有我可以欺负，别人也不行。”

只见他往画板上最后抹了下，便放下画笔和画盘，拉过凳子坐下。

画板上的画作推过来亮相，是许跳跳的笑脸。

白宇飞颇为傲娇地说道：“这可是第一次有女生出现在我的画作上。怎么样，够诚心了吧？”

他和冯智勋一样，实力和臭屁是相辅相成的。

画面上，许跳跳的笑容格外耀眼，不算特别精致的五官胜在可爱，笑起来像夏日的阳光那样灿烂。注视着她的笑容，就会有一种温暖幸福的感觉。

莫子衿不由得扬起嘴角：“希望她永远都能这么开心。”

白宇飞问道：“你来，是想问我田悠然的事吧。”

话题乍地被他打开，莫子衿不由得一愣。

消息传得这么快的吗？

莫子衿转念一想，也对，人家是田氏千金田悠然。

“我来是想问问你，关于她的事你知道多少。”莫子衿抿唇，说起她，心里还是不可避免地有些别扭。

白宇飞也不扭捏，一一道来。

正如田悠然说的那样，她和冯智勋的缘分是从穿纸尿裤开始的。像他们这样的天之骄子，家族之间有交集，玩在一起是很正常的事情。

田悠然父亲是中德混血，母亲是选美小姐。在这样的优良基因下，她从小就会讲三门以上的语言，五岁开始跳芭蕾、练乐器，幼儿园的寒暑假开始就和冯智勋一起出国，到处飞。学习成绩优异不说，还不是死读书的那种；会在学校当乖乖的淑女，也会和冯智勋去赌场或者地下赛车那种地方去疯。

她从来不把田氏千金的头衔挂在嘴边炫耀，在国外十分低调，挣学费、抢别人的生意，甚至和黑帮打架，都是自己上。事情闹大了以后，别人才知道她到底是姓甚名谁。

“我记得刚和田悠然见面的时候，是在警察局。那会儿我们都十六七岁，她和小勋勋从几个黑人混混手里救出一个被刁难的华人女生。她拿着一个啤酒瓶直接就砸在对方大哥的头上，然后和小勋勋两个人把酒吧都给砸了。那个华人女生吓得整个人都傻了。那些混混追着她和小勋勋足足有三条街。后来，她还帮小勋勋挡了一棍。他们两个人都受了伤，还笑得比谁都灿烂。”

“我是没见过比她更洒脱的了，怎么形容呢……就是软装、硬装皆彪悍。”白宇飞摸摸下巴，略带思考地总结出这么一句话来。

他评论起田悠然，眸光越闪亮，莫子衿的心就越难受。

只是只言片语，就能感觉到她和冯智勋之间的回忆有多波澜壮阔，和青春电视剧一样，有高潮，有独一无二的动人之处。

或许你可以强词夺理地说，过去只是过去。

可时间和过去，两个强大的家伙一起出现，那就能把望向未来的光亮都挡住了。

莫子衿垂眸：“你很欣赏她。”

白宇飞意识到自己说错话了，赶紧说道：“可是不管她的软装、硬装有多厉害，小勋勋现在选择的人是你啊。就像美女那么多，我最终还是败给了许跳跳啊。”

莫子衿盯着白宇飞三秒：“田悠然没交过男朋友？或者就没什么黑历史？”

气馁过后几秒，莫子衿还是要重打精神。毕竟她来是要搜集情报的，不是打压自我气焰的。

她就不相信，这世界上有完美到没有缺点的人。

白宇飞露出很费劲的表情，仔细回顾。

“没有，没有交过男朋友，追她的人很多，但没有正经交过的；没有，历史很多，但没有黑历史。”

…………

呵呵，还重复否定。

莫子衿正想着从白宇飞这里是捞不到什么有用的消息时，白宇飞突然打了一个响指：“如果非要说她有什么缺点的话，那应该就是……怕高吧。”

…………

莫子衿恨不得把他故作高深莫测的样子打成蝴蝶结，塞进他嘴里。

这时，许跳跳拿着打包的饭盒出现在门口，特别幼稚地想要给白宇飞一个惊喜，那表情在看到莫子衿的时候吓到了。

“咦，你们两个怎么……”

莫子衿扭头，冲她招手：“快来，管管你的蠢学长。”

许跳跳一愣，火也似的冲过来：“不许你这么说我的宇飞！他怎么蠢了？”

…………

莫子衿盯着许跳跳，面不改色心不跳：“从头到脚，哪哪都愚蠢。”

许跳跳放下饭盒，一副撸起袖子就要和莫子衿干架的样式，却被白宇飞适时地抱住：“乖乖乖，咱们不动手。来，看看你给我带什么好吃的了。”

许跳跳立刻转入了白宇飞的温柔乡。

看着他们两个人已经毫不犹豫地忽略自己切入恋爱模式，莫子衿默默起身离开。

怕高？这算是缺点吗？

呵，比起她的那些特别光辉的点，确实挺“缺”的。

莫子衿有些懊闷地琢磨着田悠然这个很不像缺点的缺点，能为自己何用。

不知不觉，莫子衿走到了学校的大门口，眺望电动门外。

说是去送一送田悠然的冯智勋不见踪影。

莫子衿发现自己竟很想他，突然之间很害怕他就这么一去不复返。

古人说，星河耿耿，银河迢迢。

莫子衿不敢相信自己也成了那翘首企盼的主。

这时，一辆银色轿车驶进视线中，从车上下来的人是冯智尧。

他的眼睛雪亮，抬头就看到了站在空旷场地上的莫子衿。

莫子衿来不及躲，只好迎上前。

“智尧哥。”看着冯智尧脸上招牌式的、带着一些意气风发的笑容，莫子衿不知道是不是到了撕破脸的时机。

冯智尧从身后变戏法地拿出冯智勋的笔记本电脑：“我是来找智勋还电脑的。”

原来他那意气风发的笑容，是表示要摊牌。

也对，此时再做戏，也实在是假了点。

莫子衿淡淡勾唇：“你来得不巧，智勋送田悠然回家去了。如果你愿意的话，等一下吧。”

冯智尧点点头：“原来如此。”

他转身和莫子衿并肩而站，和她同望一个方向：“不过智勋送悠然回家，暂时回不来。我们找个地方吃晚饭吧，我请客。”

莫子衿看向冯智尧：“他说过会回来和我一起吃晚饭的。再说了，我不会和敌人一起共进晚餐。”

空旷的场地，莫子衿最后那句话，像是刀子一样割开了冯智尧的面具。

面具被撕下，冯智尧丝毫不受影响。

“我一直认为，我和你还算不上绝对的敌人。”冯智尧指了指莫子衿，又指了指自己，“至于我和智勋，只是公平竞争而已。”

终于明白有些人的笑容是可以迷惑人心的，只为了掩藏那肮脏的强词夺理。

“偷智勋的电脑，拿他的创意占为己用。”莫子衿抿唇，无语地笑，“这就是你说的公平竞争？”

“赢，是一种漂亮结果，它不讲究过程。”冯智尧微微眯眼，四下淌风，只听他轻声道，“我，赢了。”

莫子衿深吸一口气，握拳：“如果不是校规压着，我真想揍你。”

冯智尧哈哈大笑：“你是校长的女儿，有为所欲为的权利。”

莫子衿翻了一个大大的白眼，转身欲走。

冯智尧抢先一步拿出两张电影票：“智勋喜欢享乐，你们平时念书已经够辛苦，现在不用操心其他的事了，去看一场电影增进一下感情比较好。作为智勋的女朋友，总是要宣示下你的主权的，对不对？”

莫子衿抬眸，意识到他说的是田悠然：“是了，在田悠然这一点上，你还真不是我的敌人。要是冯智勋会和田悠然在一起，会再次威胁到你。”

冯智尧笑着说道：“你想多了。我只是单纯地希望你们有情人终成眷属。撇开智勋和我有竞争这一层关系，我仍然是他哥哥，他仍然是我弟弟。今天没有田悠然，也会有别家千金，冯氏的孩子是不会娶寻常人家的女孩，所以不存在威胁不威胁这一说，你明白吗？”

莫子衿接过电影票，闻到那上边清淡的香水味，她第一次觉得自己肤浅。

以前把父亲当敌人，觉得敌人就是那种把自己的欲望尖锐地摆放在脸上，敌对立场分明。

现在看了冯智尧才知道，自己的认知太刻板、太平面。

亦敌亦友，才是敌人的最高境界。

两个人还在说话时，校内的扩音台突然响了。

“莫子衿喜欢冯智勋。”

“莫子衿喜欢冯智勋。”

“莫子衿喜欢冯智勋……”

莫子衿瞪大了眼睛，怔了两秒，确定那是自己的声音，确定自己听到了来自喇叭的……自己对冯智勋的告白！

这告白带着穿透力，传遍学校的每个角落！

等一下，不只是喇叭，还有手机。

莫子衿拿出口袋里的手机，看到屏幕上弹出“听恋”APP的页面，那句“莫子衿喜欢冯智勋”在一遍又一遍地播放。不只是她的手机，还有冯智尧的以及路过他们身边、走向学校门口的其他同学的手机。

事实上，所有手机上下载了“听恋”APP的人都面面相觑。

这句告白像魔咒一样，在每个人的手机上循环播放，更像是病毒，迅速传递开来。

冯智尧试图操作手机，想要退出APP，却发现手机毫无动静。

莫子衿也是一样。

莫子衿蒙了，她确定自己没录过这句话。

不过在看到适时赶回来的冯智勋时，她麻木的脑神经立刻跳跃了一下。

这就是他说的，关于“听恋”的最后反击吧？！

冯智勋笑着朝莫子衿和冯智尧走过来，冲冯智尧唤了一声：“哥。”

可此时，冯智尧只听得到手机重复地播放着“莫子衿喜欢冯智勋”的声音。

这时，莫子衿也顾不上尴尬和算账了，她望见冯智尧此时的脸色，要有多难看就有多难看。

“哥，那个黑客黑进我的电脑，帮你上传了‘听恋’，却没有告诉你，这APP里藏着一个致命后门，可以轻易进入吗？”冯智勋关掉手机，把莫子衿拉到身边，“现在所有下载了‘听恋’的用户都中了病毒，他们隐蔽的音频资料都上传到云端，随时都有泄露的可能。”

冯智尧脸色铁青：“你！”

莫子衿解气地说道：“智尧哥，看来你没有赢。”

冯智尧扬言亲自“开发”的重头项目，亲自监督“听恋”，亲自向冯莫要了资金。

如今，刚上轨道就遭受了不安全的病毒入侵，他要负的责任不止一点点，他要解决的事情不止一点点。

他那样斯文的一个人，拳头握得咯吱响，但还是没有打破人设，也没时间打破人设。

他撞开冯智勋，快步离开。

要知道，眼下解决问题才是他最该做的事情。

从高枕无忧倏然跌入低谷，有时候会比光速还要快。这还也真是讽刺。

目送冯智尧气呼呼地离开，莫子衿回神盯着冯智勋握着自己的手，冷不丁地脑补他刚才送田悠然离开的这段时间发生了什么。

她推开了他："你回来得真快，搅了冯智尧要请我吃的晚饭。"

冯智勋如小狗一般在空气里嗅了嗅。"哇，醋味好浓，你不说我还以为你吃了饺子。"某人怼完，又撒娇一般地拉过她的手，"是嫌我回来得太慢吧，不然你干吗在这里等我？晚餐你想吃什么，我都请你，好不好？"

此时喇叭里还不断地回响着那句世纪大告白。

莫子衿盯着冯智勋："麻烦你先把这声音关掉行吗？"

冯智勋正儿八经地抬头听了听，摇头拒绝："不行。"

"……为什么？"

莫子衿感觉眼前的这张脸忽然瞥到一旁来，靠在脸颊边，低声耳语："不然你亲口对我说一遍呀，我听到了，就让它关掉。"

…………

在许跳跳的熏陶之下，莫子衿一直觉得追求话语上的甜言蜜语是大部分女生才会做的事。可是冯智勋好像是个异类，他就是想听她说喜欢他。

他听到了……会长生不老吗？

莫子衿别扭地皱眉："这句话就……这么重要吗？"

她攥紧手里的电影票，忽然想起冯智尧的话——“作为智勋的女朋友，总是要宣示下你的主权的，对不对”“今天没有田悠然，明天也会有别家千金”。

…………

冯智勋等了一会儿，有些无奈地叹了口气，后退一步准备从口袋里掏出手机。

突然，莫子衿伸手握住了他的袖子：“我喜欢你。”

冯智勋怔住了，他以为这次又没戏了：“你说什么？”

“我说我喜欢你，冯智勋。”莫子衿抬眸，一字一句、清晰地把这声告白说出来，穿杂回响的假告白中。

她发现，原来说出这句话没有那么难，只是她从没和别人说过，因为她从没这样喜欢过一个人。

这次冯智勋咬着嘴唇，极力不让嘴咧到耳后去。他好整以暇地点点头，黝黑俊亮的眸子直往外冒得意。

他清嗓子，得寸进尺：“再说一遍？”

莫子衿松开手：“好话不说第三遍。”

其实冯智勋已经十分心满意足了，他一把搂过莫子衿倔强的脖子，清脆地啄了一下她的额头。

“走，吃饭去。”

在莫子衿的强烈要求下，冯智勋发微信给白宇飞，这学校里惊天动地的“莫子衿喜欢冯智勋”总算消停下来。

树林餐厅。

他们坐在之前坐过的位置。

这次和上次不同的是，两个人占四个人的位置，没有其他亮闪闪的电灯泡。

冯智勋点了两份草莓蛋糕特地让服务生先上，他开心地吃起独食来：“都说心情不好的时候吃甜食心情就会好，我看看心情好的时候吃，是不是会更加开心……”

莫子衿看着他一脸幸福到起飞的模样，咬过饮料的吸管：“我听说你和田悠然之间的一些事了。”

“现在是我们的约会晚餐，拒绝听到其他无关人等。”冯智勋拿勺子抗议。

“哦。”

三秒后。

“……你刚才去送田悠然，你们都干什么了。”莫子衿问出口，在自我认知方面就有新高度了——原来在爱情里，她也不能免俗，变得这么没出息。

刚才在学校门口，正视前方，脑补的画面跟走马观花似的，各种版本都有，但主题都逃不过他和田悠然微笑以对。

“开车，看路，到家，我和她说再见。”冯智勋很认真地回答道，“以上。”

“……你让我相信这话？”莫子衿盯着他，一脸阴冷。

冯智勋微笑，面不改色：“真的只有这些。自从你在我这里之后，我就再无他想。”他指了指自己的胸口。

他明显是答非所问，莫子衿心里的郁闷开始聚集。他明知道她想问什么，他偏偏避重就轻。

是让她吃醋？

可她都说喜欢他了。

难道真的是心虚吗？

她等的那半个小时，可以发生太多的事情。

不是她不相信冯智勋，而是信誓旦旦的田悠然，绝对不可能是安静地坐在副驾驶座上，没有一句多余的话，会安分守己的人。

莫子衿不想追问，显得掉分，却又被心里的郁闷堵得慌，这时冯智勋忽然离座。

只见他径直往表演台去，和那里准备弹唱的艺人借了吉他，往高脚凳上一坐。

他边调音，边对话筒说："今天我想唱一首歌给我的女朋友。"

晚餐时间，餐厅里已经聚集不少用餐的客人，他们听到这边有动静，纷纷回头打趣地望向舞台。

冯智勋长脚杵地，修长的手指划过吉他琴弦，前奏慢慢响起。莫子衿没有第一时间听出这是哪首歌，他适时地清唱一句："我的心里只有你没有她……"

莫子衿的心猛地跳了一下。

旁边的鼓手和贝斯手，默契地和冯智勋临时搭伙。开始弹唱起来后，冯智勋的目光始终都望着她。

白色的灯光落在他的四周，他的声音清冽而缭绕，像是点燃的迷迭香，很容易让人陶醉。

可是坐在窗边凝望冯智勋的莫子衿却格外清醒。

"听恋"APP 的诱饵，成功让费尽心机的冯智尧火烧屁股，接下来冯智勋会给修补方案，会在继承人的竞争中大大露脸，他的未来会更加金光璀璨。

他的身边，没有田悠然，也会有别的女人虎视眈眈。

他现在越一脸轻松，越代表着田悠然是个棘手的家伙。

这时，有年轻人拿手机对着冯智勋，不断靠近，莫子衿的脑神经突然擦出火花来，她心念一动，起身迈步。

可是，有人捷足先登。

一个靓丽的身影跑向舞台，利索歪头，捧过冯智勋的脸，靠近。

下一秒，莫子衿的眼睛一黑。

但她知道，那靠近之后的下一个动作是什么。

耳边是周遭此起彼伏的惊呼。

田悠然怎么会出现的？还抢先一步，做了她想做的事。

莫子衿觉得胸口像一个不断被人吹鼓起的气球，接近爆破的边缘。她的耳边响起秦竹天的声音："别看。"

秦竹天放开手，用身体挡在她面前，并牵过她的手往外走。

莫子衿的脑袋空空如也，她机械性地跟着秦竹天的脚步，就这样被拉到餐厅外边。

清冷的夜风将莫子衿吹得缓过神来，她记起来田悠然还在餐厅里，那些看客一定误会冯智勋是唱歌给田悠然听的了。

“不行，我得回去。”

“回去做什么？回去给田悠然一巴掌吗？”秦竹天喊住莫子衿，“可你有看到冯智勋追出来吗？”

…………

最后一句话狠狠刺痛莫子衿。她是要进去给田悠然一巴掌的，可是，冯智勋没有追出来。

这代表什么？代表他没有要和田悠然撕破脸的意思。

冯智勋的歌声犹在耳畔，他的甜言蜜语不胜枚举，可现在他没有出现，这足以让这些都毁灭。

莫子衿不知所措，更是被自己的不知所措激怒了。

她转头看向秦竹天，气不打一处来：“你怎么会在这里的？你跟踪我？还是跟踪田悠然？刚才是你们串通好的吗？我知道了，一定是你们串通好的……不然不可能那么巧！”

秦竹天就这么站着，任凭莫子衿指着质问，来掩盖她自己的狼狈。

直到莫子衿的眼睛，忍不住飙出眼泪。

秦竹天叹了口气。“跟踪你们的是田悠然，不是我。我在这家餐厅里打工，今天临时被叫来替班才看到你们……”说着他把莫子衿搂入怀中，“我没有冯智勋那么会说话，也没有他那么会哄你开心。可只要你需要，我都会一直，一直在你身边。”

秦竹天拉莫子衿一路往外走，两旁银杏树排列的僻静大道，他在前，她在后。

莫子衿盯着自己的脚下，始终没听到身后那熟悉的声音唤她“亲亲子衿”。

原来，抱有希望得不到反馈，心是这么刺痛的一件事。

莫子衿忍不住问自己：这样就是结束吗？冯智勋是用这种残忍的方式和她分手吗？

这大概是史上最快的、不必说出口的失恋吧？

心乱七八糟，在她出神间，秦竹天停住了脚步。

莫子衿抬头，看到袁飞舞一个人匆忙而来，那双眸子像是从水雾里捞出来的，怔住了地站在不远处的前方，似携着千万句话而来。

呵，真是该来的人都来齐了，都来凑一份热闹。

袁飞舞抿着唇，小心翼翼地上前一步："竹天，我有话要跟你说。"

秦竹天冷冷地回她："我和你没话好说。"

袁飞舞赶忙又说："我知道，我知道那天爆料莫子衿和冯智勋交易的事，是我错了。我……我不该那么冲动，不，我不该那么做的！我不该伤害莫子衿，我不该伤害你，更不该……"

袁飞舞张皇失措，还想说些什么，但话到嘴边统统成了死结。她走到秦竹天身边，拉住他的一点袖子："总之，都是我的错，以后我一定不做你不喜欢的事了，只是乖乖地待在你身边好不好？竹天，你别赶我走好不好？我求求你，你别这么对我……"

看来袁飞舞是真的害怕了，不惜在莫子衿面前这样的卑微，哽咽中充斥真心实意的悔意，只希望她心爱的人能投以一道温柔，但秦竹天始终无动于衷。

"我本来就没有喜欢过你。曾经你陪在我身边，我也企图说服自己，给我也给你一个机会。可是发生这么多事之后，我才发现，我真的没办法勉强。袁飞舞，你别再喜欢我了。"秦竹天推开袁飞舞的手，拉着莫子衿径直向前。

莫子衿永远也忘不了越过袁飞舞时，她那暗如死灰的目光。

后来，说到袁飞舞，莫子衿总是会想起那落满天的黄色银杏叶，就好像是一个心碎的人的眼泪。

"你看到了吗？真心守护一个人是不会有半分犹豫的。"秦竹天扭头，直直地将那笃定的目光逼近莫子衿的眼底，淡然开口："是为了你可以伤害任何人的。"

莫子衿不知道如何来形容听到秦竹天这么说的心情，就好像是一片凌乱的羽毛不停地、不停地在海面漂浮，没有人会在意它归去的方向，它在海水里不断翻动着，却连悲伤都显得那么微不足道。

她不知道从树林餐厅回到家用了多久的时间，等她反应过来时，秦竹天已经带她回到了家门口。

莫连没有在家，别墅是一片黑暗，只有门口的路灯有一点点亮。

莫子衿和秦竹天的身影被路灯拖得长长的。

秦竹天示意她进去："今晚你就在家里睡吧，别回学校了。"

莫子衿点点头，没说话。

秦竹天转过身后不放心地转回来："好好睡一觉，什么都别想，明天我带你喜欢的早餐过来。"

莫子衿再次点点头。

秦竹天："我看你进去。"

莫子衿一步步往里走，按指纹开门进去。

在合上门、后背贴上冰冷的门板的那一刹那，眼泪就像水龙头开了闸一样。

莫子衿坐在地上，哭得无，而汹涌。

该死的冯智勋！

她真的栽了。

和莫连多年的争斗中，除了十五岁那年被莫连打了一巴掌后，她再也没有哭过。

真是应了那句话——这些年费尽心血铸就的盔甲，一遇上你，就功亏一篑，无端融化。

而这结果，只能她自己承担。

"听恋"APP 彻底火了。

冯智勋那句“莫子衿喜欢冯智勋”的告白病毒，让X大成为用户讨伐冯智尧的小型集中营。

X大的学生把这个趣闻发上论坛，像一个导火索一样，蔓延到所有的“听恋”用户，纷纷讨伐冯智尧，要求他给一个公开的解决方案以及解释。

不过，冯智尧一直没有动静。

跟着一起没有动静的，还有冯智勋。他就像消失了一样，别说是电话了，连一条微信都没有。

食堂柱子上的电视里播放着冯氏公司关于“听恋”的新闻，莫子衿垂眸用筷子很认真地挑着玉米里的绿豆，只当没听到。

她仍然活在周边人群的目光里，这次是因为在树林餐厅里田悠然吻冯智勋的视频。

随之，田悠然是冯智勋青梅竹马的消息，也跟抓不紧的纸团一样展开来，被传得火热而辛辣。

许跳跳用她那张忧国忧民的脸对着莫子衿，诚意满满地送上安慰：“子衿，如果你想哭，你就哭出来。我会一直在你身边陪着你的。”

莫子衿皱眉。

许跳跳拿出手机，翻出通话记录给她看：“千万千万，别再像昨晚一样喝那么多酒了。”

通话时间四小时二十七分钟。

莫子衿真的想不起来自己有发那么长时间的酒疯。她只是把厨房冰箱里所有的啤酒拿出来，开了一瓶又一瓶，从客厅喝到房间，又从房间喝到客厅。

偌大的别墅成了她放肆的乐园，她真的不知道自己还打电话给了许跳跳。

昨晚，许跳跳接到来自莫子衿喝醉酒瘫躺在床上拨出的电话，口气是凶悍的，语气是气愤的，主题是专一的——

“冯智勋，你这个超级世纪大骗子！”

“冯智勋，我要和你分手……不是你要和我分手，而是我要和你分手……”

“我不喜欢你，我一点也不喜欢你……”

…………

坐在许跳跳身边的白宇飞也是一脸沧桑的样子，他捏捏自己笔挺的鼻梁，没有告诉莫子衿昨晚她的醉酒事件也殃及了他。

昨晚，许跳跳无奈地把电话转给白宇飞，让白宇飞转给冯智勋。

白宇飞捏着略疼的脑壳说道：“小勋勋的电话……关机。”

电话那头，许跳跳的声音瞬间提高八个分贝：“什么？！冯智勋他真的劈腿啊？！”

眼看着这波怨气要波及己身，白宇飞在凌乱间挂掉了电话，开始通过其他途径找当事人。

当他找到之前和冯智勋赛车的广场时，终于看到冯智勋一个人开着那辆黑色超跑，孤寂地在一圈一圈地疾驰。

轮胎碾压过地面的痕迹像极深的烙印，惊天刺耳的响声似要把漆黑的苍穹划出无数道口子。

可见，冯大公子的心情糟透了。

白宇飞开车进入，追随着冯智勋绕城一圈，你追我赶，最后在河边停下。

冯智勋从车上下来，双手握着旁边的护道栏杆，一语不发。

“田悠然到底拿什么威胁你了？”白宇飞第一次见他这么憋屈的模样，从耍酒疯的莫子衿嘴里得知他没从树林餐厅里追出来，着实有些奇怪。

河对岸闹市的灯火远远地映在河面上，连他们站的没有路灯的马路也亮堂不少。

不过，却没有照亮冯智勋脸上沉静的灰暗。

“她没有威胁我什么，只是和我说，我哥找过她。”冯智勋看向白宇飞，“田悠然让我自己选择，在这关键时刻是拉她站在我这边，还是把她推到我哥那儿去。”

“是没威胁。”白宇飞捂额头，“田悠然这个人精是抓住了你的命门啊。她知道你很想……”

“她知道我有多想赢我哥。”冯智勋苦笑点头，“这个关键时刻，我哥也抓住了我的命门，给我致命一击。”

白宇飞问：“所以你没追子衿，你已经做出了选择。”

冯智勋没说话。沉默中，白宇飞望着他的侧脸，半晌道：“你还有别的没跟我说吧。”

冯智勋的眼色微微一跳，白宇飞就知道自己猜对了。

冯智尧没那么好对付，冯氏从辉煌到更辉煌，这位稳重贵公子出了不少力。但冯智勋被放逐到国外，也不是“白浪”的，田悠然断不可能只说了这个就束缚住他。

冯智勋勾唇，拍拍白宇飞的肩：“兄弟，其他的你就别管了，好好帮我看住子衿，别让她出岔子。”

白宇飞一口苦水忙往外倒：“你那个女朋友我可看不住。刚才已经耍酒疯打给许跳跳，许跳跳转给我。不然你以为我会大晚上的出来找你吗？”他回拍冯智勋的肩，有感而发道：“兄弟，你这次玩大了。”

…………

莫子衿完全不想回忆昨晚自己耍酒疯是个什么样子，她淡定地低头，挤出三个字：“不可能。”

许跳跳收起手机，一本正经地看向莫子衿：“子衿，我也觉得不可能。但是吧，不可能的事偏偏它就发生了……认识你这么久，我真的好寒心，没有彻底地了解你。”

莫子衿捏住许跳跳的两瓣讥讽的嘴唇，死死地捏住。

白宇飞笑着帮忙推开她的手，解救许跳跳的嘴：“其实，有些人的酒后人格和第一人格的反差是最大的，这属于正常现象。”

许跳跳维持噘嘴状，摊手：“就是嘛，子衿，我们都是自己人，你害羞个什么。”

…………

“哎哎，听说失恋后遗症最快的消除方法是买买，宇飞学长。”只见许跳跳扭头冲白宇飞勾手指头，白宇飞立刻奉上一张白金卡，下一秒，许跳跳就跟打了鸡血似的，噌地拉起她的手，“子衿，Let's go！”

F百货。

头疼脑涨的莫子衿就这样不由分说地被许跳跳带到了大门口。

某人拿着白金卡就跟拿着免死金牌一样，双眼冒星星，轰轰烈烈地迈步走。

莫子衿是真真体会到了落差感。

不久前，许跳跳还和白宇飞闹分手来着，现在许跳跳就成了可以拿白宇飞信用卡的节奏，并且评判她已经“失恋”。

原来，世事变化可以这么快，快到都不用自己同意。

“跳跳啊，你可真贴心，带我来冯智勋家开的商场治疗失恋后遗症。”莫子衿捏着许跳跳的脸，拼命往下扯。

许跳跳眼珠子一转，赶紧捏住莫子衿惩治的手：“呃……子衿你想，我们这叫作坦坦荡荡！对，展现新时代女性勇敢、坚强、不怕事儿的坦坦荡荡！”

…………

“要是冯智勋撞见了还更好，咱就要表现给他看，我们根本就不在乎他，别以为他劈腿了，我们就会伤心哭泣跟个怨妇似的，我们偏偏就是消费买开心，照样潇洒！”许跳跳掰扯得有理有据。莫子衿的脑子嗡嗡作响，被强行拉进商场内部，实践潇洒任务。

商场里琳琅满目的新品成列在绚烂的灯光下，玻璃架子上形成另外一个世界，给予芸芸众生足够忘却悲伤的理由。

莫子衿心不在焉地被许跳跳推进更衣室，试换新衣。

许跳跳一点儿也不替白宇飞心疼，拿着卡，只要莫子衿换的衣服是好看的，就直接让服务生结账。

不过半个小时的工夫，莫子衿和许跳跳的战利品就压满了手臂。

“哎哎，那边好像有活动哎，他们都在看什么呢？走走走，我们也去看看。”出了某家D带头的女装专柜后，许跳跳注意到人流朝同一个方向涌动，便拉着莫子衿过去，也要凑热闹。

商场中间环形镂空的扶手边已经聚集了不少人，他们都在往下看。

许跳跳带莫子衿好不容易挤到最前边的一点空隙，就这样看到一楼搭了个舞台。

穿着制服的保安在维持秩序，舞台上站着主持人，还有冯智勋和田悠然。

从圆形玻璃的顶棚上放下好多条横幅，上边写着“庆祝F商场开业10周年”和“和尊贵的您一起迎接下一个10周年”之类的话。

许跳跳眨眼恍然：“怪不得一路走过来都打八八折……”

莫子衿所有的注意力都在冯智勋和田悠然身上，以她的角度正好能观赏到他们挽着手一起秀恩爱的最佳位置。

只见冯智勋一身黑色的定制西装，用发胶固定头发，露出饱满的额头，比起冯智尧的精英范，是有过之而无不及的。他身边的田悠然轻轻地挽着他，一身羽毛系的白色礼服仙女范十足，气质出众地冲台下微笑。

他们十分有默契且敬业地照顾着台下每一个方向的摄像机。

主持人笑眯眯地把话筒递给冯智勋：“今天冯氏集团的二公子亲临我们十周年的庆祝现场，来，我们掌声欢迎冯智勋先生说两句——”

掌声如雷。

冯智勋拿过话筒，环顾台上台下一周，最后在众多人中扫到了莫子衿。

他停顿三秒，开口道：“很高兴在大家的支持下冯氏商场度过了十个年头，这期间起起伏伏经历了很多事，但是结果是好的。我相信以后的冯氏集团会给大家带来更多的惊喜，请大家期待。”

提前备好的词，井然有序，不多一分不少一秒地完成讲话。

混响将他的声音带到商场大大小小的角落，同时也刺穿了莫子衿的耳膜。

他分明看到了她，却像没看到一般。

主持人重新拿回话筒进行下面的流程，把话题带到了田悠然：“那我们今天看到，田氏千金田悠然也一同来参加庆祝会，不知道田小姐和冯先生两位一起，是有什么要发布的好消息吗？”

这么直白，足够引起台下阵阵的欢呼声。

莫子衿望着冯智勋和田悠然相视一笑的模样，心跟被一辆十吨重的卡车碾压过那么疼。

这就是他给的答案？

他撩拨她的过往，一幕幕走马观花般闪过；田悠然在餐厅里飞奔向他吻住的场景，一遍遍撕扯；她要败得这么惨痛？

不要！

“冯智勋难道真的要宣布和田悠然订婚吗？”许跳跳捂嘴惊呼。

莫子衿的心猛地一紧。

说出去的话，就像泼出去的水。

她才不要就这么不明不白地被 out（出局）！即便冯智勋真的变心了，她也要亲口听他说！

在这千钧一发的时刻，她必须做点什么！

莫子衿望着布置成椭圆形的舞台，周围站了近三十个保安，垂眸间，她锁定扶手处的挂钩一直倾斜连接到舞台上的绳子，心里顿时有了主意。

她扭头朝挤在旁边的男人说道：“先生，借你的皮带一用。”

话音未落，莫子衿伸手就把皮带从那人的腰间抽出来，往那绳索上一挂。

许跳跳回神，就看到莫子衿抬脚往扶手上踩：“莫子衿，你在做什么？！”

此时，莫子衿穿着刚从店里买的红色抹胸长裙，脱掉高跟鞋像个执行任务的女警一样，用一根皮带把自己挂上绳索！

众人惊呼中，冯智勋和田悠然抬头，许跳跳伸手，她就这么义无反顾地冲向了一楼，冲向了舞台。

嗯嗯……这一幕的确很酷，很像电影中的情节。不过，莫子衿凭借的是一腔孤勇，而不是经验和技术，所以快要到舞台的时候她不知道怎么刹车，本来想很酷地停在冯智勋和田悠然的跟前，但是她一个踉跄，直接失去控制。

冯智勋伸手努力地抱住莫子衿，却被她的身体后坐力冲倒。

两个人在众目睽睽之下直接倒在了舞台上。

这意外的情况让现场炸了锅。

闪光灯疯狂闪动，场面失控，保安们赶紧手拉手连接成一条防护线，阻止兴奋的好事者们的进攻。

工作人员上台，将外套盖在莫子衿和田悠然身上，并将他们迅速带离现场。

没错，没有想象中两人浪漫的四目相对，没有特别妥善的结束词。

被挪到休息室后，莫子衿整个人还是蒙的。

不过她一点也不后悔自己这么做。

她披着外套坐在梳妆台前的椅子上，田悠然跷着二郎腿坐在沙发这边，冯智勋则站在她们两个人之中。

突如而至的沉默让气氛尴尬到了极点。

莫子衿在沉默中暗戳戳地挺直腰板，一脸清冷。田悠然则直勾勾地盯着她，神情不明。

最终还是田悠然开口打破沉默：“真没想到莫小姐会有如此壮举，玩从天而降这一套。”

莫子衿冷冷地看向田悠然：“在树林餐厅，你公开吻我的男朋友，我们算是彼此彼此吧。”

不过是两句话，两个人的火药味十足。

冯智勋扭头对田悠然说："悠然，我想单独和她谈一下。"

田悠然放下交叠的修长双腿，缓缓起身："我在外面等你。"

门关上后，偌大的休息室变得紧凑。

这时面对冯智勋，莫子衿不知道为什么突然变得紧张起来。他会说什么？她又要说什么？

明明相隔不过一米，她却没有勇气去拉他的手，只因为不确定他的心里是否还有她。

"你知不知道你刚才那样做很危险？"冯智勋皱眉，严肃地质问。

"你担心我？"莫子衿怔住了，仔细打量他的怒气，抱有一丝幻想。

冯智勋眼底飞快闪过起伏，冷冷道："我是说，你这样做会毁掉我和悠然的出场。"

…………

天堂到地狱的冷一键抵达，彻底包裹住莫子衿。她望着他一脸的怒意，绷着一口气："生气了？"

冯智勋继续皱眉："对，我现在很生气。"

莫子衿怒极反笑，她是听错了吗？他居然说他生气，最该生气的人难道不是她吗？！

"冯智勋，你真是厚脸皮厚到了顶点。"

冯智勋深吸一口气，摆手道："你是第一天认识我吗？我向来都是这么厚脸皮的。"

事到如此，似乎再多的解释、再多的好奇都没有了意义，结果覆盖了一切。

莫子衿咬唇冷哼："是啊，你一向都这么厚脸皮，还讨人厌，是我瞎了眼才会喜欢上你。"

冯智勋握拳不语。

"冯智勋，我们做个ending（了断）吧，今天不是你要甩了我，而是我要和你分手。"莫子衿努力不失控，努力保持笑容，努力给自己留点颜面，“冯智勋，我们分手吧。”

休息室里安静得只剩下冷气的声音。

他们两两相对，目光尖锐接触，时间静止在这一刻。

不知道过了多久，冯智勋带着怒气的脸慢慢扬起若有若无的笑：“莫子衿，这可是你说的。”

…………

这时等在外边的田悠然敲门，冯智勋转身留给她一个背影。

莫子衿呆愣在原地，什么都看不到了。

“莫子衿，这可是你说的。”

“莫子衿，这可是你说的。”

“莫子衿，这可是你说的。”

…………

莫子衿仰头，煞白的灯光刺进眼眸，世界开始变得模糊了。

怎么会变成这样？

她揪着皮带玩这么一出惊心动魄，不是想要这样的结局的！可为什么？为什么“分手”这两个字是从自己的嘴里说出去的？

莫子衿，你到底在干什么？

莫子衿一下一下地打自己的脑袋，被一双手适时握住阻止。

“子衿，别这样，你别这样……这不是你的错！”秦竹天用力扯开她的双手，吼道，“你不能用别人的错来惩罚你自己！”

莫子衿抬头，望着秦竹天愤慨且心疼的消瘦的脸，不禁出神。

秦竹天将她揽入怀中，大手一遍遍地抚摸她的后脑勺，安慰道：“都会过去的，再难受也都会过去的，我会陪着你，一直陪着你……”

大声咆哮转换为嘶哑的小声，语气里掩藏不住刚才吼过的自我责备。他在心底承诺过自己，会许她一世温柔，可是现在他却像个手足无措的孩子，没办法让她止住眼泪，没办法给她温暖。

她推开他，后退一步。

“是许跳跳告诉你我在这里的吧。”莫子衿深吸一口气，怅然屏息，“谢谢你赶过来安慰我，可是不需要。”

“子衿……”

“我说过，我不会喜欢你。”莫子衿用手背抚开眼泪，抬起头，“既然不会喜欢你，又接受你的关心，那我不成了那种奇怪的“绿茶婊”吗？”

莫子衿努力挤笑：“秦竹天，你对我的好就到这里吧。”

秦竹天暗暗咬唇：“如果我说我办不到呢。”

莫子衿越过秦竹天。

秦竹天一把拉住莫子衿的手腕，将她拉回怀里，黝黑的眼眸燃起几道鲜红：“你是不是连利用都不给我？那冯智勋突然变成这样的理由，你也不想了解了吗？嗯？”

莫子衿的泪眼猛地一亮：“你知道什么，对不对？”

她知道这是秦竹天给她挖的陷阱，她偏就无法躲开，还是要义无反顾地往里跳。因为刚才秦竹天的目光让她恍然，冯智勋那怪异的感觉分明是有所隐瞒造成的！

秦竹天哼笑，踉跄地往后退，像一个陌生人一样地打量莫子衿，那从头到脚的失落几乎要将他压垮。他笑着笑着，抑制不住地放肆大笑：“我以为，我以为你的性子就是这样，不拖泥带水，不回头纠缠。哈哈哈哈……没想到，莫子衿，我们都一样，都一样不死心，哈哈哈哈……”

…………

爱情里，多的是不良人和不死心。

只是背对身去，无非是我想要的不是你；你想要的，我不能给。

莫子衿站在原地，听着秦竹天疯笑过后：“怎么样，你才肯告诉我呢？”

秦竹天收起笑容，挺直身体：“那就要看你能拿出多少诚意了。”

嘭的一声，门关上。

所有人都走了，莫子衿一个人站在休息室里，倔强地坐到梳妆台前给自己补妆，决不允许别人看到狼狈的样子。

从这里走出去，她要以完好的姿态。

即便在爱情路上坎坷，莫子衿也绝不轻易认输。

袁飞舞休学了。

有人说袁飞舞是为情所困，无法面对爱而不得的结局，所以选择休学。也有人说袁飞舞是去国外了，更有人说袁飞舞是出车祸在住院。

说什么的都有。

但学校内，的确没有再见到袁飞舞了。

莫子衿问去问莫连，莫连说他是校长，不具体管学生的事情，让她去问教导处主任。

来到教导处办公室，莫子衿再次看到秦竹天。

一转眼，秦竹天到了实习阶段，他来拿推荐书。

莫子衿看到秦竹天手里的推荐书，推荐他去的地方是冯氏集团。

秦竹天对上她的目光，浅然一笑，擦身而过。

过了一会儿，莫子衿从办公室里出来，看到他还在等她。

就像那天他在校长办公室外等她一样，双手插口袋，笔直的身体挺立如松柏，只是人的气场已经不同之前。

莫子衿走向他，“袁飞舞去英国了，你知道吗？”

秦竹天脸色清冷，无关紧要：“哦，是吗？”

莫子衿的目光再次落向他手里的推荐书：“你是故意的吗？去冯氏集团实习。”

秦竹天正对向她，重新露出他那招牌式温和笑容：“虽然托你的福，冯氏集团把我从黑名单里重新拉出来了。但毕竟这件事多多少少对我还是会有影响，我去别的地方会硌硬。这样看的话我能去的地方真是不多，你不觉得吗？”

他越过她，她拉住他手腕：“秦竹天，你到底想做什么？”

“我倒想问问你，你到底在怕什么？”他侧目，尖锐的目光戳在她的脸庞上，不过是一会儿又迅速隐灭，“走吧，今天食堂是你最爱吃的炸香蕉片，去晚了，就来不及了。”

食堂里，莫子衿和秦竹天坐回老位置。他依然给她夹菜，还体贴地给她吹滚烫的豆浆。

他喂她，她勉强配合。

莫子衿望向右手边一点钟的方向，许跳跳和白宇飞用一种困惑和忐忑的目光看过来。

一切仿佛都恢复了往昔。

偏就秦竹天这样试图掩盖一切，越发让莫子衿觉得浑身战栗。

粉刷下的太平，明明暗潮汹涌。

——可她不得不还配合着他。

从Ｆ商场回来的那天开始，她就成为他的小丑，为了她的目的，哄着他的开心。

秦竹天放下筷子，张开嘴示意盘子里的蛋卷：“你也喂我一块。”

“……好。”莫子衿垂眸，夹起蛋卷慢慢地往他嘴里送……

“阿嚏——”

莫子衿筷子一松，蛋卷掉到了桌上。

一声巨天响的喷嚏从天而降，喷掉了蛋卷，打断了气氛……

莫子衿抬头，白宇飞吸吸鼻子，很“抱歉”地皱眉：“哎呀，不好意思啊！这鼻子痒痒，没控制住，就这么……真是不好意思，打扰到两位用餐了吧？”

秦竹天抹一把脸，露出有些僵硬的笑容。

莫子衿见状，赶紧拿纸巾伸手去帮秦竹天擦脸，却顺势被白宇飞握住手：“既然这饭吃不成了，子衿，我们走吧。”

秦竹天垂眸，静默而坐。他的沉默像无形中的线控制着莫子衿，她推开白宇飞讪笑摇头：“不，我不走。”

“子衿，你和小勋勋怎么样我不管。如果你还认我这个朋友的话，现在就跟我走！”白宇飞抿唇，撇开冯智勋试图说服莫子衿不要再犯傻，他看得清清楚楚，这几天她过得有多不自由！

“我已经和冯智勋分手了，他的朋友也不会是我的朋友。”莫子衿瞟向秦竹天，沉了沉心说道，“你走吧。”

她的声音不大不小，旁边的人却听得一清二楚，拿着勺子吃饭的同学们响起不大不小的窃窃私语声。即便这不是什么难猜的事情，但亲耳听到当事人这样说，还是可以引起一番讨论。

这时，秦竹天幽幽抬眸，讥讽送客：“听清楚了吧？”

莫子衿坐下，留白宇飞一个人尴尬地、突兀地站着。

许跳跳轻轻地拉白宇飞的袖子，低声道：“走了，走吧。”

见没办法把她带走，白宇飞把手里的盘子掷得哗啦响，无奈离开。

莫子衿问秦竹天：“这下你满意了吧。”

秦竹天耸耸肩，不置可否。

与此同时，气呼呼走出食堂的白宇飞给冯智勋去了个电话：“哎，你女人的事我兜不住了，你爱管不管！”

莫子衿回到宿舍，许跳跳将她拖到一旁：“子衿，你是不是被威胁了？还是有什么把柄在秦竹天手里？这几天，你要多怪就有多怪，我很担心你！！”

莫子衿疲惫地摇头：“我没事。”

许跳跳指着莫子衿凹陷的眼眶：“你还说没事！脸都丑出新高度了！我跟你说，就算你和冯智勋分手了，也不能自我放弃啊！”

莫子衿不想和许跳跳掰扯自我放弃这种话题，刚想推开她，下一秒就被一个小小的熟悉的物体占据视线——手机。

准确地说是“听恋”APP的界面。

“或许你可以在这里找到你的声入人心，你的真命天子，你的……”她给了许跳跳一个从good idea（好主意）转换到bad idea（坏主意）的神情的犀利眼神。

“嗯嗯……我忘了，时下最流行的交友软件是你前男友发明的。”许跳跳很尴尬地活动眼珠，清嗓子道，“那什么，话说回来，他可威风了，病毒事件之后，他带着技术和资金重新将‘听恋’恢复正常，并且增加了几千万的用户量。”

末了，许跳跳补充道：“我听宇飞说的……”

莫子衿拿出手机进入“听恋”APP，看到打开界面是一条漆黑的林荫走道，卡通系男女主相拥而吻，路灯瞬间亮了的画面。

这走道，似曾相识，是冯宅外的那条街道。

画面很唯美，右上角还竖着浮现两行字：一声心动，一世相拥。

一世相拥？

莫子衿苦笑，这家伙的“嘴甜深情”真是刻进骨子里，随身携带的。

说起来“听恋”这个APP，她从来没有注册使用过。

出神间，莫子衿看到进入画面不见后，弹出的显示框邀请她注册。她犹豫两秒，输入自己的手机号，昵称取为“被丢弃的天使”。

旁边立刻响起一阵爆笑：“莫子衿，没想到你取的名字这么另类，哈哈哈哈……”

莫子衿飞一记白眼，听到“叮咚”的好友请求。

许跳跳立刻掩笑，凑近：“哇，这么另类的名字这么快就有人注意到了？”

莫子衿点击请求加好友的人的语音，对方说道：“你好，我是天使接盘侠。”

莫子衿瞄许跳跳的手，没拿着手机，这“天使接盘侠”加得如此迅猛，声音又不对……看来不会是某人。

“这声音挺好听，应该是个帅哥！”许跳跳鉴定。

莫子衿点通过，表现出利索展开新恋情的积极态度。

“你好，接盘侠，很高兴认识你，你在X城吗？我……”

…………

许跳跳看着莫子衿拿着手机玩“听恋”跳跃的背影，觉得十分怪异，她默默地拿出手机告诉白宇飞：“喂，宇飞啊，子衿真的要走出冯大公子的阴影了……”

仅仅是五个小时后，莫子衿和接盘侠见面了。

X 城的中央广场上，一个外形出众，动作更加出众的女生对着一个其貌不扬的男生，在做脖子以上的各种拉扯——在从两边耳后根进行检验，掀掉头发并且将头发拉扯过后，最后不死心地鉴定完脖子和脸的肤色是否一致后，莫子衿抱歉地冲接盘侠鞠躬："对不起，是我误会了，我以为你是我认识的那个人"

接盘侠稍稍驼着背，穿着褐色卫衣，头发浓密略卷，戴着方方正正的大眼镜，脸上还有一些雀斑，长相十分普通。

面对刚才的检验风暴，接盘侠好脾气地整理乱掉的头发，把眼镜重新戴上，笑了笑："没关系，看来……你很失望。"

莫子衿挤笑："没有。"

"你说的那个认识的人，是你男朋友？"接盘侠问。

莫子衿坐在花坛边的长椅上，抬头望着大厦上的 LED 里正放着冯智勋接管冯氏集团的直播画面，她心里的最后一点的期待才终于烟消云散。

一个人怎么可能同时出现在两个地方？她到底在想什么？

"准确地说，是前男友，我和他已经分手了。"

接盘侠顺着她的目光，看向 LED："你说的前男友是冯智勋？"

莫子衿不答反问，"你知道他？"

接盘侠用手指托托厚重的眼镜，点点头："知道啊，是他解决掉'听恋'的病毒轰炸，还完善了它。现在软件稳定，我才能约到你。"他的尾音因为害羞变得很轻，不过莫子衿还是听到了。

莫子衿点点头，语气发酸："你应该也知道他和田悠然的绯闻吧。"

接盘侠再次看向 LED 屏幕："他是在田氏提供的资金帮助下完成对'听恋'的收购，还接下了冯氏集团接班人，有这样的绯闻挺正常的。"

莫子衿苦笑点头："是啊，你不知道，他们其实是青梅竹马吧？田悠然喜欢他，他们两个不管是从外在还是内在，都是捆绑在一起的一对璧人。"

接盘侠静默不语，忽然想到一个问题一般，问道：“那他为什么要喜欢你呢？”

莫子衿微微一怔。

接盘侠挠挠后脑勺：“你不是说他是你前男友吗？那你们肯定交往过。如果他也喜欢田悠然的话，为什么要和你交往呢？”

莫子衿双手枕在大腿下，低头看着自己的脚尖：“可能那段时间田悠然不在，他想尝点新鲜的。现在田悠然回来了，我就被比下去了。”

接盘侠把那张十分平庸的脸凑到她的眉眼下：“你是天使，怎么会被凡人比下去呢？”

他嘿嘿笑，硕大而老气的眼镜框将他的笑容框成一小块一小块。

莫子衿哑然失笑：“谢谢你用这么老气的话来安慰我。”

接盘侠又不好意思地挠挠头：“我是说真的，我觉得你比那个田悠然漂亮。”

莫子衿忽然对这个容易害羞又容易怯怯的接盘侠感兴趣起来:“你一点儿都不像是第一次玩这种撩妹软件，老实交代，是绵羊冒充大尾巴狼吧？”

接盘侠摇摆两只手：“不是这样的，我……我也是刚失恋，才上‘听恋’的，并不是你想的那样子。”

莫子衿怔住了：“你也刚失恋？”

接盘侠点点头，但没打算说他的失恋史，低着头的样子像一只落寞的大熊。

同是天涯沦落人的心情，让莫子衿越过了第一次见面还陌生的尴尬，勾过他的肩膀，道:“看来我们认识真是缘分，以后就互相安慰吧。”

接盘侠矜持且僵硬着身体，挤出一个不怎么好看的笑容来。

莫子衿没有和接盘侠说自己的名字，同样地，她也没有问他叫什么名字。

他唤她天使，她唤他接盘侠，谁也不需要多探听对方的信息资料，想说就听。

这样的关系，舒服且安全。

末了，他和她约定，只要她需要，他会随时出现。

“为什么？”

“因为我是接盘侠啊。”

末了，莫子衿很认真地给了接盘侠一个大大的拥抱。

她不知道为什么，会对这个从“听恋”走到现实的男生这么有熟悉感，她更相信这是老天安排给她的一个倾听者。

于她而言，接盘侠才是天使，她只是一个断翼还苦苦挣扎不愿放手的俗人罢了。

接盘侠就在时代广场送她上车，礼貌地挥手告别。

十米，五百米，一千米……

直到莫子衿完全被带出广场范围，接盘侠挺直腰板，径直走向广场的角落，到稍微僻静的次街里后，一个俊朗的身影从角落里走出来。

接盘侠恭敬地冲他点头致意：“你交代的事，我都完成了。”

冯智勋点点头。

“嗯嗯，我都听到了。”说着，他把已经准备好的现金递给接盘侠，“手机二十四小时开机，我找你时，你要随时出现。”

接盘侠打开信封看了一眼里边的钱，点点头，“好的，老板。”

冯智勋瞥着接盘侠，不爽地警告：“像刚才那种肢体行为，能免则免。”

接盘侠撇撇嘴，略带委屈：“是她先抱我的。”

“……滚。”

白宇飞来电话时，接盘侠刚离开。

白宇飞紧急打探：“怎么样怎么样？见到子衿学妹了吗？她有没有怀疑你？”

冯智勋没好气地隔着手机发火：“我找了一个替身，你说能怀疑到哪儿去啊？”

电话那头白宇飞啧了一下：“啧啧，你居然找个陌生男人去见弟妹啊？”

“我也是服了你，想出这一招接近子衿。”白宇飞忍不住吐槽，“小勋勋，你可真会玩。怎么样？听到她讲你坏话了没有啊？”

冯智勋呼吸着新鲜空气：“听到不少了，要不要我一字不落地转述给你听啊？”

白宇飞发出爽朗的笑：“不必，你自己慢慢享受吧。”

冯智勋懒得听他那刺耳的笑，要不是他搞不定，自己又怎么会找个替身亲自锁定莫子衿呢？

田悠然的条件是让冯智勋不见莫子衿，给她一个机会，两人以看待彼此为情侣的目光相处两个月，如果到时候仍然不能改变他的决定，她再放手。

这是田悠然的原话。

听起来看似没有特别强求，甚至有些善解人意，实则是在变形地让他和莫子衿疏离。

至少表面上他得遵守规则，否则一定会出现别的幺蛾子。

只是莫子衿这边，似乎等不住了。

莫子衿回到学校，和接盘侠聊上一会儿，压抑的心情竟好了很多。经过大门的时候，保安大叔叫住她：“子衿，有你父亲的快递，你方便带进去吗？”

莫子衿没多想，点头说好。

保安大叔给的是一个沉甸甸的水果篮，没写寄件人。莫子衿单手拿着有些吃力，便抱在怀里朝办公大楼走去。

莫子衿来到 A 栋楼下时，便看到秦竹天和父亲两个人在交谈。秦竹天背对着她，她只能看到父亲的表情。

莫连很严肃，神情凝重，他拍拍秦竹天的肩，看到她后，有些局促地收回手：“子衿？”

莫子衿上前，唤了一声：“爸。”

莫连点点头，似乎很意外她会过来找他：“你怎么过来了？”

莫子衿示意自己怀里的水果篮：“门卫室有你的快递，我给拿过来了。”

莫连的眼角不易察觉地跳了一下，不等莫子衿把水果篮递过来，他连忙伸手拿过：“哦，太重了，来来，我拿。”

莫子衿怀里一空，不等她说什么，莫连后退一步，笑道：“我还有一点事要处理，就不打扰你们两个了。子衿，爸爸先走一步。”

“爸……”

莫连头也不回，转身就走。

莫子衿微微皱眉，这和平时的父亲很不一样，竟然连一句废话都没有。

出神间，一旁的秦竹天说道：“校长跟我交代去冯氏实习需要注意的事项。子衿，今晚我们出去吃饭吧。”

望着他亮灿灿而疏离的眉眼，莫子衿总觉得，他们两个人的气场不对劲。

晚上，莫子衿再次来到树林餐厅。

秦竹天把她带到门口的时候，她问他：“你这是什么意思？”

他的回答是：“我想让你在这里把不好的记忆变成好的。”

莫子衿深深明白，秦竹天的胜负心和折磨欲已经到达顶峰，她没有拒绝的资格。

还是靠窗的位置，一样的灯光，一样的服务生，一样的轻音乐。

只是在这么多一样的情况下，感受完全不一样。

莫子衿坐在椅子上，看着满桌的餐点，食欲全无。她抬眸，望着对面的秦竹天甚至连一个勉强的微笑都给不了。

“你哪里来的钱？”虽然秦竹天本身的光芒足够让人侧目，温润暖男，成绩斐然。但也正是因为他本身足够的优秀，就让人忘记追探他的家庭背景——他来自普通家庭，没有可以来这种高级餐厅挥霍的本钱。

她戳到他并不高兴的点，他的笑容僵了一下。不过只是僵了两秒，他便不在意地高举玻璃杯：“你忘了？我之前有在打工啊。这里的老板还答应我，只要我来这里消费，就给我打八折。”

莫子衿再次打量餐桌上的一切，她喜欢吃的芝士蛋糕点了两份，事实上，每一样都点了两份。

“我虽然拥有的不多，但我会把我拥有的全部给你。”秦竹天握过莫子衿的手，“不是一部分，是全部。”

他明明说着最让感动的情话，可听在莫子衿的耳里却相当刺耳。

他的手是禁锢，他的目光是枷锁，莫子衿感觉自己喘不过气来。

这时，莫子衿的手机响了，是“听恋”里来自接盘侠的消息。

莫子衿解锁，拿到耳边听，接盘侠木木的声音从那头传来：“你人在哪里？吃饭了吗？”

莫子衿刚想回答，耳边一空，手机被秦竹天拿走。

“是谁？”

莫子衿飞快地俯身把手机夺回来：“反正不是冯智勋。”

她拿过来一瞧，不小心按到发送键，一段语音发了出去。

秦竹天的笑此时彻底消散，冷冷望她：“你一定要提到他吗？”

莫子衿知道秦竹天生气了，她把手机反扣到桌面，只好违心道歉：“对不起。”

不小心脱口而出冯智勋的名字，以致气氛一度陷入窒息的尴尬。

莫子衿的不爽一点点自我平复，她不想自己违心地配合秦竹天演戏，这几天照顾他情绪的效果就这样掉到零点。她拿起叉子开始吃蛋糕，试图挽回逼到死角的压抑。

大口大口，食不知味，莫子衿不忘抬头给秦竹天挤出一个微笑：“你也吃。”

秦竹天的脸色并没有恢复多少暖色，过了一会儿，他问：“下个星期一我就要去冯氏实习了，你要陪我一起去吗？”

莫子衿放下叉子，给予一个无懈可击的答案：“你要我去我就去。”

这时手机又响了，是“听恋”APP来消息的提示音。

莫子衿紧张地望向秦竹天，她生怕他再次把手机拿过去。但这次他没有动，而是终于动了刀叉，开始慢条斯理地切起牛排。

“你在玩‘听恋’。”

…………

没有提到冯智勋，但是提到了冯智勋做的APP，这一样是在点定时炸弹。

莫子衿想了想，琢磨着回答：“是跳跳给我下载的。”

秦竹天扬唇，却分明不是笑：“怎么样，在里边有遇到冯智勋吗？”

莫子衿老实回答：“没有。”

秦竹天继续打趣：“那就是遇到别的男人了？莫子衿，你是用这种方式来告诉我，你宁愿考虑别人都不会考虑我，是吗？”

莫子衿低着头，嘴唇发涩：“……不是这样的。”

秦竹天疯子一般的笑容一点点瘆着她：“没关系，不重要。只要你在我身边，我有一辈子的时间可以让你明白，你是逃不开我的。”

莫子衿无言以对，手机不停地在响提示音，显得越发讽刺。

秦竹天把切好的牛排放到莫子衿跟前，莫子衿终于忍不住看向他：“竹天，到底拖到什么时候，你才愿意告诉我？”

秦竹天微微一怔：“告诉你什么？哦，冯智勋和你分手的真相吧。”

…………

秦竹天皱眉，故作深思状几秒，突然给出一个准确时间：“下个星期一吧。”

莫子衿有些不敢相信：“真的？”

秦竹天低头又开始切那份牛排：“我们好好吃饭，别浪费今晚这里的良辰美景。”

莫子衿拿过玻璃杯，侧过脸把里边的水当酒喝，发愁这顿饭该怎么如坐针毡地进行下去。

这时，她仿佛看到了一个陌生又熟悉的身影，那个身影在喘。

定睛一看，不是别人，居然是接盘侠。

莫子衿讶异地不禁脱口而出："接盘侠？"

下一秒，以莫子衿的视角，看到一块大石头直挺挺地脱离接盘侠的手，加速度往她脸上砸过来，砸在了她脸的平行距离，十厘米外的落地窗的玻璃上。

随着巨响，平滑的玻璃瞬间变成蜘蛛网。

餐厅里，每个人都惊住了。

秦竹天甚至都没看清罪魁祸首是谁，莫子衿抓起手机噌地站起身就往外跑。

莫子衿跑到餐厅外，再次看清，真的……是接，盘，侠。

昏暗的路灯照亮他硕大的背影，这回，他的大眼镜都遮不住他明亮而坚定的目光。

不是假的。

他是怎么从天而降？还用这种幼稚园的方式来解救她的危机的？

她没意识到自己的眼睛甚至瞪得比那个蜘蛛网都还大，望着接盘侠气喘吁吁地跑到跟前，抓起她的手就跑："快走！"

又是脑袋一顿蒙，莫子衿不由分说地跟着接盘侠跑了起来，她仿佛听到秦竹天在后边喊她。

可是夜风清朗，仿佛脚下有风，接盘侠并不灵活的身躯替她开疆辟土，破开前方黑暗。她的嘴角忍不住无限上扬，胸腔里重新注入新鲜的空气。

她万万想不到，这个认识不到二十四小时的同盟战友会来拯救她。

两个人跑到了街边有车的地方，这才停下来。

莫子衿努力喘匀气息，握拳打在接盘侠的胸口："你怎么知道我在这里？"

"你发我语音了呀。"接盘侠连忙拿出手机把她不小心发送的语音播放。

莫子衿听到录下的是她那句"反正不是冯智勋"。

“就凭这个，你就可以找到树林餐厅？”莫子衿难以置信地望着接盘侠。

接盘侠咧开嘴，把手机贴到莫子衿耳边：“根据你这句话的语境，我猜出你在和不喜欢的人吃饭，找到你是凭餐厅里的背景音乐。”

接盘侠说他在网上借助了网友的力量，所以才能这么快找过来。

当然，接盘侠浓密的头发遮盖住了耳朵里的收听器，莫子衿并不知道他说的每一句话都是复述上一秒接听到的来自冯智勋说的话。

莫子衿望着他分析得头头是道的侧脸，仿佛看到了冯智勋的样子。

她忍不住想，现在的男生是不是都喜欢走智商线？

“你刚才那样，就不怕餐厅的人抓住你让你赔偿吗？”

接盘侠挠挠后脑勺：“我没想那么多，就想着怎么把你解救出来。”

说着，他迈步过去伸手拦出租车。

远处折射的霓虹中，他略微臃肿的身形像是披了一件战袍闪着光。

莫子衿静静地望着他，拦到出租车，打开车门。

“是你吗？”

接盘侠的手扶在车门上方，微微一怔，扭头：“嗯嗯？”

莫子衿笑笑，摇头：“没什么，我刚才傻了。”

接盘侠再次挠挠后脑勺，示意莫子衿上车。

临上车前，接盘侠看了一眼隐匿在黑暗中的冯智勋。

两个人坐上车后座。

莫子衿透过后视镜看到从后边追上来的秦竹天，然后变得越来越模糊，最后不见。

这个晚上，刺激又绵长。

莫子衿轻轻地捶了一下接盘侠的肩：“谢谢你来救我，接盘侠，他们说不定已经报警要来抓你了。”

这时，师傅望了一眼后视镜。

接盘侠特别幽默地配合，拍拍前座的座椅解释道：“别怕，师傅，我就是砸了人家的玻璃，没干别的。”

莫子衿笑笑："那在你被抓之前，我奖励一下你吧。"

"奖励……"接盘侠重复着这两个听起来有些暧昧的字，听到耳机里冯智勋说道，"给我放聪明一点。"

…………

车子转向明山小区，莫子衿带接盘侠来到自己家，接盘侠定定地站在别墅门口，没敢动，问莫子衿："这是你家？"

莫子衿推栅栏，点头："对啊。"

接盘侠又问："……你带我来这里，要奖励我？"

莫子衿再次点头："对啊。"

…………

接盘侠默默地整理了一下自己的衣领、袖子什么的，迈步跟进去。

莫子衿"哗啦"打开客厅的灯，明亮而干净的大理石地面倒映着两个人的身影。

莫子衿扭头冲接盘侠说："你是第一个进这屋子的异性，不算上我爸的话。"

接盘侠受宠若惊地捂捂胸口："是吗？"他仿佛听到耳边接听器里传来了一股不言而喻的怒气。

莫子衿放下包，大步走向厨房，她拿起围裙问接盘侠："你应该还没吃饭吧？"

接盘侠点点头，局促地不敢乱走乱看，穿着一双灰色拖鞋杵在玄关处，双手互搓："嗯嗯……没吃。"

莫子衿示意他去沙发上坐着："很快就好。"

接盘侠坐到沙发上，依然不敢放松。他望着没有打开的电视机，屏幕可以当镜子看到厨房里莫子衿忙碌的样子。

他扭头间，看到冯智勋的身影出现在别墅外，正用那双炯炯有神的眼睛瞪着他。

原本觉得挺好赚的钱，突然也没那么好赚了——

"乖乖吃饭，别有其他的动作！"

冯智勋盯着灯火通明的别墅，心情郁闷又别扭。

二十分钟前，他正和田悠然坐在两家人一起吃饭的餐桌上。田悠然没告诉他，就私自安排了两家人聚餐。

玻璃顶层餐厅，可以俯瞰整个 X 市的夜景。

冯莫和田悠然的父母交谈甚欢，服务生开了红酒。田悠然给他夹一小块番茄时，他心不在焉地看向窗外。

他起身拿过手机，说要去一下洗手间。

躲到洗手间里，他给莫子衿发了消息，没想莫子衿会极快速度地回他。听到叮咚的消息声，他喜出望外，然后就听到莫子衿提到了他的名字："反正不是冯智勋。"

她在和别人一起吃饭，语音里是树林餐厅的背景音乐。

他立刻打给白宇飞，白宇飞告诉他，这段时间莫子衿总和秦竹天在一起，像是被控制了一般，并不开心，他便猜到这条语音是和秦竹天在一起时发的。

他几乎是从洗手间冲出去的，下一秒就撞到田悠然的身上。田悠然定定地看向他，问他去哪儿。

"智勋，你答应过我什么，你还记得吧，游戏规则你得遵守。"

"我知道。宇飞和女友出去忘记带钱包了，我得过去救急。"他敷衍挤笑，拍拍田悠然的肩，根本不考虑这理由给得如此荒唐、敷衍。

"站住！"田悠然忍无可忍地叫住他。

"手机转账一秒钟的事情。冯智勋，你的智商什么时候这么掉线了？还是说……"田悠然缓缓转身，苦笑自嘲，"你连敷衍，都不想敷衍我了。"

他那原本称不上敷衍的笑也冷了下来："我现在必须去找她！如果你要借此不再支持我，或者退婚，他们都还在餐桌上，你可以随时开口。"

田悠然又好气又好笑："智勋，我有这么差吗？差到你连一个月的时间都忍不住？"

他扭头，很认真地冲她摇头：“不是你差，是对我来说，最好的不是你。”

他转身，飞快地跑出餐厅，飞快地打给接盘侠让其赶过来，再飞快地跑到树林餐厅门口。

有一瞬间，他都以为自己要起飞了。

莫子衿完全不知道这些，她甚至吹起了口哨。

通过接听器听到莫子衿飞扬的口哨时，冯智勋忍不住想起在商场的休息室里，她红了眼眶的样子，心里一点点泛酸——

为何他是冯智勋的时候，只能给她冷漠和眼泪，而如今能给她温暖，带离她离开困境的却是不能展露真面目的接盘侠呢？

真是太讽刺了。

这时，莫子衿感觉到接盘侠在偷看她，抬眸望去。接盘侠立刻低下头，再次挠挠后脑勺。

过了一会儿，接盘侠已经能闻到饭菜香了。

莫子衿双手合十，特别满意地看了看桌上的三菜一汤，招呼接盘侠过来：“可以开动了，过来吧。”

接盘侠起身，怯怯地走过来，望着色香味俱全的菜品了然点头：“没想到你还会做饭。”

烤茄子、肉末娃娃菜、红烧里脊、蛤蜊紫菜汤。

莫子衿挑眉：“怎么，我给你的印象是不会下厨的那种？”

接盘侠琢磨回道：“应该说，现在会下厨的女生比较少。”

莫子衿把筷子递上：“尝尝看吧，不知道对不对你的口味。”

接盘侠夹了一筷子烤茄子往嘴里放，很认真地品尝，很认真地点头：“不错，好吃。”

莫子衿把盛好的白米饭递过去：“好吃就多吃点吧，等下去警局交代事情的时候就不用饿着了。”

接盘侠有些厚的嘴唇咧开，不好意思地笑。

“笑什么笑！低头吃你的饭！”冯智勋的呵斥猝不及然地从耳边

响起，接盘侠本能地脑袋一缩。

“你怎么了？”莫子衿问。

“哦，没什么……”接盘侠拿过筷子飞速扒饭。

就着明黄色的灯光，两个人之间的气氛是温暖的，似有很多话在筷子交叉的声音中酝酿而生，可到了嘴边都只是化成彼此相视而笑的沉默。

他没有问她，今晚为何和秦竹天在树林餐厅出现；她也没有问他，今晚为何突然想约她吃饭。

他们还是彼此不互相提问的接盘侠和断翼天使，却分明比第一次亲近不少。

末了，莫子衿放下筷子：“下个星期一，我要去见冯智勋了。”

接盘侠：“你要去找他？”

莫子衿摇头：“不是，陪一个朋友去冯氏实习，我想我会见到他。”

接盘侠点点头，不知道要说什么。

莫子衿笑着摆摆手：“到时候见到他，不知道会不会控制不住打他一顿。”

“打他吧，他让你这么难过，该打。”接盘侠神情认真。

冯智勋在外边吹着风听到这话，不由得黑脸，这话可不是他让接盘侠说的。

莫子衿垂眸，长长的睫毛像仙女的浣纱，轻声道：“我舍不得，怎么办？”

冯智勋张了张嘴，却没有发出一点声音。他也舍不得，舍不得发出声音打断了耳边犹存的甜蜜。

吃完饭后，莫子衿要陪接盘侠去警局主动投案自首，不想莫连回来了。

玄关处，莫连踉跄地提着手提包开门进来，一身酒气，满脸通红。

莫子衿上前去扶，不可思议地打量他：“爸，你怎么喝得这么醉回来？”

莫连像一头失控的大熊，搭靠在莫子衿瘦弱的身体上，笑得迷离：“女儿啊，你也回来了。真好，我们一家子都回来了。”

莫子衿试图扶莫连上楼，莫连忽然从笑变成了哭：“子衿，爸爸做错了很多事，可是爸爸都是为了X大，为了你，你能明白吗……”

接盘侠还杵在原地，这个情况不免让莫子衿觉得有些尴尬。她冲接盘侠局促笑：“抱歉，这是我爸，他一般都住在学校的。”

接盘侠上前帮忙：“我来吧，我扶伯父上楼。”说着他粗壮的手臂将莫连拉过来，用自己的身高撑起来，大步往楼梯走去。

有接盘侠的帮忙，从一楼到二楼这段折转而漫长的距离总算能快速移动。

莫连被扶到房间大床上躺好，神志不清地说着胡话，开始扯脖子上歪掉的领结。

接盘侠一边安抚莫连，一边让莫子衿去倒点牛奶过来。

莫子衿应声下楼，回来的时候居然看到莫连清醒不少，不吵不闹，脸上还挂着尴尬：“女儿，对不起，麻烦你了。”

莫子衿怔住了，接盘侠就在旁边站着。莫连的客套显得有些奇怪，接盘侠适时地要退场：“那我先走了，你好好照顾伯父吧。”

莫子衿扭头喊住他：“可是……”

接盘侠微笑点头：“放心，我会主动去警局把事情处理好的。”说着他那并不敏捷的身体像擦了润滑剂一样带上门，离开了。

莫子衿再次看向莫连，把牛奶递上：“爸，今天你到底是怎么了？”

莫连接过牛奶，目光落在被子上：“没什么，有个局，所以喝多了。”

“以前也有很多局，但是你从来都没有喝醉过。”莫子衿定定地看着莫连，“‘随时随地保持清醒，是成功人士该有的基本素质’，这句话是爸您告诉我的。”

莫连眼底闪过一丝急速而逝的不安，随后笑着把剩了一半的牛奶放回床头柜：“可能爸爸老了吧，很多事都显得力不从心，维持现在所拥有的一切，需要拼尽全力。”

他似有所指，莫子衿握住他的手：“爸，您已经拥有很多了。”

莫连笑笑，这个笑容里裹藏很多欲言又止的千言万语，他是不愿意说。

莫子衿不由得想起那天在教学楼下，他和秦竹天谈话时的样子。

“爸……”

莫连往被子里躺去，侧身发出呼呼的打呼声，用身体语言告诉她不想再谈下去。

莫子衿悄悄地退出房间，回到客厅。

她坐在落地窗边，看着外边的黑夜倒映着客厅里的一切，心一点点静下来，像巨兽的喉咙敞开一条缝，反咀之前的每一件小事。

莫子衿拿出手机，看着秦竹天不下三十通的未接来电，想了想，打开微信，给秦竹天的对话框故意发了一条看似发错人的微信：宇飞，今晚能帮我一个忙吗？

莫子衿把手机放回口袋里，站起身目光灼灼。

被动了这么久，她需要做些事来验证自己的猜想。

沉默许久的 X 大，在又一个看似沉默便的晚上终于迎来不平静的前奏。

电台开启，神秘播音员握拳轻捶桌面来引起校园各处的注意，这是专属于神秘播音员的开场方式。

莫子衿静坐在电台前，没有开灯的夜幕并没有吞噬掉她的轮廓。她好看的脸孔严肃而低沉，像是做了一个很重大的决定。

只见她凑近话筒，瞟了一眼电脑屏幕上已经开启的变声软件，沉思片刻，开口道：“各位同学，今天晚上，我想告诉大家一个关于 X 大最大的秘密。这个秘密来自校长莫连……”

“各位同学，今天晚上，我想告诉大家一个关于 X 大最大的秘密……告诉大家一个关于 X 大……秘密，秘密……这个秘密，来自校长莫连，莫连，莫连……”

这两句话，经过变声处理后，重复且断断续续地通过扬声器散落到校园各处，钻进每个人的耳朵里。

这一次，神秘播报员的播报方式和之前的任何一次都不同。

先引起听众足够的兴趣，在所有人都屏息期待的时候放出猛料。突然响起刺耳的长鸣声，之后彻底陷入沉默。

…………

“咦，怎么没了？”

“是啊，真是太奇怪了，校长莫连怎么了？”

“贪污？腐败？不是吧……难道和开学时冯智勋捐的那栋图书馆有关？”

…………

播音室里。

莫子衿已经适应黑暗，轻易看到闯进房间里来的黑影不是别人，正是她想要等的秦竹天。

秦竹天正怒气冲冲地瞪着她，方才他冲进来的时候将电台的按钮全部关上，因为动作过快，不小心碰到话筒所以发出刺耳的长鸣。

“莫子衿，你到底在干什么？！”他不可思议地质问她，一脸的无法理解，“莫连是你爸爸，你是不是疯了？！”

他的质问回荡在封闭的播音室里，像渔夫的刀一片片地割着人的心。相比他的激动，莫子衿越发地冷。

她望着他：“是啊，他是我爸，可比起你，好像我知道的少得可怜。”

秦竹天愣住。

莫子衿继续说道：“其实你如果不来，我下面也没有什么内容可以对外播报的。可我在赌，赌你一定会来，帮我把下面的内容补上。”

秦竹天蹙眉闭上眼睛，深深地明白自己上当了。

“你真的来了，就证明我猜对了。我爸真的有事，而你知道内幕。”莫子衿定定地望着他，像要把他的脸看穿一般，“我爸到底怎么了？

你要告诉我冯智勋和我分手的真相，也和这个有关吗？你说话呀！”

事已至此，再躲避掩藏也已经于事无补。

彼此的对峙只剩下沉重的呼吸声，不知道过了多久，秦竹天终于妥协松口：“校长这些年为了 X 大的招牌，打通关系收纳学生，明里暗里送出去不少钱，也收过不少钱。这次校长为了救我去找关系，这才被田悠然翻出来之前的那些事。”

原来如此，原来是因为她爸爸，冯智勋才会妥协。

怪不得，怪不得田悠然有那样自信的笑容，更深一层的底气是因为这个，断断不是和冯智勋这些年青梅竹马的交情。

莫子衿想破脑袋都想不明白的模糊地带变得豁然开朗。她以为的远离，未曾远离；她以为的分手，实则是他无法说出口的保护。

莫子衿笑了，她咧开嘴的瞬间心头又猛地涌上心酸。这种情绪太复杂了，一时间竟分辨不清是想哭多一些，还是想笑多一些。

莫子衿重新抬眸看向秦竹天：“所以你就选择用沉默来保护校长和我？如果今天晚上不是我诈你出来，你也不想要把真相告诉我吧？”

低着头的秦竹天像是从尘埃里爬出来，努力地想要把自己内心的矛盾和固执传递给莫子衿：“你和校长，是我拼命拼命想要守护的人，子衿，你知不知道我……”

“别再给你自己的私心找借口了。”莫子衿冷冷地打断他，反感后退，“你宁愿我被谎言诓骗一辈子，宁愿看着我痛苦，这就是你守护我的方式。秦竹天，我恨你。”

她迈步越过他，不想再和他待在同一空间里多一秒。

秦竹天冷笑一声，仰头哑然：“莫子衿，还记得当初，你就是在这里拒绝了告白的我吗？”

“现在，还是在这里，你告诉我，你恨我。”他补充道。

莫子衿站在门口，不愿回头，也不敢回头。她从未想过，有一天她的冷漠、她的愤恨会是因为秦竹天。

走到这一步，谁都不想。

这个世界上有一种无力，就是对方以爱之名带给你层层伤害，而你偏偏因为这份心意不能施以还击。

她隐约听到他流泪的声音，她最终还是迈步而出，走道上的窗让外边的月光透进来一些，将黑暗彻底分界在身后的影子中。

落子无悔，绝不回头。

在自己喜欢上冯智勋的那一刻起，莫子衿就知道奔波的目标，眺望的方向。

彼时，还有五个小时就彻底天亮了。

冯氏集团。

冯智勋从莫子衿家赶回来，有些疲惫地推开办公室的门。自从答应田悠然的要求后，他就把家安在了公司，某种程度上可以避开父亲，还有哥哥。

田悠然静静地坐在沙发上，没有开灯，看不清是什么表情。

冯智勋把灯打开，他把外套和领带丢到桌上，白色衬衫挽着袖子，领口凌乱，被头套压过后的头发也没有了先前的发型。他往田悠然对面坐下，整个人嵌在沙发里道歉："抱歉，我来晚了。"

田悠然双手抱臂，没有明显的情绪，望着他道："你家有伯父和智尧哥，去我家有我父母。没办法，这里最适合我们谈话。"

冯智勋点点头："谈吧。"

"我已经提出推迟我们的订婚时间，入资'听恋'APP的事情也会一并推迟。"田悠然观察着冯智勋脸上每一个细微的变化，"智尧哥依然还是'听恋'工作室的老板。"

冯智勋垂眸："我尊重你的一切决定。"

当时"听恋"APP被病毒侵害，冯智尧没有能力解决，他携田悠然的助力，借着解决病毒事件风光大造地入驻冯智尧为"听恋"新开的分公司。只要田悠然的资金跟上，他就可以架空冯智尧这个董事长，把"听恋"彻底拿回来。

而如果田悠然中途停止提供资金，那么只要冯智尧没有卸任，就依然还有掌控权，等于他成了解决技术问题的外援，白白给冯智尧做了嫁衣裳。

田悠然一向雷厉风行，说一不二，冯智勋知道她这不是吓唬他。

田悠然目光越来越冷，“即便是我还要把莫子衿父亲的事公开？”

冯智勋终于有了她所期待的反应，抬眸道：“别扯到她，这是我的底线。”

田悠然自嘲一笑，好看的眉眼陷入回忆的湿弄：“还记得小时候，我弄坏了你的机器人，你很凶地跟我吵架，还一个星期不理我。那个机器人真的很破，很不起眼，那时候我觉得你真是小气。我就在想，以后有比机器人更贵的东西时，我一定要加倍地弄坏。这之后，衣服、一屋子的乐高，到手表、跑车，你居然再也没有冲我生过气，我几乎都要习惯你的吊儿郎当和满不在乎了。冯智勋，你就是没有心的。”

“那个机器人，是我妈送给我的第一个生日礼物。”冯智勋淡淡道。

田悠然点点头：“是啊，后来我才知道，你一直以来都只是装作不在乎，可你装得太像了，像到让我忘记了这件事，以为能让你在乎的根本就不存在。”

冯智勋没有说话。

两个人的谈话没有想象中的水火不容，针锋相对。相反的，像老朋友唠唠话家常一样，一种难以言说的情绪在空气里弥漫开来。

“智勋。”田悠然轻轻地唤了一声冯智勋，像之前的每一次见面一样，“能告诉我，莫子衿是怎么办到的吗？”

田悠然一直都好奇这个问题，第一眼看到莫子衿时，她就觉得这个女生漂亮，却也不觉得和其他女生有什么不同。

一个人可以很容易地喜欢一些人和一些事，可是真正放在心上却很难。

她待在他身边这么多年，容忍了他的嚣张、他的怪，莫子衿是怎么在短短两三个月的时间就轻易地走进了他的心里呢？

冯智勋很认真地想这个问题，琢磨许久后，嘴角上扬："应该是因为她和我一样，特别能装吧。"

明明不是冷漠的人，却板着一张脸不爱笑；明明心怀正义，却总是以事不关心的态度来冷眼旁观周围的一切；明明没有谈过恋爱，却装成一副老练的模样；明明对他有意思，却死憋在心里不肯说；明明脆弱得要命，却总是一副无坚不摧的样子。

那一天，经白宇飞点拨，遥望到她路过公告栏的时候，她也看到了他。或许就是收回装作没看见的那冷漠，独独引起他的兴趣。

或许，第一眼就看进了心里，这就是理由。

田悠然缓缓点头，起身："不站在你这边，我就要站在冯智尧这边了。莫连的事我不提，就当作是我给你最后的情谊。智勋，天就快要亮了，明天开始单枪匹马，你好自为之吧。"

她说着向冯智勋伸手，冯智勋起身，郑重伸手。

相握而成，各自单行。

有些人，走着走着便要散了，以另一种默契转身的形式。

洁白的灯光下，田悠然的笑容依旧，带着淡淡忧伤，和告别的勇敢，随着他的"谢谢"，转而重获新生。

她努力过了，也终于要放弃他了。

送走田悠然，冯智勋重新嵌入沙发里，一种前所未有的轻松和疲惫，同一时间钻入他的身体，眼皮厚重地缓缓合上了。

梦里，莫子衿时而板着脸穿梭过校园，时而掐着他的脖子问他到底什么时候回来……

星期一很快就到了。

莫子衿守时地出现在校门口，看到秦竹天一身笔挺西装大步走来。

看到她的时候秦竹天猛地站住了，愣怔几秒后重新朝她走去。

待秦竹天走到身边，莫子衿听到他说："我以为你不会来了。"

“我是和你一起去见冯智勋，不是陪你在冯氏实习。”莫子衿没有看他，努力让自己澄清他的误解。

秦竹天没有再说什么，而是静静地和她同行。

莫子衿低着头，看着自己的脚尖，心如荒芜的大漠。

秦竹天不会知道，她为什么看似心软地等在这里，要和他一起去冯氏做什么。

而冯智勋也不会知道，她昨晚赶到冯氏集团，带着满满的激动和喜悦想要飞奔而上去见他！

可是她先见到的，是从旋转的玻璃门内走出的田悠然。

田悠然踩着高跟鞋，一身银光色的裙子在夜风里像一汪动人的湖水。看到她时，田悠然轻轻地撩拨头发，语气轻松地恭喜她：“你赢了，莫子衿。”

“什么？”她没反应过来。

“智勋今天晚上去找你，破坏了我和他的约定。为了你，他刚刚和我分道扬镳，心甘情愿地接受我对‘听恋’的退资。他一个人要收拾接下来的残局，甚至为了你父亲贪污的事情，要跟我撕破脸皮。”说这些话的时候，田悠然一直都是笑着的，可越是如此，那笑容越是凌厉。

莫子衿的激动和喜悦，一点点在田悠然的陈述里失去了活跃，平复下来。

“他选择和你在一起，等于和全世界为敌。”田悠然双手抱臂，打量着她，“子衿，你把他推向了一个最艰难的境地。当然了，他是心甘情愿、义无反顾的，那么你呢？你忍心吗？”

是啊，田悠然说的这些分明是陈词滥调，可陈词滥调偏屡试不爽，就是因为它可以直击当事人的痛处。

不忍心。

“不忍心”这三个字就是千年枷锁，令人动弹不得。

…………

“小心。”

莫子衿回神，只见秦竹天拉住她的刹那，一辆车从她跟前驶过。

红绿灯前，她光顾着失神，没有看路。

“谢谢。”莫子衿冷冷地道了声谢，继续往前走。

“如果你是在担心我会把校长的秘密说出去，你大可不必。”秦竹天垂眸，尽管他西装革履，打扮得精神，却怎么也遮不住脸上的憔悴，“不管怎样，我都不会伤害你和校长。”

莫子衿没有说话。

父亲的秘密？

如今父亲的秘密还算是秘密吗？他已经站在悬崖边上，绑在腰间的安全绳松松垮垮，随时会跟着那堆黑材料坠入悬崖。

她唯一能做的，就是尽量让一切回到原点。

莫子衿眸底的黯淡在抬起的瞬间转化为一腔孤勇。她加快脚步，催促道：“走吧，快迟到了。”

十几分钟后，冯氏集团。

天气不错，光线折射过落地窗，柔和地散落在灰色的瓷砖上。前台的妹子化着精致的妆，冲每一个进来的人微笑。

两旁的旋转楼梯像童话里通往宫殿的通道，气派不已。

进入旋转门后，莫子衿看了一眼墙上的时钟。

她适时地挽上秦竹天的手臂，秦竹天愣神。

这时，冯智勋和田悠然出现在楼梯的旋转处，并肩往楼下走。

莫子衿投以遥望的目光——

自从上次在 F 商场的休息室见过后，整整一个月，他们都没有再见面。

尽管冯智勋始终都出现在她的身边，打开“听恋”会想起他，电视里会看到他，耳边的，或高谈阔论，或窃窃私语里都有他的存在。

但在这遥望间，莫子衿这才深深地感觉到自己有多想他，发了疯一样地想他。

他还是那么耀眼，头发全部往后梳，露出饱满的额头，精致的五官因为不笑而多上几分稳重和气场，就像是水晶球里的王子，和外界格格不入，不被亵渎。

这时，冯智勋也看到了她。

两人四目相对，他站在楼梯上，她站在大厅里。

田悠然过来原本只是和冯智勋做一下日常交接，莫子衿对秦竹天这么一挽，倒像是要和他们叫板一般。

或许是女人之间的心意相通，田悠然皱眉间稍加疑惑片刻，忽然就明白了莫子衿的用意。她挽上冯智勋的手臂，成了两对璧人。

田悠然勾唇，莫子衿你最终还是不忍心让冯智勋牺牲的。

莫子衿不由得想起之前那些不屑一顾的电视剧场景，男女主四目相对后，其他的一切都化作背景板，眼睛里只有彼此的桥段。

原来是真的，这会儿她只看得到他。

她多想冲过去，奋不顾身地抱住他，诉说思念。

她多想告诉他，她知道接盘侠是他，她知道他没有放弃她。

她多想拉着他的手，不管那些光芒和头衔，去一个只有他们两个人，只有快乐的地方。

可是，她只能转身冲秦竹天笑，亲密地帮忙整理衣领，高声说道："那我就送你到这里了，亲爱的。"话音未落，她踮脚在他脸颊上吻了一下。

秦竹天的眉眼凝结在她的微笑里，他想要说什么，可是他张了张嘴，什么也没有说。而事实上，她也生怕他会说出什么来，她实在没有多余的力气来应付。

听到背后从楼梯上一步步下来的脚步声，莫子衿倒吸一口凉气，觉得脚底生凉，所有的血液都涌到头顶，耳朵里嗡嗡作响。

"你们怎么会在这里？"直到她感觉冯智勋就站在身后，听到那清脆的声音夹着故作生硬的冰冷。秦竹天拉过她的手，她机械地转身。

秦竹天点头示意："小冯总，你好，我是新来的实习生，秦竹天。"

冯智勋目光转移过来。

莫子衿学着田悠然那样，挽上秦竹天的手笑："我送我的男朋友过来。冯智勋，好久不见。"

冯智勋锐利的目光像两把尖刀扎在莫子衿的心上："男朋友？"

莫子衿扭头，只是一个劲地望向秦竹天笑。

秦竹天淡淡勾唇："小冯总，还得多谢你的成全。子衿说，她总算看清楚是谁在她身边，谁对她最好。"

冯智勋瞪着莫子衿，含冰的脸上每一个毛细孔都在迸发和隐忍中来回："是吗？"

这时，田悠然适时打圆场："那真的恭喜你们，最终还是走到一起了。秦竹天是吗？我替智勋欢迎你来到冯氏。"说着她把手伸向秦竹天，莫子衿见状，便替秦竹天回礼。

不想，冯智勋抢先一步，握住了莫子衿。

那猝不及然的温度，让莫子衿的心口猛地一突。她下意识想要把手抽回，可冯智勋紧紧地握住，将其直接拉走。

"你放开我！放开！"

昏暗的安全通道，随着沉重的安全门被冯智勋的大力推开，瞬间摇晃的光线临摹了冯智勋脸庞上最后愤怒的棱角。

莫子衿被按在墙上，他的气息近在咫尺。

头顶上方的翠绿色提示牌，嗡嗡地发出电流声，充斥在两人之间。

莫子衿动弹不得，只得侧过脸，语气僵硬："冯总，你这样会引起别人误会的。"

"你说你和秦竹天在一起了，这是真的吗？"他逼近，尖锐的注视灼得她的脸一阵阵刺痛。

"是的。"

"看着我的眼睛，告诉我！"冯智勋的手似乎要把她的肩捏碎了一般！

莫子衿皱眉，强忍不吭一声，艰难地转过去，迎上他火辣辣的审视。她张开嘴要再次说是时，两片温热、霸道的唇迅猛地堵住她的嘴。

莫子衿瞳孔里倒映出冯智勋不舍的影子，她失神片刻就妥协他的攻城略地……

不，这样是不对的。

莫子衿，你忘记自己是来做什么的了吗？！

她一个激灵，反应过来，拼命挣扎，最后用尽全力推开他，“啪”地甩上巴掌。

兵荒马乱，偃旗息鼓。

莫子衿低喘着气，含着泪低骂：“冯智勋，你浑蛋！你别忘了，我们已经分手了。”

冯智勋缓缓把脸转过来，心疼望她：“是秦竹天逼你了吗？”

莫子衿故作听不懂一般：“竹天逼我什么了？冯智勋，你别告诉我，你跟我分开是有苦衷的。”

冯智勋咬唇，被她堵得一个字都说不出来。

莫子衿狠下心转过身：“刚才你和田悠然是一对璧人，我和秦竹天也是登对。我们都已经做出自己的选择，就彼此尊重。冯智勋，别让我看不起你。”

她终于说了，她的任务终于完成——

今天来这里，就是要强行送冯智勋回田悠然身边。

他为了她放弃一切，她却要为他重新拾起这一切。

不为别的，只为舍不得他做出的牺牲，只为自己承受不起他这样的牺牲。

莫子衿吸吸鼻子，拉住门把手，最后希望他可以善待秦竹天：“竹天就麻烦你们冯氏了。”

“咔嚓”安全门重新合上，莫子衿一个箭步站在明亮的灯光下。她看不清周围的一切，难过在清晰和模糊中来回翻涌。她拼命地安慰自己做得很好，干净利落，丝毫不拖泥带水。

这一次，她和冯智勋是彻底结束了。

这一次，她主动放弃了和他的所有联系。

“其实，没有多难过，没有多伤心……莫子衿，你还会遇到喜欢的人的……”莫子衿强扯笑容，一边安慰自己一边往前走。

走着，走着，她双腿一软，蹲坐在地上，瞪大眼睛看着自己的眼泪啪啪落地。

确实没有多难过，没有多伤心，因为心空了，它漏着风。

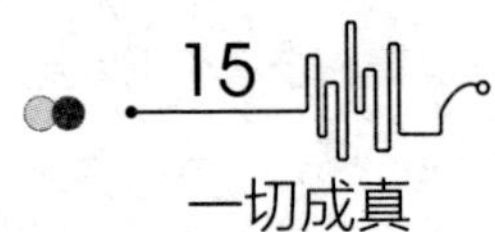

15 一切成真

随着秦竹天进入冯氏实习，鲜少回学校，莫子衿也进入了最忙碌阶段。

X 大校园里的八卦分子被年末的忙碌掩盖起来。

莫子衿把心思全部都放在上课和考试上，逼自己成为连轴转的陀螺。每次经过 C 栋教学楼，抬头看向播音室，她都像看到野兽一样害怕地收回目光，匆匆走过。

那里她曾经引以为傲的地方，现在像一面反光镜一样映照着她的懦弱和不堪。

父亲的事，她不敢爆；田悠然的事，她不能爆。

和冯智勋一别两宽之后，接盘侠也默契地从“听恋”里退出了，就像和她说好一般。

她失神时会忍不住点开“听恋”里和接盘侠聊天的界面，听他经过处理的声音，反复地听他给的温存。

早该知道，这个世界上不会有巧合。冯智勋的突兀离开，不过是以接盘侠的身份回归而已。

那一天，他带着她逃离餐厅，在等出租车的时候她就有所怀疑，而这份怀疑在喝醉酒的父亲回来后得到了证实。

父亲喝醉，突然回家，是个意外；父亲认出他就是冯智勋，才会从醉酒里猛然惊醒回来。

后来，她去警察局询问，处理餐厅玻璃事宜的根本就不是接盘侠本人。

莫子衿告诉自己，她能和冯智勋一刀两断，但和接盘侠可以不用。

等到时间流逝，她连同接盘侠的样子都模糊掉时，或许就能真正放下了。

相比之下，许跳跳却越发慵懒，上课总是心不在焉，老爱睡觉不说，做起功课来更是不积极了。

这天，莫子衿在宿舍里准备年末专业课考试的资料，许跳跳打着哈欠，托着腮盯着她。

感觉到某人这种极度不适的关怀后，莫子衿默默敲键盘："……你干吗呢？"

"在进行爱的注视啊。"许跳跳的视线像是被钉牢了一样，嘴巴微微开闭。

"你不查资料吗？"莫子衿扭头，提醒她，"我们这组作业，别到最后又是你在拖后腿。"

许跳跳本来就不大的眼睛，没有精神地眯成一条缝："不是有你在吗？亲亲子衿，你一定不会让我拖后腿的，我知道。哈啊……"她又打了一个大大的哈欠。

莫子衿狐疑地望着她："你晚上没熬夜啊，怎么一天都这么困？"

许跳跳有气无力地用双手枕着下巴，正正经经地爬起来："可能是学校里的人少了，八卦也少了，这日子就没意思了吧。"

…………

莫子衿想冲她翻一个大大的白眼间，门响了。

许跳跳立刻眼睛放光，从椅子上弹起来，扭头去开门："哇，来了来了！"

只见是外卖小哥提着一盒外卖跟许跳跳进行交接："您好，这是你点的麻辣烫。"

许跳跳笑眯眯地拿过来刚说了"谢"一个字，突然捂着嘴跑了出去。

外卖小哥："……"

莫子衿和外卖小哥四目相对："……"

几分钟后，许跳跳把宿舍门反锁，拉过椅子很严肃地问许跳跳："跳跳，你是不是……"

"怀孕"两个字到了嘴边，莫子衿还是觉得突兀地犹豫了。

许跳跳也很紧张，缩着脑袋坐在床边，心情七上八下的。她攥紧手指，沉默了。

两个人两两相望，一时的沉默将房间里的安静推入高潮。

莫子衿斟酌着重新开口："……你和白宇飞那个了吗？"

许跳跳像戳了个洞的气球，整个人蔫了下来："子衿，我是不是怀孕了？"

仔细想想，许跳跳这段时间嗜睡、爱吃，好像身体还有发胖的迹象……还越想越像了。莫子衿握过许跳跳的手，努力保持镇定："跳跳，我们都别急，我们……我们去查一下。"

许跳跳点点头，像抓住救命稻草一样死死地抓住她的手："好……"

站在药房门口，莫子衿往脑后抚了一把头发，做着等一下进去拿避孕棒的心理建设。她怎么也没想到有一天自己会为了朋友买这个，并且紧张程度不亚于当事人。

在挑选避孕棒以及结算钱的过程中，莫子衿在脑海里把白宇飞吊起来鞭刑了无数次。她希望一切都是多想，可如果一切成真后，白宇飞又会如何处置呢?

在洗手间等许跳跳测验结果的莫子衿，脑子里嗡嗡作响，她一心想要把自己扎进正常生活轨迹的用尽全力，仿佛一下子被扯回了原点。

她拼命想要逃开的某人，仿佛因为许跳跳这个波澜要被重新拉回逃开的距离。

洗手间的门缓缓打开，许跳跳把避孕棒递出来，上边的两道红杠让莫子衿猛地僵住。

完了，一切成真。

两个人守着许跳跳的手机，静静地等消息。

许跳跳把自己怀孕的事情通过微信发给白宇飞，等了一会儿，她们等到的回复是：不可能。

许跳跳猛地扑在莫子衿的怀里号啕大哭，莫子衿难以置信地握着手机，将这三个字看了又看。

不可能？这是想要否认吗？

白宇飞就是这样对待许跳跳的？

那天在画室里，和她认真交谈过后的白宇飞，分明对待许跳跳是满眼的认真。

他怎么可能在这种事上如此敷衍？还是说，男生都这样？满口说的“我喜欢你”，一遇到棘手的问题就溜之大吉？

莫子衿迅速打给白宇飞，那头关机了。

莫子衿拉过许跳跳：“走，我们去找他。”

许跳跳缩回手，拼命摇头：“不，不要。”

莫子衿望着活蹦乱跳的许跳跳此时像背负重壳的蜗牛缩在床头，满眼惊恐，心疼极了。

她舍不得逼迫，思来想去，她半跪下来握过许跳跳的手：“好，那我去找他。不管怎样，我都想办法让他来见你，你们好好谈一谈。”

许跳跳垂眸，吸着鼻子点头。

莫子衿找到白宇飞的雕塑系，询问白宇飞的下落，才得知白宇飞已经不怎么来上课，到冯氏帮忙去了。

冯氏，冯智勋。

兜兜转转，她还是要去找他吗？

当莫子衿硬着头皮来到冯氏楼下，踌躇着要不要上去时，一辆黑色宝马从远处驶来，停在大楼门口。

司机下车后，急吼吼地去给后座开车门。

莫子衿就这样看到冯智勋从车上下来。他裹着黑色呢大衣，头发有些凌乱，眼下有一点乌青，好像没睡好的样子，不过立在风里依然挺拔帅气。

恍然出神，仿佛和好多次送秦竹天过来上班时看到的冯智勋重叠一遍又一遍——

那天利用完秦竹天，他异常沉默，身上那些戾气和固执都在突然之间烟消云散。

第二天，他约她一起吃早饭，然后她送他去冯氏上班。

在冯氏集团门口，莫子衿很愧疚地向他道歉："对不起。"

秦竹天却显得很轻松："我说过，只要你需要我，让我做什么都愿意。"

莫子衿不敢看他，扭过头间就看到冯智勋的车子缓缓驶来，人从车上下来，稍稍拉紧外衣领口，转身往里走。

冯智勋似乎看到了她，似乎又没有看到。

不过是几十米的距离，莫子衿触手可及的却只是他的轮廓。

她出神间，听到秦竹天说："以后你送我来上班吧，这样就能经常看到他。"

莫子衿猛地抬眸，对上秦竹天没有丝毫正话反说的目光，泛着晶莹的光："我投降了。你对他的心意从头到尾都是这么坚定，我还能怎么折磨你，怎么折磨自己。"

莫子衿张了张嘴，不知道该说什么。末了，她摇摇头由衷地感激："谢谢你，竹天。不过，我不会再送你来上班了。"

因为我不想再看到他，再看到我亲手拒绝掉他的这段距离。

…………

莫子衿出神间，看到冯智勋也看到了她。不过他只是看了她一眼，随后收回目光要往大楼走去。

莫子衿追过去两步，司机警惕地拦住她：“这位小姐，您这是要做什么？”

“冯智勋。”莫子衿唤道。

冯智勋驻足，回头，不紧不慢地问：“你是在叫我吗？”

是了，当初是她断然和他划清界限，以一巴掌结尾，现在她唐突地出现在这里实在好笑。

莫子衿有些尴尬地垂眸：“我是来找白宇飞的，我知道他在这里。”

冯智勋点点头：“他是在这里，不过白总监不轻易见人。莫小姐，您有预约吗？”

他分明是故意的，莫子衿瞪他，绷着脸道：“没有。”

冯智勋耸肩，一副公事公办的样子：“那就麻烦去前台预约登记，看白总监什么时候肯抽空见你吧。”

眼见着他就要往里去了，莫子衿不甘地叫住：“冯智勋，我有急事见他。”

司机尽职尽责地拦住她，皱眉打量她思衬着想开口，可是转而又看向冯智勋，隐隐觉得不妥。

冯智勋双手插大衣口袋，走到莫子衿跟前，那张脸疲惫地含着笑意，显得越发慵懒：“有急事？我也有急事，等一下要参加大哥的酒会，要换衣服，要找女伴，还要……”

“白宇飞也会去吗？”莫子衿打断冯智勋的抬杠。

冯智勋倒很爽快：“会。”

莫子衿咬咬牙，只好说：“如果冯总不嫌弃的话，我愿意当女伴。”

冯智勋望她，嘴角坏坏地上扬：“可你是秦竹天的女友，过来当我的女伴，合适吗？”

莫子衿强忍着被挤对的不悦，咬紧牙关：“只要田小姐不介意，我也……”

“悠然不在，所以我才犯愁女伴的人选。”冯智勋打断莫子衿的话。

莫子衿顿了一下，僵硬地说道：“那还请冯总不要嫌弃。”

冯智勋适时打住，示意司机去开车："既然如此，那莫小姐就请上车吧。"

莫子衿跟冯智勋上车，坐在后排，挨着他。

车呼啸开走，她的心也跟着轮轴转动。

他真的是刚好从哪里回来，刚好遇到她吗？为什么感觉他嘴角有偷笑的痕迹，为什么感觉他根本就没有想进大楼？

莫子衿的余光不可避免地将他的脸收入可视范围，混乱的心情没有出口地在胸膛里四处乱窜。

突然车子一个急转弯，莫子衿被惯性往右甩在冯智勋的身上，冯智勋的左手顺势拥住她的肩。

司机不忘回头道歉："对不起，冯总，刚才有车子需要紧急避让。"

冯智勋从鼻子里哼出一个"嗯"作为回答。

莫子衿赶紧推开冯智勋，挺直腰板坐好。她感觉血液从脚底板直冲头皮，一寸一寸地发烫。

冯智勋清清嗓子，试图掩盖刚才的尴尬："老李，听听音乐吧。"

司机应声把音量调大。

"青青子衿，悠悠我心，但为君故，沉吟至今……"轻音乐和缥缈的女声相辅相成，这样特别的曲调出现在年轻人的车子里实在特别。

莫子衿忍不住看向冯智勋，冯智勋像是被抓到小辫子一样，略微慌乱地示意司机把音乐关了："这什么歌啊？我可没听过。算了，不听了。"

他重新把头扭向车窗外。

…………

莫子衿的心里莫名地流淌过不知名的暖流，他粗制滥造的解释分明就是在透露着什么。

她可以想象他平时坐车的时候以这种方式想着她，又或者是在开会到深夜的时候想起她，就如同，她怀念他的笑容一样。

车平稳地径直地往前开着，莫子衿稍稍侧过脸，让余光可以看到冯智勋。

她希望这车永远就这么开下去，即便是没有交谈、没有对视、没有拥抱，至少她和他在同一个空间里待着。可她又希望这车快点到达目的地，因为她不能保证内心的冲动不会汹涌而出，让她之前的努力白费。

“冯总，到了。”

不知道过了多久，司机回头恭敬地说道。

冯智勋开门下车，莫子衿看到出现在眼前的是一家高级女装定制店，连玻璃门都透着贵气，里边的高跟鞋、包包，以及挂在墙上的衣服，不必看价格都知道是令人咋舌的。

之前和许跳跳一起逛街路过的时候，许跳跳就是那种扒在玻璃窗上不肯走的那种，莫子衿都是费尽全力地拉她离开。

莫子衿不喜欢走这种奢华路线，倒不是她消费不起，只是单纯地不喜欢。

还记得她成人礼的时候，父亲要给她举办一场盛大的派对，她把这笔钱私吞下来，直接跑去北极玩了一圈回来。

她觉得这种心灵旅行比那种穿着奢华无度的衣裙，虚伪地互相打招呼，互相觥筹交错，有意义多了。

推门入内，服务生送上肉麻的笑脸：“冯总，欢迎光临。”

冯智勋指了一下穿着一套运动服极其休闲的莫子衿：“把她给我打扮得漂亮点。”

服务生应声拥着莫子衿往更衣室里请。

莫子衿的更换大秀酣情开演。

每次莫子衿被服务生七手八脚地换上一套裙子，推出去接受鉴定时，冯智勋就坐在沙发上跷着二郎腿递来一记眼神——

“还行。”

“一般。”

“再看看。”

…………

莫子衿看到服务生为难又无语的神情，就知道冯智勋在整她。

不知道换了多少套，莫子衿感觉自己要在狭小的更衣室里热到发疯的时候，冯智勋终于起身向她走去:“嗯嗯，这套吧，时间差不多了。”

镜子里，莫子衿一身银白色的羽毛侧腰环绕式短裙，露出漂亮的锁骨和丰满的胸部；末端好看的水钻银片从腰部的地方开始往下撒，让她走起来时一闪一闪，熠熠生辉。

服务生都赞美这件裙子设计得十分特别，穿在莫子衿的身上更是完美。

“小姐您看，这件礼裙很好地衬托了您的身材，就是从那套运动服里把您解救出来了嘛！”

“是啊，小姐，要知道，这件裙子很挑人穿。您的皮肤很白，才衬得起来。”

“冯总，您的眼光真是好，这套‘天使之翼’一定会让你们独一无二。”

…………

莫子衿的双手无处安放，冯智勋站在她身后贴得那样近。

冯智勋的手轻轻地滑过她的头发，手指有意无意地触碰到她的脖颈和肩。

他像是在欣赏她，又像是在闻她的体香。

莫子衿能够感觉到他温热的气息喷在她的耳后，酥酥麻麻的。她想要走开，可是双脚却像钉牢一般无法动弹，或者从内心深处，她已然跌进这矛盾的温柔里，忘情享受，只是自己不愿承认罢了。

“子衿，你真漂亮。”他的声音透着沙哑、魅惑，说这句话时似乎忘记要和她刻意保持的疏离以及那硌硬人的挤对。

她咬唇，克制着内心的波澜，一遍又一遍地提醒自己不要忘记此行的目的。

服务员帮莫子衿上妆，卷了头发。冯智勋牵她走出店时，天色已经暮霭沉沉，黯淡下来。

上车后，莫子衿以为可以直奔宴会厅了，不想冯智勋又让司机把车开到一家汉堡店门口。

“我要麦辣鸡腿堡，还要一包薯条、一杯可乐。”冯智勋对司机说完，转头问莫子衿，“你要什么？”

莫子衿瞅他认真的神情，情绪复杂：“你让我穿着这套紧身礼裙，吃汉堡？”

他又是在整她吗？

冯智勋无比认真点头：“等一下去宴会，没有什么机会吃东西的，需要先吃一点，垫垫胃。”

那也不用吃汉堡吧？

见莫子衿不说话，冯智勋坏笑勾唇：“不然，你等一下和我吃一个汉堡也行……”

莫子衿：“……我要一个鸡肉卷，不辣的。”

司机买回来后，识趣地站到车外。

就这样，冯智勋和莫子衿穿着无比正经的礼服，手里拿着特别不正经的洋式快餐开吃。

冯智勋问莫子衿：“是不是感觉很特别？”

莫子衿垂眸：“确实。”

冯智勋伸手拿了一根薯条递到她嘴边：“其实我经常这么干，只是看到你这样吃瘪的表情，才觉得真的挺特别。”

莫子衿瞪着他没动。

冯智勋悻悻地把薯条拿回来自己吃：“莫小姐和秦竹天一起后，怎么又变回那么呆板、冷漠了，我记得莫小姐和我在一起的时候笑容还是多一点的。”

莫子衿用力地咬上几口鸡肉卷，想要快些吃完，也快些结束这样危险的谈话。

冯智勋就当没看到一般，继续问：“自从那天莫小姐送秦竹天过来实习后，都没见你来过公司了。怎么，一点也不好奇男朋友在公司的表现吗？”

莫子衿只好硬着头皮应付：“怎么会，我每天都和竹天聊微信。”

冯智勋点头：“是吗？那他有跟你说他弄错材料，导致公司赔了一笔业务，差点要被开除的事吗？”

莫子衿停住咀嚼，扭头看他，一时无法分辨他说的是真是假，是不是又在整她。

冯智勋勾唇，大口地咬着汉堡：“看你这么讶异，就知道他没和你说。”说着他扭头看向窗外，只给她看棱角分明跳动的咬合肌。

莫子衿盯着他的咬合肌，沉吟片刻，说道：“不可能，竹天是个做事很小心的人，他不可能犯这么低级的错误。”

冯智勋把手里的纸袋揉成一团扔进袋子里，笑意仍然浮现在脸上。莫子衿敏锐察觉这里边有猫腻：“是因为别的事对不对？”

冯智勋撑着座椅，俯身看向她：“弄错材料是好听的罪名。”

莫子衿心里咯噔一下：“那真实的罪名呢？”

“他偷东西。”冯智勋深邃的眸子里摩擦过一剂危险的剂量，看得她心头一跳。

莫子衿没想到自己是因为许跳跳过来找的冯智勋，现在又莫名其妙担了这么一遭。

冯智勋故意透露这件事，分明就是想看她的反应。不，他明明就看穿了她拙劣的谎言，他明明就知道她被架在这谎言之上无法下来，他明明就是在等她自动往里跳。

莫子衿迎上他复杂又尖锐的目光，嘴角突然被轻抚：“你这里沾到酱了。”

莫子衿回神，侧过脸去：“我们可以走了吧。”

他若有若无的透露，就是想在她的心头扎上一根刺。他不着急得知她的决定，十分耐心地拿出围捕猎物的态度。

无论她做什么决定，都会泄底。

别人道，士别三日，当刮目相看。

莫子衿只道，冯智勋从来没让她失望过。

两人吃完快餐后，车子总算开向酒店。

莫子衿下车，挽着冯智勋的手臂径直入内，就在金碧辉煌的大厅撞见了田悠然和冯智尧。

只见田悠然一身浅绿长裙，裙摆拖地，优雅端庄。她挽着冯智尧，像是知道莫子衿要来一般，明媚的笑带着早已装饰好的敌意。

冯智尧一身白色西服，如同温暖骑士，带着田悠然迎上冯智勋：“来了。”

“嗯嗯，来了。”冯智勋轻声应道，“今天是哥卸下总经理的职务升级成为名誉董事的日子，我自然要带着女伴过来隆重祝贺。”

冯智尧笑笑，看向莫子衿：“子衿，好久不见。真好，看到你和智勋还在一起，我真是没看错人。”

莫子衿沉默了，她的脑子飞速旋转，只觉得头顶的琉璃灯刺眼极了，天旋地转。

怎么会这样？田悠然和冯智尧在一起了？看他们的样子是早就统一战线了。

田悠然不是说只要她识时务放弃冯智勋，就不会撤资，不会反戈的吗？

冯智尧这话含沙射影，像是在讽刺她是冯智勋的拖累，让他成功上位了一般。

莫子衿难以置信地望向冯智勋，只听他说道：“哥，我说过的，公司、子衿，我一样都不会放弃。”

冯智尧了然点头，摊手道：“好，那我就看你在和爸爸的约定时间里，怎么收拾‘听恋’这个烂摊子，怎么让冯氏的业绩提高五个点。”

冯智勋温和地看向她：“我们走。”

后来，莫子衿都忘不了踩在硬邦邦的瓷砖上，双脚是如何不听使唤的，她几乎是依靠着冯智勋飘着走的。

电梯门关上，冯智勋按了二十七楼。

封闭的环境里铁索的响声，莫子衿的头皮一闪一闪地疼，她倒吸一口冷气整理着满脑袋的乱麻：“名誉董事、‘听恋’、烂摊子、冯氏业绩五个点……冯智勋，你要不要告诉我，这到底是怎么回事？”

她闷头把自己关在学校里，两耳不闻窗外事的这段日子里，他一个人到底发生了什么事？

冯智勋双手插口袋，望着不断上升的数字轻描淡写地说道：“我还是拒绝了田悠然的帮助，她撤资‘听恋’，转而去帮助我哥。我哥挂了名誉董事，成立子公司。现在我处理冯氏的大小事务，第一件要处理的就是如何让已经拥有众多用户的‘听恋’起死回生。”

“听恋”失去了田悠然的资助，而这个项目冯莫是明确不会插手的，冯智勋更不能动用集团的资金。

在孤立无援的情况下，冯智勋如果不能让“听恋”的收益提高五个百分点，那么继承人的就要由冯智尧接手。

“……你怎么可以这么任性？！”莫子衿一股气性冲出喉咙，又急又气地质问某人。她宁可担上一切，拼了命地不想让他失去，可他倒好，把她的牺牲拱手让人！

冯智勋那黝亮的眸子含着笑意，分明看穿她的着急，又看向快要到达楼层的数字牌，轻叹口气：“看来莫小姐还是不够了解我啊，我一向都是这么任性。我想靠我自己，看看能不能力挽狂澜。”

如果可以，莫子衿想狠狠地给上他几拳。

“怎么，想打我吗？”他勾唇，指指右上角的摄像头，“如果你不怕留下证据的话。”

莫子衿狠狠地说：“不怕！只可惜二十八楼到了。”

“穿得这么漂亮，别耍拳头，耍温柔吧。”他戏谑眨眼。

随着“叮咚”一声清脆的开门声，莫子衿的拳头只能挽着他的手臂，迈步出去。

这时，莫子衿总算看到了想要找到的白宇飞！

白宇飞穿得人模狗样，正要过来迎接，一看到莫子衿，他就像老鼠见了猫，掉头就跑。

“白宇飞，你给我站住！”

莫子衿见势就要追过去，冯智勋大手一勾，牢牢地钩住她的腰，沉下脸来：“莫子衿，你这么说话不算话的吗？还没有进宴会厅就想开溜。”

莫子衿扭头，眼看白宇飞那一抹白色燕尾溜得没了影子，挣扎道：“你先放开我！我得找他算账！”

“你找白宇飞算什么账？”冯智勋皱眉，一脸大惑不解。

莫子衿瞅他那专业的戏精模样，抬起脚后跟狠狠地戳在他的脚背上面。

那酸爽的痛感立刻让冯智勋像弹簧一样地弹开，捂着脚背龇牙咧嘴地在原地单脚跳：“啊！好疼！莫子衿，你疯了？！”

“冯先生说笑了。”莫子衿冷哼两声，“我如果疯了，也是拜你所赐。我找白宇飞算什么账？你何必明知故问呢？你不是很清楚我会来找你吗？只是我没想到，冯智勋，你丧心病狂到牵连到旁人！”

如果不是一切都在他算计当中，方才在大厅里，和冯智尧、田悠然正面冲突的好戏不就没有了吗。

她刚才是先一步关心则乱，才没把这层窗户纸给捅破，他偏偏撞枪口上来！

莫子衿气急地揪过冯智勋的衣领：“你说！让白宇飞不管跳跳的事是不是你指示的！”

冯智勋哑然失笑，笑着笑着把她给笑醒了。

一秒，两秒，莫子衿猛拍额头，直骂可恶：“可恶！许跳跳，连你也骗我……”

她转身想跑，被他顺势抱进怀中，低低的温柔钻进耳朵里：“既然全世界都要骗你，你何不就此妥协呢？”

莫子衿的自尊像加热的冰激凌无奈融化，不成形状。她咬唇，真想再踩他几脚："冯智勋，你卑鄙！"

冯智勋箍紧了她："你要是再不缴械投降，我就更卑鄙一些，拿秦竹天偷东西的视频证据威胁你。"

"你！"

"你知不知道我有多想你？"

莫子衿怒目，和他极致温柔的眼眸正面交锋，她的焰火在他的大海里，只能一点点缴械投降。

"我不知道。"莫子衿想要继续维持高冷，可是回怼的声音小得像一只委屈的小狗。

那天在 F 商场的休息室，她提分手，他默认；那天在冯氏的逃生通道，她狠心地掌掴后，他也没有追出。

在分手这件事上，他格外"顺从"，也没有发过一条短信，她怎么会知道他还想她？

如果不是因为许跳跳怀孕的事，她以为不会再和他见面了。

"分手是你提的，我可没同意。"冯智勋捏莫子衿的鼻子问，"你知不知道那时候，你笑比哭还难看？"

"你才难看呢！放开！"

冯智勋敏捷地松开她，转而又将她拥入怀中："放开？从招惹你的那天起，我就没想过放开。"

从喜欢上你的那天起，我就没想过分离。

亲亲子衿，深得我心。

…………

莫子衿攥紧的拳头在他的怀抱里，卸下所有能够反抗的力气。

败了，彻底败了，她绝不承认自己无能，是对手太厉害。

或许从她掉入他的圈套开始，胜负已定，这中间的一切不过是她费尽心机的反攻而已。

沉重的红色大门推开，熠熠生辉、觥筹交错映入眼帘。莫子衿挽着冯智勋进入酒会，众人纷纷投来新奇的微笑。

田悠然和冯智尧跟着进来。

大家互相四目相对，在眼神的交汇中整理信息——

冯氏经过继承人的角逐，冯智勋成了冯氏新的接班人，原本和田氏千金田悠然订婚是强强联合。可之前报道说，冯智勋和田悠然搁置了订婚，随后田氏不再入资 APP“听恋”。大家纷纷猜测这或许是传闻，又或者是真出了变故。

现在，强强联合的男女主分别站在另外一个人身边。

传闻不言而喻，微妙的关系背后有很多可以让人浮想联翩的情节。

莫子衿就这样看到了站在最边上的秦竹天。

他一身简单的西装，手握香槟站在一旁，没有最华丽的武装，亦如当年刚开学时，只是最简单的白色衬衫就足以鹤立鸡群，轻而易举地立在众人之中。

他看到她，先是微微一怔，随后投以温暖的目光。

那是等待已久的温暖的祝福。

莫子衿回以一记感激的目光，一切随风去，他们经过折磨和怨怼，幸好还能重新回到朋友的位置。

很快，莫子衿无心关注别人看好戏的目光，其中最无法忽略的目光来自冯莫，他从交谈的中心扭头冷冷地盯着她，那眼神恨不得吞她下肚。

冯智勋轻拍她的手背：“别怕，有我在。”说着他带她径直走过去。

眼看着和冯莫越来越近，莫子衿暗暗吸了一口气，给自己打气。既然已经站在冯智勋的身边，她再怂也不能顶着乌龟壳遁走，该冲还得冲。

于是，在走到冯莫跟前后，莫子衿举起香槟十分有礼（厚脸皮）地敬他：“伯父，我们又见面了。”

玻璃杯清脆相碰，冯莫瞟了她一眼，淡淡道：“是啊，你还是跟之前我见到的那样，一成不变。”

冯智勋接话："爸，你可是变了很多，变得越来越年轻了。"

众人捧场大笑。

冯莫的脸色不好太难看，他抿上一口红酒，看向舞台。只见田悠然在钢琴边落座，十指纤纤，弹奏起来。

冯莫陶醉地轻晃脑袋："是帕科贝尔的《卡农》。"他微微睁开眼睛，流露出可惜的神情："唉。"

莫子衿想到自己只会弹那一首钢琴曲，心里攒着劲开口："这些不过是雕虫小技，伯父又怎么会在意呢，伯父真正在意的是我站在智勋身边带来的转机吧。"

冯莫看向莫子衿，似笑非笑道："转机也是时机。今天是智尧的主场，你有什么办法能帮他喧宾夺主吗？"

冯智勋见状，皱眉开口："爸，这是我自己的事，我……"

冯莫摇晃红酒杯，始终含在喉咙里的声音带着绝对的气场："如果你能证明自己的实力，或许我就不会觉得把智勋交给你是可惜了。"

莫子衿按住冯智勋，应承下来，一口答应："好。"

今天宾客满座，是最能考验能力的时候，冯智尧和田悠然虎视眈眈，冯莫又是一块难啃的骨头，莫子衿不得不答应。

她很清楚，难关只有一关关地过，她和冯智勋才能看到未来。

田悠然在弹奏，冯智尧温和注视静等接下来的答谢词。

在和谐的气氛下，时间格外紧张。

莫子衿问自己可以做些什么……看着看着，她就注意到了宴会厅上方的扩音器。

看来重操老本行的时候到了。

莫子衿轻声对冯智勋说自己要出去一会儿，然后径直走向白宇飞。

"跟我来，带我去声控室。"缩着脑袋只想装隐身的白宇飞，只得硬着头皮跟上莫子衿。

莫子衿虽然踩着高跟鞋，走路的速度遥遥领先于白宇飞。白宇飞的大长腿加快频率跟上，问："你去声控室干吗？"

“把你干了好事不负责任的丑事公之于众，怎样？”

白宇飞无语地翻白眼：“刚才小勋勋不是都告诉你了吗？你们两个抱在一起，以为我没看到？”

莫子衿踩着厚重的红毯，脚落无声，只有飞快的风呼呼作响：“那你和许跳跳的事到底预备得怎样？”

白宇飞叹了口气：“老实说……那天我喝多了，真的不记得了。”

“所以你的意思是跳跳故意污蔑你了？”莫子衿皱眉，怎么听怎么都觉得不舒服。

白宇飞垂眸，顿了顿说道：“虽然我没打算这么早要孩子，但是既然有了，只好生下来呗。我已经和跳跳说好，毕业后我们就直接结婚吧。”

莫子衿斜眼：“你家人会同意吗？”

“还行吧，看在小家伙的面子上，至少我没有小勋勋那样顽固的长辈。”白宇飞如实回答。

“很好，至少孩子的这点跳跳没骗我。”莫子衿点头。

“哇，这么说你也是不相信的了？”

“哼！我的不相信和你的不相信不是一回事！”

两人迅速问答间，莫子衿推开声控室的大门。

里边的工作人员一脸茫然地起身，还没等问两人要做什么，白宇飞就拿出一沓现金示意他们出去：“来，请你们喝茶，十分钟。”

莫子衿径直坐到话筒前，望着监控里宴会厅里的全景，将声控键打开。

白宇飞刚准备说话，在看到声控键的红色灯打亮后，嘴巴像急刹车一样突然张大。

“大家好，我是莫子衿，是小冯总的女朋友。”莫子衿紧紧地盯着屏幕上情绪开始有些紧张的冯智尧和田悠然，继续说道，“趁着今天这个好时候，我想告诉大家一件事……冯智尧一手开创的‘听恋’，其实是我男朋友冯智勋的杰作。哥哥为了竞争继承权，在学校安排内线监视弟弟不说，还偷走弟弟的创意，占为己用。后来‘听恋’中病毒，丢失客户，哥哥自行无法解决，这才有了弟弟及时救火的事。”

莫子衿扭头看向白宇飞，伸手示意了一下：“口说无凭，我这里有录音证据。”

白宇飞的眼睛瞪圆，再瞪圆，难以置信地从口袋里拿出早就准备好的U盘递上。

莫子衿将U盘插进主机里播放，宴会厅里立刻回荡着冯智勋和冯智尧的对话。

白宇飞忙不迭把声控键关上，倒吸一口凉气：“你是怎么知道的？”

面对他像看怪物一样的目光，莫子衿又好气又好笑：“谁来参加宴会会准备现金？你还不是早有准备？”

她和冯智勋说要离开时，他那一记应允的温柔也是满满的讯息。

白宇飞还是心有余悸：“……即便是这样，那你胆子也太大了吧，怎么着也得提前和我对一下台本啊。”

莫子衿把声控键重新打开，继续说道：“把这件事说出来，只是为了想让大家重塑对‘听恋’的信心。一个上线三个月的新型社交APP，经历过病毒攻击重新回到原主人的手里，一定能焕发更新的光彩。原谅我要把第一波广告从这里打出，最真挚的话语总是想要最优秀的人先听到。”

白宇飞冲莫子衿竖大拇指，莫子衿略过他的彩虹屁，望向屏幕，心情慢慢被提了起来。

“怎么了？”

“不对劲。”

被揭短的冯智尧并不慌张，田悠然也一副处之泰然的样子。她注意到冯智尧的嘴角还隐隐牵着一丝笑意，仿佛在等着她揭短一样。

田悠然一曲弹奏完毕，主持人上台代表冯智尧答谢众人的光临，正要有请冯智尧发言时，莫子衿掐着这个点打开了声控台。

这个突如其来的插曲，让主持人有些无措。台下的人也前所未有的安静，一时之间，谁也不敢先发声，气氛变得紧张，秒针像是有千斤重久久提不上去。

这时，田悠然起身走到主持人身边，将话筒拿过来，不紧不慢地说道："大家好，我是田悠然，曾经和冯智勋准备订婚，也想要给'听恋'入资，这些大家都很清楚。今天我是冯智尧的女伴，按理，我说这些有失公允。不过既然莫小姐都替小冯总打广告了，我也就借这个，再翻翻旧账吧。"

田悠然说着这些蓄势待发的开场白时，身后的大幕布缓缓放下来，灯全部暗掉。

这样一来，幕布上边的图像在众人眼里更清晰——莫连和学生家长见面的照片、莫连收受钱的照片、莫连和教育局高官在一起秘密聚会的照片。

一张张照片像幻灯片一样地放映，信息量巨大。

"莫小姐的父亲莫连是X大校长，这些年为了扩大X大，收贿受贿，违规接纳学生、篡改学籍、越级包下工程等，都不是传闻。目前据我所知，证据不下三个。"田悠然看向冯智尧，"智尧说，这些是弟弟女友的家事，不愿提及，更不愿拿这件事当竞争的工具，默默将其掩盖。今天，我不顾他的反对，把这些说出来，只是想给大家多一个选择，这样有家丑的人说出来的话，是否可以相信呢。"

冯氏酒宴有众多宾客，众目睽睽之下，兄弟两个的女伴互相揭短，简直奇葩。

大家带着玩味的目光交错，有胆子大的直接看向冯莫，好奇他会有怎样有趣的反应。

冯智勋站在原地，连半寸都没有挪动。

冯莫则放下红酒杯，脸色不明。

莫子衿一点也不意外，田悠然会拿这件事来对她进行攻击，毕竟这是她最大的软肋。

她出神三秒，转而陡然一震，迅速把声控键关掉，起身离开。

白宇飞再次追上加快脚步的莫子衿："子衿。"

"能送我回学校吗？"莫子衿猛地转身，拉过白宇飞的手。

这时，走廊那头的门霍地被人推开，冯智勋扭头冲她唤道："走，我带你回X大。"

莫子衿没有犹豫地跑向他，伸手牵着他温暖的大手，两人就这样从宴会上奔离。

冯智勋开车，莫子衿坐在副驾驶座上，车窗外的霓虹像起伏的山峦，又像被一片片斩断的烟火，折射在他们的脸上。

莫子衿沉默着，她已经无暇去想自己冲着冯莫应允下来的抢风头，到底起到多少作用，那被挑到尴尬的宴会之后会是什么风向。现在她只知道，随着刚才田悠然并不意外的反击，现在教育局、纪检委的人说不定已经在去X大的路上了。

这些日子，她只顾着自己疗伤，只忙着当刺猬，没有去找过莫连。

或许在潜意识里，她害怕听到父亲真的坦白；怕知道得多，她不敢爆料的内容也越多。

身为最应该勇敢的神秘播报员，她在父亲这件事上，成了最懦弱的隐秘帮凶。

原来她再恨父亲，再看不惯父亲的所作所为，再以为自己和父亲的感情早在这些年的争执和冷漠中磨平殆尽，她还是舍不得他出事的。

莫子衿心乱如麻，冯智勋握上她的手："放心，伯父不会有事的，我已经请了最好的律师，对这件事做过研究和准备，争取给伯父取保候审。如果不行，退而求其次，也希望法官能看在伯父为X大的付出，为X市教育事业做出的贡献和努力，争取减刑。总之，只要有我在，你放心。"

他扭头间，沉淀的微笑像一股暖流，源源不断地传递信心。

莫子衿坚定地点头，明白他是想告诉自己，最好的解决是面对，最好的方式是勇敢。

无论结果如何，他都在她身边。

抵达X大后，莫子衿看到警车停在学校门口，几个公职人员一左一右带着莫连出来。

莫子衿连忙下车，急急两步上前，唤道："爸！"

莫连抬头，看到她。

莫子衿猛地站住，微弱的两处灯光下，莫连站在并不明亮的地方，头发有些乱，有些疲惫。他冲她展露微笑，是努力的强撑，摇头道："我没事，放心，我没事。"

这个时候，他不能说太多。一连两个有点笨拙的"我没事"，在莫子衿听来，显得和之前那个巧舌如簧、体面的父亲都不一样，却格外真实。

莫连被催促着上警车，他越过莫子衿，对冯智勋说道："一定要照顾好子衿。"

冯智勋的手有力地拥过莫子衿的肩，对莫连点头："放心吧，伯父。"

莫子衿眼睁睁看着莫连被押送上车。

警车很快开走。

在夜色里，平静的学校门口，仿佛从来没有发生过刚才的一幕。

莫子衿想哭却哭不出来，她甚至有一种奇怪的轻松感，从心底开始翻涌。

这时，一片阴影越过，莫子衿猛地对上冯智勋亮晶晶的双眼——

"好了，现在我是搞砸宴会，随时还有可能被撤职的富二代，你不再是校长的女儿。我们真是登对……"

莫子衿扑哧咬唇，某人安慰人的方式真是奇葩极了，

冯智勋仗着身高优势，用外衣将她整个圈在怀里："律师会全力以赴地给伯父打官司，伯父出来后就享享清福，钓钓鱼，到时候参加我们的婚礼，也挺好的。"

莫子衿仰头，捶他："谁答应嫁给你了？"

他真是扯得特别远！

冯智勋捂胸口，作势点头："也对，现在说这个早了一点点。现

在我和我哥手里该丢出去的底牌也都丢完了，剩下的就是正面撕了。”

莫子衿抿唇，他说得没错，现在该耍的计谋都耍完了，接下来就是真刀真枪的擂台赛。

“抱歉，明天开始，就会让你看到最丑陋的同室操戈。”冯智勋不好意思地挠挠后脑勺。

他这个动作让她再次扑哧失笑。

“别学接盘侠的招牌动作好吗？真不适合你。”莫子衿嫌弃地翻白眼。

冯智勋挑眉，贱兮兮地把脸凑过来：“老实说，如果真有接盘侠这样的暖男接近你，你会不会动心呢？”

莫子衿斩钉截铁地点头：“会。”

冯智勋的眼睛立刻瞪圆了，不等他醋意爆发，她轻轻地吻上他的脸颊：“因为那个人只会是你啊。”

猝不及防的一波甜，冯智勋表情急转弯，随后霸气地咬上她的唇，宣告主权。

夜色里面没有一颗星星，他们身上还穿着和学校门口并不应景的礼服。

他们的复合快得乱掉节奏，甚至不需要什么特别的仪式，他们的接吻，痛并快乐着。

可是，只有他们自己知道，这一切有多么真实。

宴会后续他们还是通过白宇飞才知道的。

冯莫是见惯风雨的老狐狸，自然不会因为两个儿子的相互揭短就负气离开，扔下整个宴会里的客人不管。

冯智勋走后，冯智尧借口送田悠然回去，也扬长而去。

冯莫像没事人一样，以旁观者的立场上台调侃两个儿子终于长大了，有主见了，自己可以放心退休之类的话，惹得台下的人哈哈大笑。宴会主题重新走向优雅、和谐。

“你们是没看到、没听到那些人聊得热火朝天的嘴脸，我实在是忍不住，就提前回来了。”白宇飞搂着许跳跳，义愤填膺地摆摆手。

莫子衿和冯智勋坐在他们对面，白家别墅里的客厅里从来没这么热闹过，私人成双成对齐聚在此。

冯智勋冷淡戳破道：“你是怕我爸找你麻烦才提前溜走的吧。”

白宇飞挠挠鼻梁，只能冲许跳跳无辜傻笑。

在莫子衿目光的洗礼下，许跳跳被盯得如坐针毡，赔笑地摸了摸自己的肚子，求饶道：“子衿，你就消消气吧，我这……什么都骗你，肚子里有 baby 是真的。你再瞪我，把宝宝给瞪出来，可怎么办啊？”

莫子衿比冯智勋更淡地讥讽回去：“是吗？你现在说的任何话都不值得我相信。”

…………

许跳跳委屈得缩脑袋，白宇飞护犊子似的扯着脖子道：“有什么气冲我来，别吓唬跳跳！不过话说回来了，明明就是为你们复合铺路子，当初这馊主意也是小勋勋你提出来的，凭什么现在冲我们撒气啊？我们这操碎了心，还要白咽委屈？”

冯智勋一记眼神杀，白宇飞把脖子缩了回去，和许跳跳一起做一对鹌鹑，算是把世纪好亲友的招牌坐实了。

把气撒完，莫子衿开始进入正经话题：“言归正传，‘听恋’APP 的事情，你们想到用什么补救方式了吗？”

冯智勋片刻沉默后开口：“小飞飞和我分析了一下，现在的‘听恋’主要是没有新的宣传方式去谈风投。”

白宇飞附和点头，补充道：“虽然我们用语音去对接匹配度，在其他的交友软件里比较小众，但还不够独一无二，特色触到天花板，还不足以展开策划案去谈风投。”

莫子衿点头，现在说来说去，缺的就是创意。

现在想要成功很简单，别出心裁的创意价值千金；现在想要成功也很难，难就难在你可以做到和别人一样好，却很难比别人更好。

莫子衿的眉头不知不觉皱起来，脑海里闪过很多感觉。冯智勋把脑袋凑过去，调皮地抵了一下她的耳朵："好了，不许想了，这是我的烦恼，不是你的。"

莫子衿扭头，倔强回嘴："不是说好从今以后你的就是我的吗？"

白宇飞和许跳跳陡然一震，相互牵手起身："走了走了，我们就不要再在这里掉鸡皮疙瘩了。"

两对情侣相继上楼。

莫子衿和冯智勋躺在房间里的大床上，像那天在体育馆里一样，相对而拥的姿势，和衣而卧。

窗打开着，一小截月光从外边洒进来，风轻轻带起一点白色纱布，像天使柔软的羽翼，房间里静谧得能听到彼此的呼吸声。

莫子衿吐了一口长长的气，觉得压在心头的石头总算是挪开了，接二连三的事都在前一秒如火车压轨，扬长而去。她不必再假装没事，假装坚强。

没有特别轰烈的插足戏码，没有大杀四方的腥风血雨，赢家赢得坚决，输家输得体面。

莫子衿不禁将冯智勋抱紧一些，幸好他还愿意骗她，幸好她还没有转身忘掉他。

一切都还来得及，一切都还是幸好。

"冯智勋，你为什么会喜欢我？"莫子衿忽然想到这个问题，仰头好奇。

冯智勋闭着眼睛，似乎睡着了："不知道。"

莫子衿皱眉，这个答案并不出彩，可是细想一下，才觉得是真实。

她为什么会喜欢他？答案也是不知道。

冯智勋把下巴抵在她的头顶，撒娇地动了动身体："好了，睡吧。你脑袋里的那些问题暂时先放一放。"

莫子衿眨着眼睛，小脾气又滚动了一下："你怎么知道我的脑袋里有哪些问题。"

冯智勋的声音越发低了：“嗯嗯，等我们待够一辈子，你自然就会找到答案了。”

莫子衿愣了两秒，才意识到自己又被情话命中了。

她拍他的背，突然一道闪电击中大脑：“冯智勋，我知道‘听恋’需要加的创意是什么了。”

第二天，冯氏的会议室，莫子衿把自己的想法告诉在座的冯智勋和白宇飞。

“简单来说，我的创意就是把交友软件和游戏结合在一起，而游戏脚本就是我和冯智勋的爱情故事。”莫子衿先概括灵感。

白宇飞摸下巴，捕捉到了一丝噱头：“咦，这个有点意思。”

“听恋”最先由冯智尧先推出去的，很多人会有先入为主的认知。尽管冯智勋挪回正轨，说明自己才是原创者，但怎样才能把用户的认知深刻化？我想利用自身的故事来做媒介，应该是最合适的方式。”莫子衿说到这里，底气不足地看向冯智勋。

冯智勋投以她温暖的鼓励目光：“嗯嗯，继续说下去。”

“可以把我和冯智勋从相识开始的故事，以游戏的方式刺激用户的好奇心，这些交给专业的编辑团队进行操作，提高可玩性。”

白宇飞举手，问到重点：“那这个，怎么和‘听恋’的交友服务结合在一起呢？”

莫子衿竖手指，自信地说道：“每个星期或者每个月都可以选一些人气高的用户玩家，将他们的声音推至 VIP 级别，加入游戏脚本里。比如玩家想要获得 A 的声频，就要充值玩到第几部分；想要和 A 进一步地聊天，就要猜对剧情走向等。而如果已经产生有意向交友聊天的玩家，可以结队选择我和冯智勋的身份，进行极高体验度的游戏对决。”

冯智勋一直默默地听着，嘴角带笑。他轻扣桌面，示意旁边的白宇飞：“看到没有？我家子衿比我更有经商头脑。”

白宇飞点头，诚恳赞扬："你们是双剑合璧的经济侠。"

莫子衿一股脑说完，握了握手："我就是把我想到的说出来，不知道说得对不对，主要决策还是要看你们。"

白宇飞起身给她鼓掌，啧啧称赞："子衿学妹，你阐述的和专业的也没差多少了呀，还懂得结合，提高什么的，是不是为了智勋去对比数据，研究同款产品去了……学长之前一直以为你是空有美貌呢。"

莫子衿何尝听不出话外弦音，微微一笑，道："其实我原本也不怎么懂，只是因为跳跳爱玩游戏。近墨者黑，我多多少少能得到启发而已。"

白宇飞再次败北。

冯智勋意气风发地朝莫子衿走过去，捧过她的脑袋，毫不吝啬地就在她额头上一吻："这个方案我现在就吩咐下去，开始执行。"

莫子衿一愣："你不要再想想？"一般企业在决定一个政策之前，不是要进行评估的吗？莫连在学校发放什么公告之前，都还得召集老师开个会什么的呢。

"不用了。不管是什么方案，都会带着风险，而我们现在要拼的就是速度。"冯智勋说干就干。

莫子衿望着他和白宇飞一起出去，心里不禁涌起一丝甜甜的骄傲和满足。

她能够帮到他，他完全相信她。

莫子衿悄然退出会议室，转身就看到冯智尧站在走廊那端，他点头示意，是在等她。

莫子衿走过去，冯智尧侧身带路："父亲要见你。"

莫子衿原本绷紧的心忽地没了发力的去处，自嘲一笑："我还以为智尧哥是要向我打听智勋的进展呢。"

冯智尧双手插口袋，神情淡然轻松："刚才看你神情轻松地从会议室里出来，我就知道你们想到了对策。不过，谁能保证你们的对策就绝对成功呢，我需要提前破坏吗？"

莫子衿点头，看向前方："说得对，看来我们之间也不用做作地彼此道歉了。"

冯智尧扭头看向她："道歉不用，道谢还是要的。要不是你和弟弟如此坚定，悠然这棵大树也不会给我靠。说起来，我还是要谢你的。"

莫子衿迎上他笑意轻松的眸光，回想起初次见他时，他也是这样的温文儒雅，如一阵春风。可是现下，她觉得他再陌生、遥远不过了："智尧哥，对你来说，财富和权力真的有这么重要吗？田小姐选择你明显是为了报复智勋，她对你并没有感情，你完全不介意？"

冯智尧微微蹙眉，仿佛从来没有考虑过这个问题："财富和权力对每个人来说都很重要，特别是当你需要的时候。"

莫子衿摇头："我不明白，你即便不是冯氏的继承人，也是占有股权的董事。说到底，你还是想和智勋较劲。"

冯智尧从不起波澜的眉眼闪过刺痛的光芒，习惯性上扬的嘴角也僵了片刻。

两人说话间，走到冯莫的办公室前。

冯智尧给莫子衿开门："以后你就会明白现在你不明白的了。莫小姐，请吧。"

莫子衿走进办公室，冯莫依然和上次一样站在窗边。不过上次是夜里，这次是白天，所以她能把他的高处不胜寒看得清楚一些。

而事实上，莫子衿很清楚，她是看不透他的。

这个叱咤风云的商人养育出冯智尧、冯智勋两个截然不同的儿子，心里的算盘拨弄出的结果，不会只有一个目的。

这次，不等他先开口，莫子衿先发制人："冯总找我是想责问，还是想探听呢？"

冯莫扭头一愣，那张写满岁月和沉浮的脸笑出皱褶来，像是听到一个孩子天真的笑话，摆摆手道："呵呵，年轻人就是喜欢自以为是。"

莫子衿微微蹙眉，不知道为什么心里空落落的。

"我找你过来是受人之托。"冯莫往椅子上坐，双手交叠，放在腹部，“智勋和宇飞是朋友，冯家和白家自然是世交。今天我找你，其实是白家的事。”

莫子衿不解：“白家？”

“他们不同意许跳跳入白家，你和许跳跳是好朋友，你明白吗？”冯莫轻微歪头，点到即止。

莫子衿的心无限下沉：“您是想让我去做许跳跳的工作，让她放弃嫁给白宇飞，是这样吗？”

冯莫微笑：“和聪明孩子说话不费力气，你明白就好，这是保护你朋友，减少她受伤害的最好方法。”

莫子衿想了想，说道：“不，白宇飞说过他会解决，而且他好像已经解……”

不等她说完，冯莫又笑了：“莫小姐，你的父亲已经被查办，但有智勋帮忙，他能出来这不必担心。可你现在的身份，完全配不上我儿子，之所以能留在智勋身边，是我默许的，你明白吗？”

莫子衿明白，可她不想要这样明白，如果可以，她现在恨不得把白宇飞从百忙之中揪过来狠狠地揍一顿：“可是跳跳已经怀孕了。”

“怀孕？”冯莫冷哼，脸上的寒意越发加重，“看来她连你这个好朋友都骗了。”

莫子衿看着冯莫从抽屉里拿出一张黑乎乎的纸递过来：“会是这个吗？”

莫子衿定睛一看，那上边是怀孕 B 超单。

“她是问医生买的这个，还以为天衣无缝呢。”冯莫对于许跳跳拙劣的欺骗手段十分不屑。

莫子衿怔然，许跳跳连有孩子也是假的吗？

为什么？为了留住白宇飞吗？

不对，这说不通。

“不可能……我怎么知道不是你在骗我？”莫子衿摇摇头，瞪向冯莫。

冯莫并不急于抢白，而是把B超单拍在桌上："其实她是真的怀孕还是假的怀孕，并不重要，重要的是，她如果一意孤行，我可以让她成为违反校规、未婚先孕的狼狈女孩。别说声名扫地，她就连学籍都保不住。作为她最好的朋友，你一定不愿意看到她这样吧。"

"好好想想，怎样才是对你朋友最好的。"冯莫说得滴水不漏，最先说的受人之托，分明有他自己的计量在。

莫子衿哑然失笑，看来还是她太天真，以为一切都在前往美好的方向。可是被塞了一个重重的包袱，她丢不得，必须负重前行。

"我听明白了，谢谢冯总告知。"

莫子衿转身的同时听到冯莫嘱咐："我相信你会把这件小事处理好的。"

她离开办公室后，看到冯智尧还在门口等着。

莫子衿径直问冯智尧："这件事为什么要冯伯父开口，白家为什么不自己直接去找许跳跳？为什么一定要由我来办？"

她的气恼满满当当地挂在脸上，直逼冯智尧。冯智尧静静地说一句："相信你能处理好，保护朋友不受伤害，保得白家不受牵连。"

莫子衿颓然低头，她原本就没期待从他这里会真的得到答案。她只是觉得憋屈，好不容易爬上岸，没享受过几刻轻松，就又被拉回去沉浮。不受伤害？哼，她手里明明拿着一把刀。

莫子衿出神间，手机响了，是冯智勋发来了微信：今天做方案会做到很晚，乖，你先回学校。

莫子衿把手机收起，听到冯智尧问："要我送你回学校吗？"

"不用，我想先去看看爸爸。"莫子衿拒绝冯智尧后，快步往前走去。

走进电梯，莫子衿望着数字版上的数字不断变小，心也跟着不断变窄。手机一直在响，她却不敢看来电显示。

出了电梯，莫子衿穿过大厅，听到秦竹天的声音："子衿。"

她扭头，秦竹天拿着手机走向她："怎么一直不接电话？"

莫子衿这才缓过神，刚才是他打来的："啊……电梯里信号不好，就想着出来给你回。"

秦竹天没多想，收起手机问："我要去看校长，你要一起去吗？"

莫子衿点点头，想了想，纠正道："他已经不是校长了。"

两人走出玻璃旋转门，刺眼的阳光让远处的喷水池的水像白日的焰火。

秦竹天拦出租车，开车门："不管怎样，他在我心里永远是 X 大的校长。"

秦竹天上车后跟司机说去警局时，司机从后视镜里看了一眼后座，似乎认出莫子衿来。

莫子衿懒得理司机的目光，看向秦竹天："智勋说手里有你进他办公室的视频，是真的吗？"

秦竹天点头："嗯嗯。"

他想去办公室把关于校长的实锤证据偷出来销毁掉，不想冯智勋就像跟守株待兔一样，早早地等着他了。

莫子衿捂住额头："就算你把冯智勋那儿的拿走了，田悠然那边还有呢。"

"那时候我还不知道他们两个已经分道扬镳了呀。"秦竹天给她整理时间线，他是被冯智勋告知，才知道那么做是毫无意义的。

莫子衿还是觉得秦竹天是犯傻："你知不知道，你这么做是拿自己在冒险？万一智勋真的把你交给……"

"只要莫校长没事，你没事，我怎么样都好。"秦竹天笑笑，眉眼里的温和始终藏着一份守护的坚定。正如他所说，在他的心里，她和校长就是一切。

莫子衿不知道该说些什么，她低头抿唇道："爸爸一直都很以你为傲，有你这个学生是他的福气。"

出租车停到警局门口，秦竹天付了车钱。

莫子衿直勾勾地盯着门口，却不敢进去。那气派的门口，冰冷的警车都让她忍不住联想到莫连。

秦竹天轻拍莫子衿肩："来，走吧。"

办理见面手续，和警官打听情况，一直都是秦竹天，莫子衿静静地站在一旁听着，直到来到会面室。

秦竹天给她开门，示意她进去："只有十分钟的见面时间，抓紧。"

莫子衿点头，迈进封闭狭小的房间，就这样看到坐在椅子上，双手戴着手铐的莫连。

他身上穿着一件深蓝色的衬衫，领口的纽扣解开了两颗，头发没有用啫喱水，显得蓬松而凌乱。他从靠坐的椅子上努力挺直腰板，试图装得精神的样子反而显得更加疲惫："子衿，你来了。"

莫子衿鼻子发酸，见过他的意气风发，如今见到他的憔悴不堪，最先的两分钟，她只剩下沉默和平复情绪。

莫子衿压抑着嗓子里的泛酸，唤了一声："爸。"

莫连点点头。

莫子衿上前拉过椅子坐下，隔着一张桌子，莫连手上的手铐看得更加清晰，而才过几天，他脸上就多了几道皱纹。

莫子衿握过他的手："爸，智勋请了最好的律师，一定能保你出去的，你放心。"

莫连点头。"我知道，律师已经跟我谈过了。"他顿了一下，苦涩一笑，"子衿，爸栽了，是不是给你带来了不小的影响。"

莫子衿还没说话。

莫连又用力点头："幸好，你和冯大公子还能在一起，没受爸爸连累。"

莫子衿垂眸，这话若是放在从前她会本能地反感，他是从利益角度发出的关心。不过现在，她明白他是真心为她高兴。

"爸，你别多想了，只要你能安全地出去，其他的什么都不重要。"莫子衿拍拍他的手背，"X 大的校长你做了一辈子，该放下这个担子休息休息了，以后你养花养鱼，休息休息，嗯？"

莫连浑浊的眼里淡淡地透着对过往的怀念，他盯着一个地方点点头，仿佛那里是之前他作为 X 大校长的终结点。

一进一出，意味着他要和校长身份做告别，莫子衿明白他有多不舍。她努力地握握他的手，想用行动告诉父亲，她会一直陪在左右。

“爸，竹天也来看你了。”莫子衿想要把余下的一点时间交给秦竹天，不想莫连却摇摇头说道，“不必了，你们都回去吧。”

莫子衿起身走到门口，秦竹天探头进来，看到莫连伸手捂住脸，冲他们摆摆手。

莫子衿抿唇，最后嘱咐他：“爸，照顾好自己。”

探视时间结束，莫子衿和秦竹天走出警局。浓厚的云层遮住阳光，视野里的一切都进入冷色调。

两人一时无话，过了一会儿，秦竹天失落地问：“校长会不会一直都不肯见我了。”

莫子衿没回答。

“没事，我一定会等到校长放下心结的那天。”秦竹天叹了口气，又说道，“我送你回学校吧。”

莫子衿朝他挤笑：“不用了，我自己回吧。”说着她转身，沿着人行道的最里边一直往前走。

盯着脚下的横纹路砖，莫子衿加快了步伐。

莫连现在无颜面对秦竹天，但等他出来，他还是要见的。

那么，她也是如此吧，害怕见到许跳跳，却终归是要面对许跳跳的。

事情只有做和不做，没有拖着就会消失不见。

想到这里，莫子衿奔跑起来，给许跳跳打了电话：“跳跳，你在哪儿？我想见你。”

X 大附近的小吃街，莫子衿选了许跳跳最喜欢的烤肉店。挨着玻璃窗的卡座，莫子衿扶许跳跳往椅子上坐。

许跳跳欢喜地摆手：“哎呀，我现在还没显怀呢，你不用这么紧张。来，来，坐坐坐。”

莫子衿在许跳跳对面坐下，许跳跳竖起桌上的菜单，兴致勃勃地扫视，然后问她要不要点个双人套餐。

莫子衿微笑：“你喜欢就好，今天你说了算。”

许跳跳打响指，让服务生过来，点了双人套餐，外加泡菜香锅、麻辣海带丝两份，还有三碗饭，她不好意思地摸摸肚子：“最近特别想吃辣的。”

莫子衿的视线不得不移到许跳跳的肚子上，那个位置上正好有一只小海豚仰着脖子，仿佛肚子里真的有一个小生命在冲她招手。

冯莫的话浮现在耳边挥散不去，莫子衿艰难地挪开视线，给许跳跳倒水。

许跳跳狡黠地将莫子衿打量：“咦咦咦，好好的，为什么突然要请我吃饭呀？”

莫子衿给自己倒水：“没什么，就是想谢谢你。”

“谢我骗了你，让你和冯大公子重新一起了？”许跳跳眨巴眼睛，脑海里迅速盘算一遍，“不对呀，你不继续挤对我就不错了，还谢我？”

莫子衿只好又说：“今天开始，冯智勋和白宇飞都会忙着‘听恋’的事。”

许跳跳眼珠转一圈：“白宇飞特意叫你这么做的？哼，别以为他这样，我就会原谅他没及时回我微信！”

快要晚餐时段，学生们陆续地推门进来，门上边的铃铛摇曳着发出清脆的声音，别桌的人已经开始烧烤，发出刺啦刺啦的声音。

莫子衿把服务生端上来的小菜推到许跳跳面前：“好朋友请吃饭，需要什么特别理由吗？”

许跳跳咬筷子：“是不需要什么特别理由啦，不过，我怎么觉得你有点怪怪的？”

莫子衿垂眸，为难开口。

“是不是又和冯大公子吵架了呀？”许跳跳见莫子衿一副欲言又

止的样子，以为自己猜对了，无语叹气，“你们能不能学学我和宇飞？吵架不过三秒就和好了。哎哎，你还记不记得，我还是因为你，才和白宇飞勾搭上的？怎么现在我们都要结婚了，你们还在那儿磨叽呢？”

“跳跳！”许跳跳巴拉巴拉说了一堆，还要进行深刻教育时，莫子衿及时喊住她，“你放弃吧。”

许跳跳一时没回过神来：“嗯嗯？什么？”

“你真的怀孕了吗？”莫子衿直勾勾地盯着许跳跳，不放过她最真实的表情。

许跳跳显然没意识到莫子衿突然问这个问题，尴尬地扯扯嘴角：“当然啊……怎么这么问。”

“白宇飞，你放弃吧。”莫子衿心跳漏拍的瞬间，把这句话说了出来。很奇怪，她以为最艰难的是开口之前，可是说出这句话时，她是麻木的，因为这句话在心里准备了无数遍。

真正艰难的，是冰山裂开口子后的崩裂。

她对上许跳跳呆住的目光，心一点点缩紧。

许跳跳还是没反应过来，嘴角扯了一下：“子衿，你到底在说什么啊……”

烤肉店越发热闹，又进来了几桌人，烧烤声此起彼伏，服务生在过道上频繁地来回。

莫子衿缩紧的心仿佛也置在滚烫的烤肉铁架上。她拿起水杯，抿上一大口：“跳跳，利用怀孕强行留住白宇飞并进入白家，并不是什么好办法。”

许跳跳终于听清，她的错愕跟直升机一样停在半空中。

“莫子衿，你是不是疯了？你到底在说什么？”说着她伸手拽过莫子衿的手，“走走走，我们不吃饭了，我带你去医院。”

莫子衿反手拉住许跳跳，按着她坐下：“我没疯，也没病。跳跳，你知不知道你这样说谎，是会害到自己的？！”

许跳跳的眸子里闪过一丝刺痛，拼命地抽回自己的手：“你爸爸现在已经不是X大校长了，还因为贪污被关进去革职查办，这件事闹得沸沸扬扬，众人皆知。你都可以继续和冯智勋在一起，为什么我不行呢？”

莫子衿心下一凉，许跳跳反击得没错。原来在旁人看来，不，哪怕是在最好的朋友眼里，她的处境如是。

“是白宇飞让你跟我说的吗？我要问他！”许跳跳慌不择路地拿起手机，要给白宇飞打电话，却被莫子衿夺过手机扔进了水杯里。

“莫子衿！”许跳跳尖叫着，倏地给莫子衿一巴掌。

烤肉店里的所有人霎时看过来，莫子衿只觉得脸上火辣辣的。

不过看热闹的人也只是注视了几秒，随后又继续专注自己的，不需要太多臆测，就能轻易勾画出两个女生的争吵是为了什么事。

许跳跳从愤怒中回神，难以置信地看着自己的手，“对……真的对不起。”

她上打天，下打地，还会打抱不平地打几个“绿茶婊”，可她从来没有想过会打自己的好朋友。然而坐在她对面的莫子衿，太不像是平常的莫子衿了，让她无法思考，只能出于本能。

莫子衿看向许跳跳，左半边脸是麻木的，心跟着平静下来，窒息的感觉竟因这巴掌舒适了不少。她平静地说：“不是白宇飞让我说的，是我自己想跟你说。跳跳，你现在回头，还来得及。”

许跳跳咽口水，嘴角都在颤抖。她紧紧地贴着卡座椅背，努力地想攥点什么，却只能攥紧拳头：“不可能，我跟宇飞说我有了的时候，他虽然震惊，但还是很开心的……”

“是，他是给过你承诺。”莫子衿没有连这个也否认，而是说道，“可那只他一个人的承诺。”

“跳跳，你不能故意忽略他背后的整个白家。”莫子衿握过许跳跳的手，一字一句地说，“趁怀孕是假的，现在你主动放弃还来得及。我不想你受到伤害，你明白吗？”

许跳跳那黑白分明的眸子，直勾勾地盯着她，像是要直达她的心底。半晌，她惨白的嘴唇扯出一个难看的弧度：“我知道了，你是来劝我自动放弃的，放弃我的幸福。”

“不，跳跳，如果可以，我一定不会这么做。我……”

莫子衿试图解释，但被许跳跳打断了：“我知道，你是为了我好。”

许跳跳缩回手，整个人缩在隐忍的尘埃里。她像是突然泯灭的火焰，让人分辨不清到底是熄灭了，还是在等待下一轮的复明。

莫子衿被她的沉默给吓到了……

许跳跳忽然间懂事，相比刚才的巴掌，太让人不安。

莫子衿还想说什么时，许跳跳拿过水杯里的手机，起身：“看来这顿饭不能陪你吃了，我先走了。”

这时，服务生端着一大盘子肉走了过来。

莫子衿见状，跟着起身：“我送你回去。”

只听许跳跳越过她，声音哑然，几近哀求：“别跟过来，求你。”

莫子衿定定地站着，服务生把肉放到桌上问：“要给你们点火吗？”

莫子衿扭头望着许跳跳方才坐过的位置，脑海中回放着她刚才的笑，刚才的每一记眼神，还有她肚子上的小海豚，心里五味杂陈。

就在这时，门外突然传来了刺耳的刹车声，然后就是此起彼伏的尖叫声！

莫子衿一个激灵，快步跑出去，推开厚重的玻璃门往外一看。马路上有一辆急刹的面包车，司机从车上下来对着空气诟骂着。

莫子衿提到嗓子眼的一颗心缓缓归位，可是路上是茫茫疾驰的车辆，不见许跳跳的踪影，她再次陷入迷惘。

另一边，离马路不远的街道上，许跳跳被秦竹天紧紧拉着。

“放手！你放手啊！”许跳跳情绪激动地甩开秦竹天的手。

秦竹天很生气地瞪她：“我放手了你想怎么样？又在大马路上发神经？！”

“关你什么事？”许跳跳冷哼，“你管好莫子衿就好了，管我干什么。”

“难道孩子你不要了？”秦竹天对她如此异常的反应感到奇怪，敏感地捕捉到这件事和莫子衿有关，“你和子衿吵架了？”

“莫子衿要打掉我的孩子，要我离开白宇飞，你满意了？”许跳跳一步跃到秦竹天跟前，盯着他那张写满喜欢莫子衿的脸，她就觉得生气，觉得前所未有的厌烦！“秦竹天，你喜欢的女孩是为了自己的幸福，可以不顾朋友，可以这么残忍的人，你没想到吧？”

秦竹天皱眉，本能地反驳：“子衿不是这样的人。”

许跳跳原本说这些是气话，哪怕秦竹天先问一句“怎么会这样”或者“到底怎么回事”，不是一上来就是替莫子衿说话，她对莫子衿都不会有这样极端的想法。

后来，死里逃生的秦竹天不知道此刻他间接做了许跳跳黑化的帮凶。而莫子衿更不会知道，当下的许跳跳有多想，哪怕是一个人站在她的身边，而不是全世界站在她的对立面。

“为什么，为什么你们对莫子衿都这么死心塌地？为什么她可以获得幸福，我却不行呢？”许跳跳怒极反笑，一连困惑。

秦竹天见她格外反常，便说：“你不要这么激动。我想你和子衿有误会，走，回去大家把话说清楚。”

许跳跳再次甩开他的手。

“学长，有误会的人是你。她都已经和冯智勋在一起了，你还把她放在心上。”许跳跳沉着脸，带着愠怒的眼眸瞟了一眼秦竹天，飞快地往前走去。

秦竹天感觉不对，拦住她：“许跳跳，你到底想干什么？”

“我不要你管！你走开！”

“喂，你小心点，这里是马路，别这么激动！”

“我说了我不要你管！你去管你的莫子衿好了，你管我干什么？！”许跳跳越说越激动，开始大步往马路中间走去。

“许跳跳，你别发疯了！”

“你放开我！放开！”

许跳跳激动地要往马路上冲，这时有一辆白色面包车开了过来。

说时迟，那时快，秦竹天伸手飞快地拽过她，一个惯性，他的身体擦到了面包车的后视镜。由于冲击力巨大，秦竹天摔倒在地，头重重地磕到了一旁的铁栏杆上。

几分钟后，莫子衿赶到医院。

她定定地望着抢救室的门，胸口窒息，一阵阵发疼。许跳跳呆呆地站在长椅旁，满手是血，瞳孔里是深深的震撼，不停地低声重复："我不是故意的，不是故意的……"

这个突发状况像是最后一根稻草压垮了莫子衿的神经，她特别安静地站在那儿，忘记了哭，忘记了崩溃。

她甚至无法思考秦竹天为什么会出现在那里，许跳跳那句"不是故意的"又到底是什么意思。

"发生什么事了？"莫子衿屏住呼吸走到六神无主的许跳跳面前，"跳跳，你告诉我，到底发生什么事了？"

许跳跳瞪着莫子衿，一个字都说不出来，可是瞪着瞪着，她的眼神也跟着黯淡了下去。

她没想过会变成这样。

那时，她是真的很生气，她被刺痛得不像是自己。她对秦竹天放的那些狠话，只是情绪被架到了高点。可是不明真相的秦竹天，为了保护她和她肚子里所谓的"孩子"受了伤。

是她不好，都是她的错……秦竹天是无辜的……

"你说话呀！你为什么不说话？！"莫子衿被许跳跳的沉默激怒，扳过她的双肩，"你有什么气，你就冲着我来！"

"你放手！"

"子衿，你别这样。"冯智勋也赶到医院，分开了情绪激动的两人，"这里是医院，你们这样帮不了秦竹天。"

抢救室的灯格外刺眼，昔日最好的朋友如今愤愤相对，世事变化得太快，太惨烈。

冯智勋轻叹了口气，将莫子衿拉到一旁，让她告诉自己到底发生了什么事。

并把这件事通知给了白宇飞。

这下纸包不住火，该迸发的都要迸发。

“现在你可以告诉我，你和许跳跳两个人是怎么回事吗？”他灼灼的目光在期待她的答案，莫子衿张了张嘴，却没有答案。

她不能把冯莫的威胁说出来，不能再添乱，她左右为难，眼泪从眼角落下。

“好吧。”冯智勋心疼地将莫子衿的头搂在怀里，他眼睁睁看着她接受这一系列的暴击，却不能替她分担，也是跟着六神无主，无所适从。

莫子衿不敢靠，她推开冯智勋：“我没事，我没事，竹天肯定也会没事的……”

她不停地问自己，为什么会弄成这样？一切像火车失控了！冯莫强塞给她的任务，她艰难地执行。不过是想要保护许跳跳，可现在……

冯智勋扳过莫子衿的肩，看着她不知道该哭还是该笑、词不达意的样子，说道：“这不是你的错！莫子衿，你别这样！”

“这都是我造成的！如果我不去找跳跳，让她放弃白宇飞……”

如果不是许跳跳生气地跑出去，后面那么多事都不会发生！

如果不是因为她不站在许跳跳的立场想，她们的友情就不会有这么大的裂缝！

太多的如果，莫子衿愧疚极了，一张口嗓子就哑了，大抵是强忍了更多没有流出的泪，才变成这样。她疲惫地看着冯智勋，接下来一个字都说不出来了，几乎要晕厥过去。

冯智勋把她抱在怀里。他也恨，恨极了现在说什么都是苍白的。他只想让她明白，他一直都在：“好了好了，一切都会过去的，有我在你别怕，你什么都别怕。”

莫子衿死死地盯着抢救室的门，拼命咬唇，把嘴唇咬破，舔着那咸味的液体，一遍遍地告诉自己：现在悲伤，她还没有资格。

不知道过了多久，抢救室的门终于打开，医生走出来。

莫子衿屏息上前，问秦竹天怎么样了。

医生看了一眼莫子衿，把口罩拿下来："病人撞到铁栏杆上，受伤的位置是偏后脑的部位，所以挺严重的。不过病人暂时算是度过危险期了，后续再看吧。"

莫子衿张了张嘴，一时不知道该说些什么。

冯智勋帮忙答谢医生，扶莫子衿在长椅上坐下："你看，秦竹天没事了，许跳跳也会没事的。"

护士们将秦竹天推出来，他戴着呼吸器，沉沉地睡在那里。莫子衿不敢相信，几个小时前他还和她一起去局里看过父亲，还是好好的一个人，现在就变成了随时都会有危险的病体。

真正看到这一幕，还是架不住这视线冲击。

莫子衿起身，跟随护士将秦竹天送到病房。

冯智勋翻找通讯录："我会叫认识的医生过来，给秦竹天再做一个全面会诊，确保他得到最好的治疗。"

莫子衿点点头，退出病房，站在走廊里，看到闻讯赶来的白宇飞。

白宇飞站在走廊那头，头顶的灯光将他的身影拖得很长，像厚重的枷锁将他禁锢在原地。

他应该是从公司那边跑过来的，刘海盖住他的眉眼，让人看不清神情。他身上的西装滑落至手臂处，里边的卫衣往右边歪，清晰可见因为大口喘气在颤抖的脖颈。

白宇飞朝她走过来，问："跳跳呢？"

他的头发还附着夜风，那黝黑的瞳孔里隐着分辨不清的愤怒。

莫子衿刚想回答，越过他看到了从手术室那边走过来的许跳跳。

白宇飞扭头，径直走向许跳跳。他一把拉过她："走，我带你去查一下。"

许跳跳下意识地往后退："我没事。"

"你受到了惊吓，怀孕三个月不到还是去查一下比较好。"白宇飞说着就要拉她走。

许跳跳推开他的手："我根本就没怀孕，我是骗你的。那天，我把你灌醉以后你就只是睡着了，我们根本就什么都没发生。"

"那避孕棒和怀孕诊断书是怎么回事？"

"是我自己提前准备的，要说谎，总得一切做周全不是？"许跳跳苦笑出声。

白宇飞就这么站着，脸上的愠怒仍在，担心多过于愠怒。

许跳跳说谎后不止一次想过到时候要怎么解释，现在白家的长辈坐不住了，秦竹天受伤，她也瞒不住了。说出口的那一瞬间，她突然觉得轻松了："我只是想你和我的关系尽快定下来。白宇飞，对不起。"

"你就这么不相信我？要用这种谎话来达到目的？"

"你不也骗了我？你说你的家人会接受我的，可是现在呢？"许跳跳冷笑。

走廊上，三个人都沉默着，静默的空气像是被烧灼了一样。

莫子衿鼓足勇气说道："是我找跳跳去烧烤店吃肉，跳跳跑出去……是我没照顾好跳跳，都是我的错，你要怪就怪我吧。"

白宇飞定定地看向莫子衿："为什么你约她吃饭，为什么救她的人是秦竹天？还是说，你也知道许跳跳在孩子的事情上说了谎，连着一起骗我？"

这时，经过的护士反感瞪眼："这里是医院，请不要大声喧哗！"

三人六目相对，谈话中断。

莫子衿架在他的质问之上，心一阵阵地疼，百口莫辩。

白宇飞深吸一口气，看了一眼冯智勋，转身离开。

许跳跳难过地喊白宇飞，但在追上一段后，她猛地驻足，掩面哭泣。

莫子衿望着面前的一切，白宇飞和许跳跳以这种方式分崩离析，达到了冯莫的意图，可是拿的是她伸出的刀。

冯智勋去买咖啡，和莫子衿在秦竹天病房外的长椅上坐下。他把咖啡握在手里，让她的头靠在他的肩上，没有开口问一句。

莫子衿静静地望着门口，护士不时地推着药车飞快地经过，耳边是医院里的忙碌声。她说："以后我没脸再见秦竹天、许跳跳，还有白宇飞了。"

"怎么会。"

"我欠他们的，这辈子都会还不清。"

冯智勋牵她的手："我陪你一起还。"

"你还记得你提的建议吗？'听恋'里要加入我们的故事，所以不管是好的还是坏的，都是我们两个人的。今晚的这一切，你就当作是……故事的高潮，或是转折。千帆过尽，或许是柳暗花明又一村呢？"

莫子衿凄凄勾唇："智勋，谢谢你这样骗我。"

冯智勋忽地低头吻住她的额头："这一次，我希望是真的。"

希望是真的柳暗花明又一村，这样才能将你的微笑失而又复得。

冯智勋的手机一直在响，莫子衿便催促冯智勋先回去休息，明天带些吃的回来，来换她。

她一个人守在秦竹天的病床边，不知道许跳跳是什么时候回来了。

"莫子衿。"

许跳跳推开门，逆着光，身影被拖长到门口，整个人嵌在光里，看不清是什么神情。

"跳跳。"莫子衿轻轻地唤道。

"竹天学长怎么样了？"许跳跳走到床尾，大大的眼睛失去了神采，布满血丝。不过是几个钟头的工夫，她仿佛沧桑了几个年头。

"他度过了危险期，现在在病房里。医生说因为撞到铁栏杆的位置是后脑，所以要好好观察。"莫子衿如实回答。

“是我害了他。”

病房里只剩下她们两个，许跳跳低沉而清晰的五个字像炸弹一样炸开了平静。

莫子衿怔住了地望向她。

“是我害了他。”许跳跳重复道，“他是以为我肚子里有孩子，所以那么奋力地保护我。”

从烤肉店里出来时，她的心里如同魔鬼在乱舞。当她来到马路中间，看到疾驰而来的车子时，突然就魔怔了一般站着不动，有一个念头冒出来，就再也按压不回：如果不能和白宇飞在一起，还不如死了算了。

可是当真的车子开过来时，她又害怕地避开了。

秦竹天突然冒出来拉她离开时，她心里的愤怒和邪恶瞬时爆发。

为什么莫子衿劝她放弃白宇飞，而莫子衿有冯智勋和秦竹天两个人呵护呢？

“就算只是你一个人，竹天也会奋力救你的。”莫子衿摇头。

“是我拿孩子的事逼宇飞，我知道他承受着很大的压力，可是我秉着私心视而不见。你说得对，我和他之间有太多不可能，他不只是气我骗他怀孕的事，他更是气我不相信他。”许跳跳左右手交叉，颤抖地互相抠着。她浑身战栗，笑像在哭，又像在自嘲，“子衿，你成功了，我和他分手了。”

莫子衿起身，走到许跳跳跟前，伸手想去握她的手，但指尖在触到她冰冷的手背，便僵硬缩回：“对不起。”

许跳跳勾唇一笑，盯着天花板：“你对不起什么？是我撒谎说怀孕，是我害竹天学长受伤的。是我奢望了不该奢望的，是我痴心妄想，是我以为……我可以成为第二个你。”

莫子衿准备好了被许跳跳出言责怪，准备好了许跳跳说出最狠、最残忍的话。

可是什么都没有，甚至许跳跳反问她为何道歉的话中没有一丝半点的讥讽。

莫子衿握住许跳跳冰凉的手，一晚上咬紧的嘴唇艰难地开启：“跳跳，我知道我现在说什么都没办法弥补给你造成的伤害。可是你别这样，你可以骂我的，你可以……”

许跳跳轻声打断莫子衿：“不，我知道的，你是为我好。”

不，我知道的，你是为我好。

我知道的，你是为我好。

你是……为我好。

像之前无数次两人为了什么小事吵架，她总是主动和好，然后撒娇地放下身段，体贴地赠予台阶那样。

曾经的包容，在当下她消瘦的脸上再次出现，像一把利剑猛然刺穿莫子衿的心。

她再也不是之前的许跳跳，会说出之前不会说的话，会有之前不会有的狠绝。

付出血的成长，往往失了颜色，亦失了欢愉。

病房里的气氛再次降到冰点。

可是这一次，莫子衿总觉得哪里是不一样的。

许跳跳坚持留下来照顾秦竹天，莫子衿觉得许跳跳是想要一个人待一会儿，便下了楼，准备回学校拿一些换洗的衣服过来。

莫子衿到了楼下，听到一辆车冲她鸣笛。

她扭头，看到白宇飞坐在车里，她走过去坐上车。

白宇飞静静地看着前方，紧皱的眉眼下，一双眼睛沉默而冰冷。

在强大的冰冷气压下，莫子衿先开口说道：“跳跳不该说谎，她只是……太喜欢你了。”

“你是想让我原谅她？”

“不。”莫子衿痛苦而又矛盾，“我是想让你别再找她。”

白宇飞把油门踩到最低，随着两边的树飞速后退，离合器的声音轰鸣，让人阵阵心跳。

莫子衿能清晰地感觉到车身一度是悬浮的，她脸色苍白地说："我想保护跳跳。"

"这就是你保护的结果？你跑去找跳跳，让她和我分手？！单方面决定让我退出！"白宇飞倒吸一口气，修长的手指攥紧方向盘指节发白，"我已经知道了，冯莫找你当说客，而我却是最后一个知道真相的人！"

这时，车子已经开出市中心，并没有朝X大去。

"你可以先过来告诉我的，你为什么不说？冯莫到底给了你什么好处！"

莫子衿被白宇飞的这句话刺痛了，他和白宇飞虽然算不上多少深的交情，但到底也是在油画室里谈心过。

"你是这样想我的？为了好处拆散你和跳跳？"

"不然，我想不到冯莫找你当说客的理由，我也想不到你要蹚这趟浑水的理由。"他的声音越发深沉，车子加速。

莫子衿的心无限展开，任凭大风像刀子一样刮过，她已经麻木到感觉不到疼痛："我知道现在说什么都没用，可是请你相信，如果有重来的可能，我一定不会让这样的事情发生。"

白宇飞冷笑："不会让这样的事发生？莫子衿，从你决定去找许跳跳谈开始，你就预想到了结果！"

莫子衿可以理解白宇飞此时此刻的心情，可是他的咄咄逼人也让她藏在内心深处的一些话不得不全部倒出来："当初我就警告过你，如果不能给许跳跳一个确定的未来，就趁早断了，不要给她希望，难道你真的不知道，你的家人是不会轻易接受跳跳的吗？"

话音未落，她被重重地弹回椅背上。只见白宇飞压眉，用油门宣泄着愤怒和焦灼，在公路上几乎像一头失控的狼。

就在莫子衿不知道该怎么阻止白宇飞时，突然有一辆车子从后边撞了上来。

两人被惯性甩向前边，莫子衿被安全带勒得生疼。她看向后视镜，是冯智勋！

白宇飞也发现了冯智勋，他变向左车道，加快速度，想要甩掉冯智勋。

但冯智勋后来者居上，将车径直开上来，和白宇飞并驾齐驱，摇下车窗喊道："宇飞，你疯了！快停下！"

白宇飞就像没听到一样直视前方，黝黑的眸子里冉冉怒火。

冯智勋的鸣笛声也无济于事，在夜空里随风湮灭。

就这样，两辆跑车在盘旋的马路上，咬得很紧，充满杀气。公路上其他车辆好几次都差点要撞上，擦身而过又随时会在下一秒崩塌。

莫子衿透过车窗，看着近在咫尺却无法触碰的冯智勋，眉眼无助而哀伤。想到在医院的时候，冯智勋寸步不离，她要去看许跳跳的时候，他也坚持要一起去，他大抵是担心白宇飞会失控，会做出伤害她的事情，所以才如此紧张吧。

可智勋啊，这是我必然要承受的，如果逃脱不开，我就要勇敢地去面对。

莫子衿缓缓勾唇，向冯智勋展露下定决心的微笑。

冯智勋察觉到她的异常，意识到她想要干什么，拼命拍打车窗，大声喊她的名字，喝止她不要这样。

就在莫子衿准备扑身抢白宇飞的方向盘时，白宇飞猛踩刹车，把车子停下了。

莫子衿怔住了，转头看向他。

冯智勋赶忙下车，第一时间把莫子衿从车子里拉出来："子衿，你没事吧？"

他气急败坏地把白宇飞从驾驶座拉出来，抡起拳头就要过去，却被莫子衿拉住："智勋，不要。"

白宇飞一言不发，转身坐回车子里，发动车子。

冯智勋警惕地把莫子衿拉到身后，只见白宇飞倒退，毫不犹豫地把他的车子给撞到山脚边碾压后，开走。

“这个疯子！”冯智勋无奈地对着空气踹了一下。

“算了，他需要一些时间。”莫子衿轻拍他的肩，表示理解。

就这样，白宇飞把他们的车子撞得不能再开，将他们两个人直接扔在了公路上。

夜色茫茫下，莫子衿和冯智勋的身影格外渺小，顺着道路一旁，慢慢地走着。

不时有车子经过，借着远光灯能看清脚下的路一些，车子过去后，路面又陷入了黑暗中。他们边走边试着拦车，看是车子只是优雅而利落地经过，没有人肯为他们停下来。

公路右边是绵延的山，左边是凶险陡峭的山坡。冯智勋紧紧地牵着莫子衿，自己走在外边。

“这样的夜色漫步，应该会记忆犹新吧。”莫子衿苦中作乐地笑。

经过白宇飞这么疯狂一闹，她沉甸甸的心情好了很多。她看向冯智勋温热的手，安慰自己说，事情没有那么糟。

至少现在，冯智勋还在身边，她也还在冯智勋身边。

“不是应该，是绝对。”冯智勋附和地点头，“黑漆漆的，四下无人，说不定还从哪儿跑出一条蛇来。”

“你怕蛇吗？”莫子衿听到蛇，心头已经发凉，但还是强装镇定地扭头看他。

冯智勋突然驻足，脸色故意有些奇怪：“怕啊。”

莫子衿微微皱眉，顺着他僵硬的挤眉弄眼往下看，真的看到冯智勋脚底踩着一条长的圆柱形物体。

“啊！”不等他们仔细分辨，莫子衿吓得往旁边一跳，脚下一滑，整个人失重往旁边的山坡偏。

“哎，子衿！”

下一秒，她只感觉无数枝条和疼痛滚筒式地包裹着自己，不住地往下。

…………

有一道很强的白光，慢慢地，镜头里出现一个年迈老头，他正在询问大家手里的食物是否还要吃。

一帮年轻白人的到来打破了和谐的画面，他们把吃了一半的汉堡用纸包裹好当垃圾扔向老头，还有鸡蛋，还有法国面包棍等。

老头先是震惊，随后目光满是哀伤地想离开，可他们不依不饶，拿老头当着靶子撒泼得越发欢快。

莫子衿正想要冲上去，一个亚裔男生抢先一步，单枪匹马地走向战地，似乎没有帮手。

莫子衿心下一沉，暗暗替他捏把汗。

只见那个亚裔男生掏出一沓钱，和他们说了什么，又指了指那个老头。

那群上一秒还跃跃欲试、摩拳擦掌的白人突然变成了温顺宝宝，纷纷走向那个老头，然后把地上的垃圾捡起来，一边给老头擦脸，一边不停地道歉。

男生满意地点头，将手里的钞票霍地扔到天上变成了钞票雨，惹得其他人纷纷涌过来加入捡钱大军。

男生一抬头，恰好和对面的莫子衿四目相对。

"你一直在拍我？"男生走过来指了指莫子衿手里的相机，用中文问道。

"为什么他们会乖乖地听你差遣呢？"莫子衿也不含糊，直接问出心里疑惑。

"因为我告诉他们，如果照做了，我还有更多的钱可以给他们。"男生耸耸肩，"贪心，get it？（懂吗）"

"原来如此。"

等莫子衿回过神来时，男生已经消失在人群中。

翌日，"纽约公园亚裔男生撒钞票，救流浪老人"的壮举传遍了所有网络。

而那被刘海遮盖住的看不清的脸庞，莫子衿只能记得那好看的轮廓以及那上扬的嘴角。

…………

不知道为什么，曾经的回忆突然间跃入脑海中……那个男孩坏坏的笑容始终不肯散去……莫子衿睁开眼睛，隐约能听到耳边有忽远忽近的说话声。她感觉浑身轻飘飘的，一时竟然分不清刚才那是梦境还是现实。

“子衿，你醒了，你醒了！”莫子衿视线转移到右边，她的手被冯智勋紧紧地握住，他的脸上有几条细微的伤痕，居然激动得声音发抖，眼噙热泪。

他的声音和脑海里那个声音重叠了，那个坏坏的笑容和他此时上扬的兴奋的嘴角也重叠了……

一道闪电激过身体，莫子衿仿佛突然明白过来什么。

她张开嘴，想要问冯智勋是不是那个人。

“你想说什么？”冯智勋点头，侧耳认真地要听。

可是她发现自己发不出声音，只能发出一些“呃呃呃”的气息声。

冯智勋也发现了不对劲，便按护士铃，让医生过来。

医生闻讯赶来，检查莫子衿的声带，表示声带没有损伤，出现这样的情况很有可能是从高处的悬崖上跌坠下来，惊吓过度，产生压迫性的暂时失声。

莫子衿眨巴着眼睛，听完医生说的一大堆学术解释，最后意识到自己是成哑巴了。

追逐的车子、长条形圆柱物体、滚落山崖，这些像细碎的拼图一样归于完整，莫子衿拉过冯智勋的袖子努力地想说话，越急却越说不出来。

冯智勋安抚她，让她别急，说道：“没事，我们都没事。宇飞现在陪着跳跳，竹天虽然还没有醒，但是我找的医生已经给竹天看过了，他们做了医学会诊，竹天苏醒的概率很大。”

莫子衿看向冯智勋的手，看到他握着她的手包着厚厚的纱布。她轻捧他的手，呃呃两声。

冯智勋像能听懂一样地摇头，咧嘴笑。“放心，不疼。”他骤然给自己一巴掌，自责地耷拉下眼角，“是我不好，我不该那样吓你的。我踩到了绳子，就只是想和你开个玩笑，没想到……”

他还想解气地继续来几下，莫子衿微微蹙眉，抓住他的手，张了张嘴，示意他别这样。

冯智勋扑哧地笑了，像是得逞一般，得意地道：“嗯嗯，看来受伤了，也还是有好处的。你不能和我呛声的样子好温柔，好可爱啊。”

他明明就是在故意气她，她却毫无办法，只好任凭他伸手把她的乱发拨得更乱。

劫后余生的调侃，显得温馨又难得。

跌下山崖的时候，莫子衿以为自己会死，甚至在失去意识之前有过一丝庆幸，终于可以从这乱局里解脱出来的念头。可是听到冯智勋唤她的名字，看着他坏笑的笑容……气着气着，她还是感恩地抱住冯智勋。

这时有人敲门，打断了他们，是冯莫和冯智尧。

想到竹天和跳跳，还有痛苦到失控的白宇飞，莫子衿看到是他们的一刹那，特别是看到冯莫时，就抑制不住心中的愤怒。

冯智勋：“爸。”

冯莫将冯智勋上下打量，不过明显是之前了解过情况，所以才会这样毫不意外。他慢吞吞地问：“你没事吧。”

冯智勋点头。

冯智尧拿出大哥的姿态，目光含着指责：“智勋，爸听到你出事，不知道有多着急。”

冯莫清嗓子，沉静的表情像博物馆里的艺术品一样，万年不变：“既然你没事，那就回冯氏上班吧。”

冯智勋皱眉："我得留下来照顾子衿。"

"智勋，你觉得你会比专业的医生和护士还会照顾病人吗？"冯智尧笑容里透着绝对的压力。

"别忘了，你现在肩上扛着的是整个冯氏集团，只要你没到无法工作的地步，就不能随便离开自己的工作岗位。"冯莫拿集团来压冯智勋，说得义正词严，让人无法反驳。

两个人都在请冯智勋离开，莫子衿不想他们父子三个人在病房里吵起来，更不想冯智勋为难，便拉了拉他的袖子，示意他先回去。

冯智勋紧握莫子衿的手："记住，不管发生什么事，都有我在。不要一个人做决定，更不许一个人离开。"

他说这话，是说给冯莫和冯智尧听的。

莫子衿示以微笑，冯智勋吻了她的额头，这才转身离开。

冯智尧从怀里拿出一沓信封，走到床头柜前放下："子衿，你和你朋友的医药费，我们都已经给你付清，你不必担心。这里是给你买一些营养品的钱，你收下吧。"

莫子衿盯着冯莫，拿过床头柜上的纸笔写道："我家虽然落魄了，但是还不至于这点钱都付不起。冯先生，你们多虑了。"

冯莫也不介意莫子衿的拒绝："没有人会和钱过不去，你也不需要做这个例外。死里逃生不容易，那就好好休息保重自己。"

莫子衿见他要走，一阵沉闷的胸口赫然射出一股力道。

冯莫走到门口时，她的声音终于从喉咙里低低地发出："现在这个样子，你满意了吗？"

冯莫垂眸，停顿两秒："莫小姐，这是个意外，谁也不想的。不过……白家的确是很满意。当然，你也保住了你的朋友，不是吗？"

他意味深长地望向她，随后和冯智尧离开。

莫子衿握着笔，手不住地颤抖。

这真的是个意外吗？为什么她觉得所有的一切都在冯莫的意料之中呢？

如果意外不是意外，是可以掌控的，那么她在其中扮演的角色，就是连愧疚之心都没有资格拥有的刽子手。

莫子衿把柜子上的钱扔到地上，崭新的纸币像泼洒出的油漆，喷向墙角。

莫子衿闭上刺痛的眼睛。

莫子衿在病床上躺了两个月。

身体没有什么大碍，只是跌下山崖时右腿骨折，需要静养。

冯智勋在忙着“听恋”程序改编的事情，每一次都是匆匆地来，又被电话匆匆地叫走。

莫子衿不敢问他，白宇飞是不是还和他一起搞团队，他也默契地没有告诉她。

莫子衿总是等待着一个人来看她，可是总是等不到。

每一次护士推门进来给她换药，她都会下意识地投以期待的目光，可是总归不是许跳跳。

莫子衿期许过，在自己昏迷的时候许跳跳可能出现过。

那次在病房里，许跳跳的难过是真的，忏悔也是真的。可是在这样的自我安慰里，莫子衿不敢问许跳跳还好吗。

对于莫子衿来说，每一天唯一高兴的事，大概就是冯智勋会把“听恋”程序改编的样子带过来给她看，还把莫连官司的进展告诉她。

时间不会停止，经过波折后，一切重新归于平静。

莫子衿日复一日待在病房里，看着窗口停落的麻雀就能看上半。除了去看望秦竹天，她都不太想出去，仿佛这病房就是一个保护壳。当身上的伤好得差不多时，她仍然不想离开。

能够说话这件事，莫子衿没有告诉冯智勋。

很多时候，冯智勋和她说话，她只是微笑或者点头应对。

他给她备了便利贴，让她想说什么就在上边写。

冯智勋摸摸她的头，宠溺地安慰：“你安静的样子也挺好的。”

他专门让医生检查莫子衿，她的声带完好，医生也只能推断是创伤后遗症，失声是暂时性的，恢复起来需要时间。

莫子衿回以同样的微笑，目光落及旁边已经打包好的行李，微微一怔。

冯智勋半跪下来，握住她的手温柔地问道："只要你想来看竹天，随时都来，好吗？"

莫子衿依然只是笑笑，她去到秦竹天的病房，冰冷的仪器上显示着他的心跳曲线，他虽然不需要呼吸机了，但还是没有醒过来。

莫子衿上前握过秦竹天的手，她坚信即便没有说出口，他也一定能听得见。

毕竟，他是最了解她的人。

竹天啊，医生说你醒来需要契机。

我今天要出院了，我知道我不能待在医院里一辈子，我得回学校，我还要迎接爸爸回来。

我不知道我还有没有勇气面对接下来的生活，可是我会努力，你也要努力。

我不能每天过来看你了。

希望你尽快醒过来，我在学校等你。

冯智勋耐心地等在门口，拥过莫子衿："我答应你，只要他醒了，我会第一时间告诉你。"

莫子衿垂眸，望着脚下冰冷的瓷砖，不由得开始害怕走出医院后，还有什么在等着她。

而往往人潜意识里抗拒的，就会越早实现。

当莫子衿从冯智勋的车里下来时，学校门口放了满路的花篮以及站满夹道来欢迎的老师和学生。

莫子衿狐疑地看向冯智勋，冯智勋率先摇头撇清，道："这可不是我安排的。"

莫子衿再次望过去，只见一辆黑色轿车从她身边驶过，径直停在路引前。一个熟悉而陌生的身影从车上下来，那些老师和学生像点燃的炮仗，此起彼伏地热烈欢迎。

原来，他们等的人是她——袁飞舞。

不，准确地说，是袁飞舞和她的父亲。

袁飞舞身着黑色礼裙，踩着高跟鞋，那头大波浪卷的长发高高束起，原本漂亮的皮囊褪去嚣张，多了份优雅。她的父亲一身墨蓝色西装，抹了啫喱水的头发完全梳到后边，露出方正的脸，也露出兴致勃勃的皱纹。

莫子衿听到拿着花束上前的教务处主任殷勤地迎上去，鞠躬："欢迎袁校长今天到任，欢迎欢迎，热烈欢迎。"

是袁校长。

原来接替父亲的，不是别人，是袁飞舞的父亲。

山不转水转，这个世界真的好小。

莫子衿被冯智勋抱到轮椅上。此时，她看着沉浸在鲜花和掌声中、她以为不会再回来的袁飞舞，百感交集，一时竟出了神。

袁飞舞也看到了莫子衿。

不过袁飞舞把视线一转，就像没看到一样。

冯智勋把行李从后备厢拿下来，推着莫子衿的轮椅："走，我送你进去。"

莫子衿摇摇头，接过行李袋放到自己腿上："不用了，我自己进去吧。"

冯智勋不放心地看向袁飞舞："真的不要我送你进去？"

莫子衿轻捶自己的胸口，做了一个可以的动作，想装的和之前一样。可她不知道的是，她此刻更像一个东施效颦的人，不过她是效仿的是从前的自己。

冯智勋知道她的性子，只好把手机递给她，点头敲手表："手机帮你充好电了，那我先赶回公司，晚上过来接你一起吃饭。"

莫子衿点点头。

她从袁飞舞的旁边过去，她的这边和袁飞舞的那边就好像两个世界一般。

她是被遗弃的辉煌，而袁飞舞是冉冉升起的新星。

她这边是无人瞩目的灰暗，而袁飞舞是光明灿烂的。

从医院走了一遭回来，莫子衿觉得校园的每一处都不一样了。她不知道该怎么形容，只知道那些深深浅浅的痕迹仿佛是上辈子的事情一样。

她穿过教学楼，回到宿舍楼。

宿舍阿姨叫住她："莫子衿。"

莫子衿扭头，只见宿舍阿姨把一盒饼干递给她："欢迎你重新回到校园。"

莫子衿愣愣地接住，宿舍阿姨笑了笑："这是我亲手做的，记得吃，别放着。"

莫子衿难以置信地看着宿管阿姨，对方气势汹汹骂她不守规矩的样子历历在目，但今天，对方却成了唯一欢迎她回来的人。

莫子衿点了两下头，轻声道谢。

宿管阿姨看着她右腿上的石膏，叹了口气："唉，可怜孩子。"

这句"可怜"也不知道是说莫子衿的腿，还是指她父亲的事情。

上楼的时候，莫子衿拄着拐杖，靠着一条腿加快了跳动的频率。

她推开宿舍的门，看到宿舍里空无一人，不过许跳跳的床铺是不整齐的，电脑也是开着的，她舒了一口气。许跳跳还在，没有调离宿舍。

莫子衿把行李包放进自己的柜子里时，就见许跳跳推门进来了。

许跳跳手里提着热水壶，见到莫子衿先是一愣，然后说："你回来了。"

莫子衿点点头："嗯嗯，我回来了。"

没有想象中的激动，也没有想象中的别扭。

许跳跳把热水瓶放到自己书桌上，倒了一杯开水，拿出一包药。

莫子衿有些局促地把手里的饼干盒递过去："这个是宿管阿姨亲

手做的饼干，说送给我们吃的。”

许跳跳嗯了一声，继续将要吃的药分类。

药红红绿绿的，一一放在桌面上。许跳跳两颗两颗地一起吞下，也吞下了站在一旁的莫子衿的沉默。

莫子衿从医院出来的路上，就一直在想，见到许跳跳要说什么，不过设想的总是用不上的。

就像设计图稿的命运，到最后往往是面目全非。

许跳跳的脸瘦了一圈，黑曜石般灵动的眼睛也褪了颜色，拿着水杯的手像是脱节一般。

“这些是什么药啊？”莫子衿看着许跳跳机械性地吃药，吃了一把又一把，不禁疑惑地问。

许跳跳没回答，而是继续吃。她的沉默显得莫子衿问的问题很是多余。

莫子衿默默地等着许跳跳把所有的药都吃完，发涩地又问：“跳跳，最近这段时间很忙吧？我一直没看到你来医院。”

我一直没看到你出现在病房。

许跳跳终于抬眸：“我一直在照顾竹天学长，你的病房里一直有人，我就没去打扰。”

字里行间都在折射冯智勋和白宇飞的关系，听起来像是解释了她为什么没有出现，可莫子衿心里还是沉甸甸，也很难受。

“你……照顾竹天也辛苦了，该好好照顾自己的身体才是。”

许跳跳在椅子上坐下：“我没事。在学校里待着，有课就去上，没课就在宿舍里躺着。”

莫子衿点点头，再次陷入沉默。

她的小心翼翼，显得愈发狼狈。

许跳跳抬眸看向她：“你呢，你为什么不在医院里多躺一段时间。”

莫子衿一愣，跳跳是在关心她吗？

该怎么说？想来看看她？想知道她为什么一次都没来过医院？

…………

最后，莫子衿微笑着说："医生说我可以出院，身上的皮外伤都已经好得差不多了。"

许跳跳点点头，说得也特别官方："白宇飞太冲动，你别怪他，总归我们大家都没事了。"

莫子衿摇头："我不会怪他，是我该承受的。"

说完这句，莫子衿很想再问一句"那你呢，在看似风平浪静下的你，是否真的不怪我了"。

出神间，莫子衿听到许跳跳说："你知道我们学校刚上任的校长是谁吗？是袁飞舞的父亲。"

莫子衿点点头。

许跳跳把电脑笔记本合上，像是在自言自语，又像是在对她说的："人生真是有趣。"

许跳跳起身，往床上爬："下午还有课，我先休息一会儿。"

莫子衿后退两步，看到她躺下，给自己的手机制定了闹钟，安然地闭上眼睛。

宿舍里安静到能听见隔壁宿舍里传来的嘻嘻哈哈，莫子衿透过声音，仿佛能看到自己和许跳跳的过去。

她苦笑地拉过自己的椅子，把手提袋里的东西拿出来做整理。

她并不意外这样的疏离，为何真正面对时，还是会被刺痛得满目疮痍？

莫子衿把书本拿出来，在桌上放好，再次看向许跳跳的桌子，除了书本、电脑、药之外，就没有其他的了，她便拿起包，想着去超市买点许跳跳爱吃的零食。

莫子衿拿起包轻轻地带上门，刚走到宿舍楼下，就遇到了袁飞舞。

她把头发放了下来，踩着高跟鞋把风情一颠一颠的。

莫子衿想要避开，可是坐着轮椅行动不便，被袁飞舞挡住。

袁飞舞双手抱臂，俯视着莫子衿："怎么，老同学相见，你连个招呼都不想打了吗？”

莫子衿没说话。

袁飞舞微微一笑：“以前我不相信风水轮流转这句话，现在明白居然能是真的。”

原来江山易改，本性的确难移，讨厌的人还是这么讨厌，在校门口的感觉一定是错觉。

莫子衿抬眸，此时坐在轮椅上的她显得狼狈，跟一身荣光的袁飞舞自然无法相比。只是没想到某人居然低级到这种程度，要趁这个时候来耀武扬威。

袁飞舞很满意某人终于有反应，挑眉道：“怎么干瞪眼不说话？”

莫子衿冷哼：“你找我到底有什么事？”

“也没什么事，听说你腿断了，特意过来看看你。”袁飞舞盯着莫子衿右腿上的石膏，“啧啧，莫子衿，你现在这个样子真让我不敢认，你还是当初我认识的那个莫子衿吗？”

…………

莫子衿盯着逞口舌之快的袁飞舞：“你也不是我当初认识的那个袁飞舞，突然脱离自己的高度窥探到的新世界，漂亮吗？”

“你！”

莫子衿和袁飞舞四目相对。

突然，袁飞舞扑哧一笑：“嗯嗯，有点曾经的样子了。”

莫子衿不想再和袁飞舞废话：“如果你是来看我笑话的，那请你笑完了，就赶紧滚开！我还有事！”

袁飞舞一点也不气恼，也一点不吝啬嘲笑，放声大笑：“以前你总是颐指气使、高高在上的样子，现在能看到你这副样子，真痛快！”

莫子衿：“……”

莫子衿用轮椅撞开袁飞舞想往前，却被袁飞舞先一步抓住了手：“虽然我不知道你发生了什么事，当然我也不感兴趣。我只想问你，为什么我没见到秦竹天。”

提到秦竹天，莫子衿的气消了大半。她看着前方的地面，说："他在医院。"

袁飞舞一脸诧异。"医院？他怎么了吗？"她看着莫子衿突然意识到什么，"难道他又是为了你……"

几乎不用听到所有事情的真相，袁飞舞愠怒到高举一只手，想要教训莫子衿一个巴掌。

可是，袁飞舞的手最终还是停在半空中，被理智打断："算了，打你有什么用，我现在的身份不同，更要以身作则。莫子衿，这就是我和你的区别，你说对吧？"

她冷哼一声，转身离开。

那有些嚣张又急促的背影让莫子衿愣在原地，一遍遍沉浸在袁飞舞带给她的熟悉感中。她万万没想到，回到 X 大的第一波熟悉感居然是这个昔日的讨厌鬼带来的。

真是令人哭笑不得。

袁飞舞关心秦竹天的样子，一点儿也没变。

真好，在她以为一切都变了的时候，至少这一点没有变。

至少这个世界，还没有完全抛弃她。

莫子衿这样想着，去超市挑了一些吃的，结账时还顺走了老板收银台上的几包跳跳豆。

当她回到宿舍时，许跳跳已经在穿衣服，准备去上课了。

莫子衿抱着一堆吃的，包装袋上贴着准备好的便利贴："跳跳，这些都是你爱吃的！"

许跳跳看了一眼，淡淡地说："我已经不喜欢吃这些了。"

她已经不是以前那个许跳跳了。

满满的心意一下子被浇凉了，莫子衿失落地放下吃的，只见许跳跳拿上书，把门打开。

"你不去上课吗？"

莫子衿一怔，扭头，许跳跳站在门口等她。

莫子衿把早就准备好的书一把搂过来，迈步上前，露出一个大大的微笑。

从宿舍出来后，许跳跳没再说话。

莫子衿和许跳跳并肩，像从前一样去上课的样子。

经过青藤垂挂下来的长廊，穿过操场外的铁网，她不时侧目许跳跳的脸，一遍遍地问自己，她们之间到底算什么。

许跳跳没有询问她到底发生了什么，提到白宇飞时似乎知道了事情的全部。

许跳跳问她为什么不在医院里多待一段时间，却又终止了交谈。

许跳跳拒绝了她的零食，又愿意等她一起去上课。

她不敢去肆意揣度，不敢轻易断定，更不敢把在内心酝酿已久的怀疑说出来，说这一切都是冯莫设计的。

她成了冯莫手里的刀，亲自毁了她们之间的情谊，还有她和白宇飞的幸福。

莫子衿只能告诉自己，这一切需要时间，时间可以治疗一切。

冯智勋发了语音过来，提示音此起彼伏，透着不给回复就不停歇的执拗，莫子衿只好打开听——

“子衿，我们的‘听恋’故事的脚本大体完成了。”

“子衿，他们太过分了，居然把我们的结局设置成好多种，难道不是应该只有一种走向幸福的大结局吗？”

“子衿，你现在在干吗？如果还没上课的话，能不能给我提几个建设性的意见，比如我们的卡通人物形象是要走一个怎样的路线呢。”

…………

莫子衿觉得，某人这样见缝插针地不给她胡思乱想的机会的意图实在是太过明显，而且某人的声音好大，就算不开扬声器也能扩散到周围。

她只是骨折了，又不是耳聋。

“你说，在白宇飞之后，我还会有喜欢的人吗？”旁边的许跳跳突然说。

确认许跳跳是在向自己询问，莫子衿按住内心的激动，点点头，笃定地说：“嗯嗯，一定会的。”

“这个接盘侠你还记得吗？其实就是我在‘听恋’上认识的新朋友。跳跳，你也可以的，等你完全走出来，你就会发现这个世界很大。”莫子衿指指手机界面上冯智勋的头像，易容后憨厚，甚至有点蠢笨的样子，急于让许跳跳相信她说的都是真的。

许跳跳盯着头像出神，莫子衿在心底暗暗地舒了一口气。许跳跳应该没有听到冯智勋刚才发的那些语音内容。

上帝明鉴，她不是撒谎，她只是急于为许跳跳做点什么。如果接盘侠是捷径，她并不介意让冯智勋暂时消失。

几分钟后的课堂上，莫子衿第一次“变坏”，跟许跳跳两个人坐在最后一排，完全不参与上课。她带许跳跳进入冯智勋给的后台账号，手把手地教许跳跳提前玩了一把加了故事以及游戏属性的“听恋”。

许跳跳大赞，表示这样改动后的“听恋”饱满多了，趣味性也增强不少。

莫子衿仿佛看到许跳跳眼里冒出了重生的星星，又变成了自己熟悉的许跳跳。

许跳跳后来说了什么，莫子衿忘记了，她只知道自己躲在书本后面望着许跳跳沉浸在“听恋”的欢愉里，眼睛发涩，心里想哭。

所以晚上和冯智勋吃饭的时候，莫子衿都笑得跟开了花似的。

寿司店里，冯智勋撑着自己脑袋望着她，用筷子敲她的脑袋：“和我吃饭时，还想着哪个臭男人呢？笑得这么开心。”

莫子衿捂着脑袋，瞪他。

冯智勋幼稚地摇晃脑袋，一副“有本事你怼我”的讨厌样子。

莫子衿拿过点单用的铅笔，在便利贴上告诉他，因为“听恋”，她和许跳跳和好的事情。

当然，她才不会透露她拉着许跳跳进他后台的事，只是化繁为简地说，是许跳跳通过“听恋”认识了几个有趣的声音，并且双方在认真地聊天。

冯智勋“听”过之后，并没有同她一起开心，而是一脸沉重：“你确定吗？”

莫子衿用筷子捅他：“你什么意思。”

冯智勋把服务员端到他面前的面推到她面前：“不，我只是想说，很多事不能操之过急啊。”

莫子衿盯着面条的袅袅热气：“你是想说，跳跳是在骗我？”

冯智勋没有直接回答她这个问题，拿起筷子帮她搅拌：“宇飞发完疯之后特别后悔，在医院里一直想要去见你，说和你道歉，我没让他去。他回到冯氏帮我忙时，我没拒绝。技术部、策划部，还有核心的小组团队，我都放心让他带，不过每一个流程我都会过目并参与，最后的拍板权还是在我。”

莫子衿静静地望着他，摇头。

她不懂，他为什么要跟她说这些。

冯智勋抿着嘴轻轻地叹了口气：“我不让他去见你，是明白一个人的情绪不可能转变得如此之快；我让他回冯氏，继续参与‘听恋’的改制项目，是相信宇飞和我这么多年的感情。人和动物的唯一不同之处，就是人会撒谎，有时不止骗别人，也会骗自己。”

他那修长白皙的手在热气里穿梭，用筷子夹了一口面，微笑地示意她张嘴。

莫子衿却垂眸，没动，问道：“你这到底是相信还是不相信他呢？”

冯智勋把筷子塞到她手里：“相信是相对的，自我保护这才是绝对的。”

莫子衿咀嚼着这句话，看着他大口地吃着寿司，心像门口悬挂的风铃，没有那悦耳的声音，有的只是空荡荡的悬浮。

出神间，莫子衿听到了袁飞舞的声音：“莫子衿！”

莫子衿回过神，还没把一脸怒气的袁飞舞看仔细，就感觉到迎面呼啸而来的掌风。

不过这一次，如果不是冯智勋，袁飞舞估计会真真切切地下手。

冯智勋挡在莫子衿面前，一只腿从高脚凳上下来杵着地：“袁飞舞，你这暴脾气可是很减分的哦。”

袁飞舞用一种奇怪的眼神打量冯智勋：“冯智勋，你居然还跟她在一起？怎么，你家老头子还没把你们分开？”

彼时，冯智勋戴着一顶几乎能盖住一半脸的假发，还戴了帽子，样子有些滑稽。

在莫子衿的强烈要求下，冯智勋要消失一段时间，理由是“不给许跳跳产生刺激作用”。

在冯智勋的强烈坚持下，莫子衿才同意他变装一下，并且每次和她吃饭，都要去到离学校很远的地方才行。

“这点就不用你费心了。”冯智勋微微歪头，“不过，你是怎么找到这里来的？”

袁飞舞越过他，看向莫子衿：“莫子衿，你真是厉害，都落魄到这种地步了，还能让冯大公子对你死心塌地、不离不弃的。”

袁飞舞再次打量冯智勋，呵斥道：“你给我放手！”她颇为吃力地推开冯智勋，走到莫子衿跟前皱眉道：“我去医院看过竹天了。”

近看，莫子衿才发现袁飞舞的眼眶红红的，像是刚哭过的样子。

“我之前离开时，他还是活蹦乱跳的，我才离开多久，你就把人弄成那个样子？”袁飞舞抿唇，声音哑然，“这次我回来，只是想看看他。他如果安好，我就什么都不求了。”

莫子衿张了张嘴，最后还是闭上了。

袁飞舞吸了吸鼻子，目光重新尖锐起来：“我只想知道他到底发生了什么。”

这时，莫子衿突然感觉身边的人跳动了一下，紧接着，她就被抱起……下一秒，她嗖地一下从袁飞舞面前消失了。

只听袁飞舞在后边大声喊她的名字，隐约还听见高跟鞋“啪嗒啪嗒”的声音。

莫子衿被冯智勋直接抱进后厨，在几个捏寿司师傅的目瞪口呆下，从后门离开。

在巷子里，莫子衿强迫冯智勋放自己下来，她靠着左腿，摇晃了一下身体，瞪大眼睛看向冯智勋，没反应过来，用手机打字：“我们干吗要逃跑？”

冯智勋喘匀气：“你想告诉袁飞舞，秦竹天到底是怎么受伤的？”

“是我害他受伤的，是我……”

…………

是了，袁飞舞有权利得知事情的经过，她是自始至终关心秦竹天的人。

可是这样一来，许跳跳就会遭殃。

“你不觉得奇怪吗？”冯智勋直起身子，那健壮的身体和他温润的声线一点都不符合，“为什么袁飞舞会找到这里来？是你告诉她的吗？还是她在你的身上装了定位器？”

…………

这个问题问住莫子衿了，她出门时只是和许跳跳说了一下而已。

冯智勋又说道：“你不怕袁飞舞这么冲过来问你真相，是别有用意吗？”他掏出手机指了指录音软件。

…………

昏暗的路灯下，莫子衿和冯智勋相对而站，老鼠飞奔过他们交叠的身影，垃圾桶纹丝不动，散发着腐漫臭味。

…………

“你回来了。”

“其实，你可以休息一段时间再来学校的。”

“白宇飞太冲动，你别怪他，总归我们大家都没事了。”

“人生真是有趣。”

…………

“你不去上课吗？”

“你说，在白宇飞之后，我还会有喜欢的人吗？”

…………

“人会撒谎，有时不止骗别人，也会骗自己。”

“相信是相对的，自我保护才是绝对的。”

…………

莫子衿定定地望着冯智勋，眼神里的欣喜和坚定一点点崩塌。

冯智勋扶着她的手臂，意识到不对劲：“你怎么了？”

她犹豫好久，最后缓缓摇头。

回到宿舍，莫子衿整个人的重心都在左腿，她扶着扶梯一个台阶一个台阶地往上。

她踩着楼梯，听到心脏扑通扑通直跳。她撞开嘻嘻哈哈、三五成群的女生，不管不顾地推开门。

许跳跳正在看综艺、吃泡面，脸上没有一点笑容，听到那么大的推门声，也只是扭头看了一眼。

莫子衿径直走上前，把许跳跳的泡面扔到垃圾桶里。

许跳跳：“你这是做什么？”

“我刚刚碰到袁飞舞了。”莫子衿盯着许跳跳。

“她给你气受了？”许跳跳问。

“她径直走进寿司店的样子，明明就是知道我在那儿，可我只跟你一个人说我去那里吃饭。”

许跳跳抬眸：“所以你觉得是我告诉袁飞舞的。”

“是你告诉她的吗？”莫子衿定定地看着她，眉眼间隐隐地透着一丝期待，她多想听到一句“不是，你误会了”。

许跳跳起身，平视莫子衿：“既然你都有答案了，又特意问我做什么。”

飞奔回来时，莫子衿一遍遍说服自己，这一切是巧合，甚至给袁飞舞泼脏水——嗯嗯，她回来就是要给自己使绊子的。在冯智勋的提醒下，她还是忍住没有说许跳跳已经知道改版后的“听恋”。

她回来，就是想亲耳听许跳跳说一句“她想多了”。

莫子衿难以置信地看着许跳跳的眼睛，难道那些欢愉是装的，那些平静是装的，那始终不见的愤恨才是真的？！可是为什么？

改编的“听恋”是自己主动告诉她的，她没有好奇过半句呀。

“你想让袁飞舞听到什么？”如果不是冯智勋抱她离开，她也不会说秦竹天发生意外的真相。

“都可以啊。听到你再次出卖我，说是我害秦竹天受伤的，或者听到你把这一切都大包大揽下来，说都是你的错。”许跳跳耸肩。

“你想……”

“想知道为什么是吗？”许跳跳浅浅勾唇，“如果我说，我想原谅你，你信吗？”

…………

“我知道，我假怀孕的事被压下来，白宇飞没再来找我了，白家人很满意，所以我才能安然无恙地在学校里待着。可是这份负罪感让我整夜整夜地失眠，我只要一闭上眼睛就会想到秦竹天，想到他差点醒不过来。我不知道你和白家人做了什么交易，或者是和冯莫？只要你把我交出去，袁飞舞肯定不会放过我，那么这样，我就可以放过自己了。如果你选择自己扛下来，那袁飞舞就不会放过你，我就可以原谅你了。”这些话在许跳跳心里沉淀了好久，如今翻掏出来，仍然滚烫、尖锐，“子衿，你是不是以为我还会和之前一样，一次次地包容你的臭脾气和错误吗？”

莫子衿哑口无言。

许跳跳这是在提醒莫子衿，她们每次发生矛盾都是她先道歉，她先哄人的；是她用灿烂的笑容和好脾气，一次又一次地主动求和，维护了高高在上的莫子衿。

“莫子衿，你太自以为是了。”许跳跳苦笑，眸底透着寒，“即便秦竹天没有出事，我还是恨你。你知道为什么吗？”

“你最大的错，就是把自己置身于特别。”许跳跳伸手戳莫子衿的肩，一下一下，似要戳破她的心底，“如果你这么有把握说服我离开白宇飞，是为我好，那你自己呢？你凭什么认为冯智勋单方面地站在你这边，他爸爸的模棱两可就是对你的默许？”

莫子衿怔住了，望着许跳跳眉峰高耸，强压住红了的眼眶质问她。

“难道你不觉得我们现在的身份是一样的吗？”许跳跳冷笑出声，“难道你还觉得自己是之前那个风云人物？难道你还觉得自己有什么资本优越于我？你醒醒吧，现在的袁飞舞才是曾经的你。我说过了，现在的你比起我都还不如。”

许跳跳从来不会说这么伤人的话，如今她说这些轻而易举，脱口而出。

莫子衿双手攥拳，指节发白，任凭许跳跳反问，任凭许跳跳质问。

如果这些是许跳跳早就想说的，她只能听着。

“看看你现在这个样子。”许跳跳后退一步，将莫子衿的隐忍尽收眼底，“明明愤怒，明明不想听，却连个屁都不敢放。你对我的愧疚，你对我的心虚，让你不敢问我，为什么不去医院看你，我还原谅你了没有。我对你展露一点点好，你就受宠若惊；我对你笑一笑，你就整个人栽下去，连点基本判断都没有。”

“现在明白了吗？我想要套取你点东西，都不用我主动问。”

莫子衿被许跳跳最后一句话激怒了，猛地抬手到半空。

许跳跳愣一下，阴阴的笑容突然消散了：“是嘛，这才是我认识的莫子衿啊！你打啊，打我！打了，我们就两清了。”

这一刻，莫子衿望着许跳跳疯狂的眼神，心里最后一点侥幸都全盘覆灭了。

她和许跳跳，回不去了。

人和人之间的感情是经不起考验的。

那开裂的伤口被时光风干，即便是尽力修复，也不会再光洁如初。

要知道，小丑想要欢愉自己，那从来就不是他的宿命。

她放下手，转身出去了，许跳跳在后边骂她是个懦夫。

莫子衿关上门，贴着冰冷的门板，感觉自己的胸口被拳头死死地捶了好几下，有一种淤血要喷涌而出，眼角先是温热，随后冰凉。

莫子衿走到外边，冯智勋还在等她。

莫子衿推着轮椅上前，他从草坛上起身迎过来："怎么样？"

莫子衿摇头又点头："你赶紧回公司，'听恋'的改编很有可能出问题了。"

冯智勋瞅了她一眼，却没有慌张，而是说："你就先不要管'听恋'的事情了。刚刚医院打来电话，说秦竹天醒了。"

莫子衿的眸光猛地一亮，立刻就要飞奔去医院。冯智勋拉住她："你看你看，又激动了，我送你去。"

一路上，冯智勋告诉莫子衿，袁飞舞第一时间赶去医院了，不然的话，莫子衿一出宿舍楼就能看到袁飞舞过来纠缠了。

莫子衿点点头，现在对于她来说什么都不重要，秦竹天能醒是第一要紧的事。

她只要能抓住一丝稻草，都不至于被绝望的轮盘碾压致死。

来到医院，莫子衿推开病房的门，袁飞舞果然守在秦竹天的床头，一遍遍地唤着他的名字。

秦竹天只是睁着眼睛，就像没听到一样，定定地看着前方。直到莫子衿出现，他那呆滞的目光才稍稍移动。

莫子衿刚上前两步，就被袁飞舞拦住，气势汹汹地质问："你来干什么？"

冯智勋赶紧连拖带拽地把袁飞舞拉出病房，袁飞舞拗不过他男生的力气，只能破口大骂："你放开我！放开我！"

秦竹天冲莫子衿微微笑："你来了。"

他的声音很小，小到只是在喉咙里发出声响。他似乎就等着她来，把这好不容易攒的力气使出来。

莫子衿点点头，艰难地从轮椅上站起来，慢慢挪到床头："你终于醒了。”

秦竹天冲她伸手。

莫子衿走过去，握住他冰冷的手，没忍住喜悦交加的泪水：“竹天我……”

莫子衿抿唇，一时无措，秦竹天苦笑地打趣她：“子衿，你现在怎么变得这么爱哭了。”

莫子衿点点头，没告诉他其中的原委，只当这一切都彻底过去：“你醒了，我高兴。”

是啊，从前她的泪点很高，看到最煽情的宠物电影，泪腺都不会有反应，现在动不动就觉得这个世界模糊而又清晰。

原来，一个人真的可以变，变到面目全非，变到如此陌生。

秦竹天问：“你的腿怎么了？对了，许跳跳没事吧？”他不太记得当时的事了，只是记得他推开许跳跳，躲过白色货车的事。

莫子衿抚平自己的情绪，告诉他许跳跳没事，她现在已经回到学校，重新开始正常生活。

在他出事之后，白宇飞和许跳跳分手，袁飞舞的父亲成了 X 大新一任的校长，许跳跳和她也闹掰了，这些莫子衿只是化成一句“你昏迷期间，发生了很多事”。

秦竹天点点头，有些感慨：“唉，真是没想到……”

那天，看她一个人失魂落魄地回学校，他不放心，就默默地在后边跟着。见她和许跳跳进烤肉店，他本来想放心地离开的，但不一会儿，许跳跳就出来了。他觉得有些意外，就在旁边看着。

不想，许跳跳像是丢了魂一样，连货车的鸣笛声都听不见，他来不及多想，就直接冲过去想要推开她。

莫子衿至今还是后怕：“秦竹天，不准你再有下次了。”

秦竹天微微勾唇：“还能有下次？这次我差点就昏迷一辈子了，连袁飞舞都从特意国外回来看我了。”

莫子衿垂眸想：如果你真的死了，我一定没办法安然地活着了。

我们都会把结死死地扣在无法解开的位置，谁都不得安宁。

“对了，校长怎么样了？”

“就等审判结果了，如果官司顺利，他就能出来了。”莫子衿说道。

秦竹天：“子衿，我做了一个很长很长的梦，梦到我们从第一次见面，到后来我们搬去了一个农庄里开心地生活。没有其他人，就只有我们两个，还有校长。校长老当益壮，嫌我不会抡锄头，然后你就帮我。我们两个在田里种了很多油菜花，风一吹，油菜花一大片，金灿灿的，好看极了……”

莫子衿用力点头：“嗯嗯，好，等你好了，我就带你去。”

都说人在鬼门关转悠一圈，都会做一个长梦，她也是。所以她能感同身受，醒过来之后的恍然隔世。

这时，冯智勋开门进来，袁飞舞也进来了。

冯智勋应该和袁飞舞解释过秦竹天为什么会躺在这里，她的气消了不少，可看得出心里仍然是有怨气的。

袁飞舞闷声道：“莫子衿，虽然竹天受伤不是你直接造成的，但多多少少还是因为你。不过看在你被白宇飞教训又断腿的分上，我就不跟你计较了。我去买一点水果。”

莫子衿：“……”

这个该死的袁飞舞，解释也喜欢这么直白全面。

秦竹天皱眉，看向莫子衿：“子衿，什么教训？她到底在说什么？”

冯智勋还站在一旁呢，莫子衿几乎是本能地摇头，再摆手：“没什么，之后我再跟你解释。”

冯智勋想要接话，秦竹天一脸敌意地瞪着他：“你是怎么照顾子衿的？就把她照顾成这个样子！”

冯智勋张了张嘴，了然点头：“得，你是病人，我不跟你计较。等你病好了，我和子衿请你去树林餐厅，把之前没吃好的那顿吃回来。怎么样？”

秦竹天狐疑皱眉：“你……”

那天，树林餐厅。

接盘侠的一块板砖让餐厅的人印象深刻，更让秦竹天印象深刻。

秦竹天的气还没消呢，难道冯智勋指的是这个？

秦竹天死死地盯着冯智勋，莫子衿夹在中间十分尴尬，她正寻思着该怎么解释时，只见冯智勋勾唇坏笑，接着挠挠后脑勺，秒演接盘侠本人：“那天在餐厅里，我很抱歉打扰了你和天使，不过我不后悔。天使是我的好朋友，在她需要我的时候，我一定会出现的。”

秦竹天瞪大眼睛，虽然有些体虚但是人还算精神。他沉默了两秒，看向莫子衿：“他在说什么东西？”

莫子衿琢磨，刚才她没说话，现在忽然开口好像也不对劲。她想了想，双手扑闪，做了一个飞的动作，然后很不好意思地指指自己，代表天使是她的意思。

秦竹天无语地盯着莫子衿这样奇葩的解释，用一种更加奇怪的眼神：“什么意思？你是说，那天那个人，是他？他……是他？”

莫子衿张张嘴，只觉得一个头两个大。

冯智勋来劲了，走到莫子衿身边一把拥过她的肩：“冯智勋？你是说子衿的男朋友吗？人家说了，有我这样的朋友在她身边，会很放心的。”

莫子衿身体僵直：“……”

秦竹天的心脏波动线在仪器上像巍峨大山，他听明白了这里边的关系，但又难以置信，那个臃肿如大雕的男人，和冯智勋之间的重叠。

在冯智勋没把秦竹天玩得再次晕过去之前，莫子衿赶紧按了护士铃，推秦竹天去检查身体。

袁飞舞提着水果回来，第一时间陪秦竹天去检查。冯智勋接过水果篮，笑眯眯地递给莫子衿一个苹果：“亲亲子衿，吃个苹果。”

莫子衿拿过苹果就砸他的脑袋上。

这回没冯智勋挠脑袋，正儿八经地点头：“不疼，一点也不疼。”

莫子衿真想破口大骂，不过既然已经错过解释的最佳时机，一堆话到了嘴边，也只能成了气愤地咬唇。

冯智勋捏她的脸：“我这不是看他好了，也替你高兴，想说逗逗他嘛。”

这什么歪理？！

“亲亲子衿，你不能秦竹天一醒就明显偏心。早知道这样的话，我就应该把他掐死在病床上。”冯智勋噘嘴斜眼，一脸失落委屈。

“你敢？！”

莫子衿伸手作势要戳他眼珠子，他顺势抓过她的手，以绝对的身材优势将她的两只手夹在胳肢窝下，让她不得动弹。

他那狡黠的样子真是让人又气又爱，莫子衿咬唇，觉得自己快要输了。

这时，右手边有护士扶着病人走过来。她灵机一动，撇撇嘴，泪眼汪汪，梨花带雨，用力地指着他。

冯智勋吓了一跳，一时没反应过来。

莫子衿趁机把手缩回来，顺势跌坐在地上，一副小媳妇受了委屈的样子，一边抹眼泪一边望着他。

路过的护士和病人看到莫子衿这样，又看向冯智勋，立刻明白了是怎么回事。

护士是知道莫子衿情况的，先一步指责冯智勋：“她腿上有伤，又不能说话，你怎么能欺负她呢？”

病人跟着护士一起对着冯智勋指责起来：“小伙子，看你长得挺帅气的，怎么能欺负女朋友呢？你看看你把你女朋友气得，还让她坐在地上……这地上冷得很呢，你赶快扶你女朋友起来呀。”

冯智勋百口莫辩。

不明状况的护士还和病人解释，他们不是情侣关系，并在解释的同时，再次指责冯智勋：“我跟你说，她的男朋友可是大有来头的哦，你小心了。”

莫子衿得意地挑眉，回应冯智勋，心满意足地起身甩发。

嗯嗯，有时候，成为弱势群体还是挺不错的。

这段时间，莫子衿和人说话都用便利贴，或者用手机打字。原本是觉得挺不方便的，可现在看到某人也有吃瘪的样子，她突然觉得装哑也是挺值当的。

秦竹天被推去检查，有冯智勋的安排，医生们不敢怠慢，全程监督。结果是身体机能都在恢复中，脑袋里的积水需要进一步观察，但现在能醒来，就代表最大的危机已经解除。

看着袁飞舞尽心尽力地赔在秦竹天身边，莫子衿安心地、默默地退出医院。

在医院门口，冯智勋去停车场开车。莫子衿拿着手机思索着要不要给许跳跳发一条短信，告诉她秦竹天醒了的消息，但是编辑好的短信到底还是没发出去。

许跳跳表面上跟袁飞舞是站一边的，袁飞舞应该会告诉她吧。莫子衿把手机收进口袋，仰望天空。

流云在浅蓝色的背景下像一条条小舟，将她和许跳跳送远，将秦竹天送回到她的身边。

出神间，莫子衿看到一辆熟悉的黑色轿车在她面前停下，然后车窗缓缓降下来，是冯智尧。

这回冯智尧没开车，而是坐在副驾驶座上。

她下意识看了一眼后座，这次是冯智尧单独行动，没有冯莫。

"子衿，秦竹天醒了吧？"

莫子衿点点头，不能说话还有一个好处，就是不用和讨厌的人去搭话。

冯智尧礼貌性微笑："醒了就好，这样你也能少操一点心了。"

他最擅长的就是话外有话，莫子衿微微蹙眉："秦竹天受伤，真的是意外吗？"

"不然呢？总之，白宇飞和许跳跳没有关系，白家人很满意。"冯智尧笑得意味深长。

这时冯智勋出来了，在车子里摁喇叭。

冯智尧扭头看了一眼："正好，我看你也不愿意上我的车，你上智勋的车，让他跟上我的车。"

莫子衿看了一眼冯智尧，转身走向冯智勋的车。

她打开车门坐上去，冯智勋没问她，直接拿出手机打给冯智尧："哥，你又有什么指教啊？"

莫子衿听到手机那头的冯智尧说道："你哥今天推新产品，你这个做弟弟的，不应该缺席啊。"

莫子衿看到前面冯智尧的车开走，心里的感觉很不好。她几乎可以笃定："你哥推的新产品，该不会是我们改编的'听恋'吧？"

冯智勋跟上冯智尧的车，摸摸她的头，给出一个特别假的假笑："乖，没事儿的。"

他的侧脸很严肃，却又有点儿心不在焉。

莫子衿不知道为什么，总觉得冯智勋怪怪的。她第一时间把自己的失误和盘托出，为什么他没有立刻采取行动呢？

冯智勋沉默地跟上了冯智尧的车，然后来到对方的新公司——尧然科技。

和冯氏集团在同一个区，虽然和冯氏相比低调很多，但是幽蓝色的玻璃也是处处透着低调和奢华。建筑物是正方形的，前面的广场铺着灰色的地砖，穿着制服的保全站在亭子里，像从部队里出来的一般，都彰显着财富新贵的气息。

冯智尧直接把车开到广场上，然后从车上下来。保全走过来敬了个礼，便接过钥匙直接替他停车。

莫子衿和冯智勋从车上下来后，他一只手牵着她，另一只手把车钥匙隔空丢给保全，忽然没头没脑地说道："子衿，如果我什么都没有了，你可记得你说过的，一定要待在我身边哦。"

莫子衿侧目他，只觉得手心沁着汗。

冯智尧带他们去了三楼。

刚推开公司的门，就有一个穿着工装的漂亮妹子站在门口："老板，一切准备就绪了。"

冯智尧"嗯"了一声，扭头冲冯智勋和莫子衿说道："地方有点小，今天是产品发布会，所以也有点乱，你们千万别嫌弃。"

过道的墙面上贴着冯智尧和冯莫的合影，也有冯智尧在冯氏的一些工作照。这些照片在"尧然科技"的招牌下，显得意义深远，又带着一重讽刺。

经过冗长的过道，往左转是豁然开朗且宽大的会议室。里面有几十个人对着坐，长桌上人手一部电脑，还有一块大屏幕。

所有人正经极了，齐刷刷地对冯智尧行注目礼。

莫子衿注意到他们的电脑界面都停在同一个画面上。

冯智尧也不废话，抬手一挥，说："那就直接开始吧。"

大家点下鼠标。

莫子衿看到大屏幕上出现的是和"听恋"百分之八十相似的相拥开场动画，她的心猛地往下沉，意料之外又在情理之中的事果然发生了。接下来，故事脚本、游戏属性搭配购买"听恋"币的路数，照抄全搬。

她瞪向冯智尧，心凉得在冰水里颤抖。真是想不到会有这么厚脸皮的人，这种把戏用了第一次，还要用第二次！

冯智尧双手抱臂，欣赏着自己剽窃的成品，看了手表后，温馨提醒："哦，对了，我的'声产'已经上线十分钟零三十秒。"

大屏幕上关于"声产"APP 下载量呈圆柱形上升，就像炙热的火柱将"听恋"一点点吞噬掉。

"声产"抢先推向市场，"听恋"算是彻底被扼杀在摇篮中。

冯智勋一切的努力付之东流。

和她相反，冯智勋看得一直很镇定。他的手机一直在振动，他从口袋里拿出来看了一眼来电显示，然后接起："喂，宇飞，嗯嗯……是，我知道，我现在就在我哥的办公楼里……你想过来就过来吧。"

他说完这三句话，就把电话挂掉，重新看向冯智尧：“让我看的已经看完了吧？我可以走了吗？”

冯智尧微微一怔，对冯智勋这样的反应感到意外：“智勋，这次你该不会又要用事后解释真相的老办法吧？”

冯智勋摇摇头：“怎么会，哥，你守旧，我可不会。”

冯智尧眯眼，双手插口袋：“那你还有什么力挽狂澜的办法？”

冯智勋笑笑：“如今这个局面，我还有什么力挽狂澜的办法，你不是都给我堵得死死的了吗？”

冯智尧越发疑惑。

“哥，你就别操心我了，还是先好好操心操心，等一下宇飞过来的事吧，他可没有背叛我。你的‘声产’这一套体系都是他废寝忘食亲自弄的，你和爸爸联手，借着讨好白家达成自己的目的，弄成出血的局面。他可要新仇旧恨一起算。”冯智勋拍拍哥哥的肩，语重心长地嘱咐道。

莫子衿跟着冯智勋走出办公室没一会儿，白宇飞就大步流星地出现，他越过他们，径直往里冲。

不一会儿，就可以听到里边传来不小的动静，还有冯智尧吃拳的闷喊声。

冯智勋伸过手帮她捂住耳朵，微笑摇头：“我们不听不听。”

他的大手覆盖住她的耳朵，阻隔和外界的联系，让她只能专注地望着他。

冯智勋的笑容还是带着令人着迷的沉醉感，可是这一次，莫子衿格外清醒。

他刚刚对冯智尧那番嘱咐，刚才白宇飞沉着脸过来，目不斜视往里钻的样子……

或许，从冯莫找她当说客开始，她只是有资格成为这其中最肤浅的那一层计划的炮灰而已。

莫子衿把冯智勋的双手拿下来：“是你主动退让，主动放弃‘听恋’的，对不对？”

冯智勋怔了一下，笑：“子衿，你可以说话了……”

“回答我。”

从一开始，冯莫对他俩的交往睁一只眼闭一只眼就是假的。冯莫看似默许，不出手，看似是为白家出手，其实只是拿解决白宇飞和许跳跳的事情当挡箭牌，而他自己躲在暗处，用迂回的方式让这一切都朝他希望的方向前行。

他利用许跳跳和白宇飞的变故，给冯智尧助攻，让冯智勋无法提高“听恋”营业额！

许跳跳会从受害者变成最有利的刀刃。

即便许跳跳不会，白宇飞也会。

即便两个人都不会，冯莫也有办法让他们变成会！

而她莫子衿绝对，绝对只会怪自己，那她也没有脸再和冯智勋继续走下去。

诛心为上。

“是。”冯智勋轻声承认。

“你明明有机会阻止这一切发生的，为什么……”莫子衿不明白，他已经离成功只有一步之遥，只要‘听恋’推出，他就可以证明自己，稳坐冯氏总经理的位置，这也是冯莫所希望的。

他为什么要放弃？

“因为这只是我个人的梦，不是冯氏的。”冯智勋解释道，“其实我爸一直都不喜欢脱离冯氏的主业搞什么 APP，他根本不在乎这一点蝇头小利，他希望的，是我能按照他的步伐，专心扩大冯氏。”

“所以你就放弃了？”

“我知道那天你去烤肉店找许跳跳谈话，是我爸威胁你的……老冯他一而再，再而三地想着破坏，如果我再不放弃，就真的不是明智之举了。”冯智勋耸肩，“没有‘听恋’，我还有下一个想法。两害取其轻是做事的基本原则，明白吗？”

原来，真的是这样，她的猜测不是错觉。

或许秦竹天受伤，是在冯莫的意料之外，惊喜之中的。

莫子衿望着冯智勋一脸不在意的样子，想到他刚才的镇定，再想到之前她愧疚到不行，只能催促他快点回公司紧急商量，来避免产生损失……

过往相处的一幕幕，甚至是冯智勋和她一起讨论怎么给“听恋”加入他们的爱情故事时的每一个瞬间……

“那我呢，我们之间的感情呢？你又要做出怎样的选择？”莫子衿脱口而出，声音渐冷，“是不是没有我，还有下一个人？”

他为“听恋”付出了那么多心血，可还是能这么轻易放弃。刚才这个念头就突然冒出来了。

冯智勋一怔，脸变得很严肃：“你一定要这样想吗？”

他以为她会理解，为了保护她而做出的牺牲和选择，可是她居然这样问出口？

莫子衿淡淡一笑，忽然觉得答案已经不重要了。她觉得好累，她不想再被人利用，不想再掉入陷阱，不想满身的荆棘再被人拔来拔去。

她转身，冯智勋拉住她：“让你这么难过，我很抱歉。我替我爸做的那些事向你道歉，可我不是故意要瞒着你的，秦竹天和许跳跳相继出事，我哥在暗处虎视眈眈，等我弄清楚是怎么回事，我不忍心再让你多添一重烦恼。无论如何，我都是爱你的，子衿！你到底明不明白呢？”

莫子衿已经什么都听不进去了，她以为自己可以很坚强，可以百折不挠，永远都拥有勇气，可是她不够了解自己。

人就是这样，很容易高估自己，也很容易被现实蹉跎掉一根根刺。

莫子衿推开冯智勋挽留的手，转身离开。

“难道你就没有骗过我吗？你明明早就可以说话了，可你为什么告诉秦竹天，却要瞒着我？！”

莫子衿的脚步顿了一下，继续迈步前行。

为什么会下意识对他隐瞒？

这个问题，在后来，莫子衿都在问自己。

答案有无数个，却没有一个是可以真正回答的——

或许是觉得省事，不能发声就不用回答一些不想回答的问题；或许只是错过了，不知道该如何解释；或许还没有准备好忽然而至的恢复；或许……

或许是下意识不想面对他，面对和他无法脱离关系的冯家。

莫子衿不知道那天，她和冯智勋算不算分手。

只知道在那天后，她再没有见过冯智勋，冯智勋也没有再来找她。

“声产”声名大噪，比之前的“听恋”丰富多了，也有趣多了，所以受到很多年轻人的喜欢。

用户注册数不断攀升，使得“声产”这款交友加游戏为一体的APP迅速占领各大电视台，成了香饽饽。

冯智勋宣布关掉“听恋”，彻底进入冯氏之前的主流业务，在房产和金融方面投入精力和关注。

关于这场兄弟之间的较量，似乎随着冯智勋的主动放手真的画上了句号。

冯智尧和田悠然结婚的时候，是全程直播。当冯智勋当伴郎出现在画面上时，画面都会被有意地放大两倍。

尧然科技和冯智勋带领的冯氏没有业务上的厮杀，因此有了更多合作的机会。

冯智尧和冯智勋同框的机会也是越来越多，是冯莫希望的其乐融融吧。

莫子衿通过媒体时不时能关注到冯智勋甚嚣尘上的消息，生活里就只剩下照顾秦竹天和繁忙的学习任务了。

许跳跳从宿舍搬走，来一个新的室友，叫米琪。她戴着一副圆圆的眼镜，鼻子有点塌，脸上还有雀斑，头发自然卷，长得倒是和米妮一样可爱，但性格内向，平时和莫子衿也说不上几句话。

进入大四后，莫子衿的课变少，需要做的功课变多了。但有秦竹天这个学霸级帮忙，她还是轻松不少的。

莫连在律师的全力帮助下，获得减刑保释，莫子衿让秦竹天搬过去和父亲一起住。

一到周末她就过去给他们两个烧饭吃，三个人仿佛又回到从前秦竹天不时去别墅蹭饭的日子。

不过这次不同，他们三个人相聚的机会变多了，她每一次去，别墅里的灯都是亮着的，两个人都在的。

秦竹天对莫连还是一口一个“校长”，尽管莫连已经脱下了西装，变回了一个普通的老头，并迷恋上钓鱼和游泳，还不时地拉着秦竹天要比一番，来证明自己的老当益壮。

莫子衿很开心看到莫连这样的变化，很开心看到他脸上多了很多很多轻松的笑容。尽管因为他的事，她的实习申请被中意的公司婉拒，但她依然觉得目前这样的情况已经很好。

在学校里，莫子衿会不时地看到许跳跳。她的身边已经有新的朋友陪伴，她变得文静了很多，偶尔的浅笑中还带着忧伤。

莫子衿行注目礼，但不去打扰她。大抵，这是好朋友最后该给的体面吧。

而能和袁飞舞成为好朋友，是莫子衿想不到的。

曾经为了秦竹天，总是和她针锋相对的袁飞舞被一个大一新生疯狂追求，袁飞舞总是推她出去做恶人，当挡箭牌。从第一次利用开始就没完没了，袁飞舞还理直气壮地说这是她欠自己的。

那个小迷弟很帅，莫子衿挡着挡着就觉得自己从挡箭牌变成电灯泡了。

不再执念于秦竹天，直来直去的袁飞舞和莫子衿的距离拉近了。过往恩怨一笔勾销，剩下的是可以笑谈的回忆。

得知莫子衿之前申请的实习，都被公司拒绝了，袁飞舞就要帮莫子衿写推荐信，莫子衿心领，拒绝了。

“莫子衿，你能不能不要这么倔？你老爸没收入，你家秦竹天现在的工作也就那么点工资，你已经不是大小姐了，还不挑起重担，瞎谈什么自尊心？”袁飞舞瞪眼，尖锐地抛出大实话，一点也不想着修饰一番。

莫子衿已经习惯她这样的毒舌示好，很认真地摇头：“还真不是什么自尊心，我想去开个花店。”

这突如其来的想法让袁飞舞没反应过来：“花……花店？”

“是啊。”莫子衿点头，把心里酝酿已久的想法说出来，“这灵感还是你家小迷弟给的呢，他每天带来一束花，让我转交给你。看你嘴上别扭，心里开心，我觉得花能给人带来幸福感。就像你说的，以后我得挑起家庭重担，与其现在给别人打工，不如自己给自己打工。”

袁飞舞琢磨了片刻，打响指：“咦，这个听起来还不错。你长得这么漂亮，一定能吸引很多男顾客。虽然你的脸臭了点……嗯嗯，越难搞才越有吸引力嘛。不过，以后你得多笑笑，毕竟现在男生都怂，和我那个迷弟一样彪悍的已经太少。”

…………

莫子衿很无语，什么事到了袁飞舞嘴里，性质都变得这么奇怪了。

选择一个没有概念的新行业，莫子衿是有些迷茫的，她对花的了解仅限于玫瑰。不过，单是这种幸福感，就是她笃定想要亲手打理和营造的。

当然，在校期间，依然会有男生送情书给她，想和她交往。但她都一笑置之，婉言谢绝。

她常常忍不住想起许跳跳之前问过她的话：离开白宇飞之后，还会不会有喜欢的人。

离开冯智勋之后，她还会心动吗？

原来真正的答案是不知道。

未来无解。

当莫子衿把想要开花店的想法告诉莫连和秦竹天后，他们一致同意。秦竹天主动请缨："开花店的话，需要帮手。起初没什么生意，你雇一个人要付工资不划算，我来帮你。"

莫子衿点点头，学着袁飞舞的口吻说："嗯嗯，也行，你皮相这么好，应该能吸引很多女顾客。"

当着莫连的面，秦竹天耳朵都红了，没敢接茬，只能干瞪眼。

莫连秉承校长的大局观，比较正经地提出选址问题："开花店的话，应该要开在年轻人多的地方，并且房租不要太贵。哦，对了，最重要的是，装修一定要好看。"

莫子衿乐得清闲，拍拍莫连的手说："爸，那这个艰巨而伟大的任务就交给你了。"

莫连欣然答应。

有了前进的方向，莫子衿也就不烦恼毕业后的去处了。她专心地准备毕业答辩，然后寻找培训花艺师的地方进行学习。

这一天，莫子衿路过学校的小吃街，寻思着带点外卖回去。然后她看到室友米琪在路上发传单，米琪穿着一件裙摆夸张的花裙子，平时的短发扎成两个马尾，像是从春天里来的小姑娘。

莫子衿上前，米琪很开心地递上传单："子衿，你还在呢？怎么没回家啊？"

"哦……我过来买点吃的，外带。"莫子衿看了一眼传单上的内容，"'执念花圃'培训班？"

米琪点点头。"是啊，'执念花圃'培训花艺师，还能考证的那种。"她指了指身后的一个很小的门面，"从这里上去，二楼就是了。子衿，你有兴趣的话，可以去问问看哦。"

莫子衿看到一个往上走的楼梯，原来应该是开冰激凌的地方。

传单上写着现在报名的话可以打七折，她便寻思着上去看看。

她上楼梯来到二楼，本以为是那种小小的工作室，不想上去后就发现二楼都被“执念花圃”包下来了。

前台妹子热情地迎莫子衿进去，并给她介绍几个区域，有办公区、学生上课区、实践区等。

“我们这里请的老师都是北京过来的专业老师，如果您学成之后想要自己开花店，我们也可以进行指导和建议。”妹子最后的话打动了莫子衿，她乖乖地交了钱，“我们这里就是要聚集对爱、对幸福执着的人。”

对爱、对幸福执着的人，才会放弃那些不好的执念。

人生短暂，不必回头。

钻入花的海洋后，莫子衿仿佛回到高中备考的那段时间，拼命汲取关于花的知识。

学习最好的方法就是实践。

袁飞舞的小男友知道莫子衿在学花艺后，就不在外头买花，而是直接让她代劳。

今天要献上“我的心里只有你”，明天是“漂亮的你是赠予我的欢喜”……

不仅要想特别的寓意，还要搭配得别出心裁。

在这种情况下，莫子衿的技艺突飞猛进。

在学习区，莫子衿常常废寝忘食，待到晚上人家都下班了，她还在练习剪裁花束。

毕业这天，莫子衿给自己做了一束“放下”——七十多朵白色雏菊中，如众星捧月插入一朵紫色的郁金香。

紫色郁金香的花语是无尽的爱。

她特意把郁金香的枝剪短一些，那一撮紫色在一大片的雪白中明亮而温柔，寓意着阳光周转之处，把爱散落遍地。而那唯一的爱，便成了放下。

这时，袁飞舞打来电话：“子衿子衿，帮我也做一束花，我要一大束白色玫瑰，我在操场那里等你。你快点哈。”

莫子衿还没说行不行，袁飞舞就自说自话地挂断了。

莫子衿叹了口气，这家伙真是会选花，选这么贵的，还一大束。这么一大早，她去哪儿弄一大束白色玫瑰花啊？学习区里的花都是七零八落的，就算有成捆的花，也不会是白色玫瑰。

莫子衿把花握在手里下楼，到附近的花店里买了一大束白色玫瑰，然后回到学校。

但说好在操场上等她的袁飞舞没在。她左手一大束玫瑰花，右手拿着自己设计的花，颇为尴尬地左右环顾。

这时，身后响起一个久违的声音："莫子衿。"

莫子衿没有转身。

"我来找你了，你不准备回头看看我吗？"

是他，真的是他，他最终还是来了。

莫子衿盯着绿茵茵的草地，还是没有转身。

"你都拿着我的满满一大束'道歉'了，还不肯原谅我？"又是略带撒娇地质问。

……袁飞舞，你可以啊，你居然也能被他收买。

莫子衿冷冷地把玫瑰花扔在地上："你这招对我已经没有用了。"

冯智勋把玫瑰花从她脚边捡起来，轻轻地叹气："既然已经不重要了，为什么不敢回头看我。"

莫子衿还是用背回答他："你的激将法对我也没用了。"

她以为，经过这几个月的沉淀，她已经能够平静地面对任何事，哪怕是他的再次出现。

直到听到他的声音，她还是不争气地在心里塌陷了半块天地。原来，她只是故意把关于他的一切尘封起来，她还在等时间的积淀。

冯智勋闻着花香，在她背后自顾自地说起来："听说你在学花艺，那我考考你。白色玫瑰的花语是纯粹而圣洁的爱情，但它还有另外一层意思，你知道是什么吗？"

莫子衿沉着心，上前一步："冯智勋，我已经厌倦你的套路，你不必再试探，你回去吧。”

她已经做好准备，如果他再故伎重演，从后边抱过来，她就用手肘捅他的胸口，再转身，给他一记重锤。

这一次，她一定要赢他一回！

一秒过去，两秒过去，三秒过去……

后边一直没动静，也没有再说话。

莫子衿迟疑扭头，看到身后没有人影。

她转身，只见冯智勋站在了十米开外的地方。他穿着一身驼色风衣立在阳光下，那完美的轮廓逆在光影里似乎在笑着，手里的那束白玫瑰泛着零星的光。

她想不到他这是什么路数，但心里已经默默生出不安。

果然……事实证明，她的想法是对的。

“啊啊，Attention……”此时，学校所有的喇叭齐声播放着冯智勋准备好的录音，“在我最亲爱的子衿即将迎来毕业礼的时候，我要告诉她，我们之间或许会有争吵，会有误会，会有分歧，可我们之间绝对不会有分离。因为深得我心者，唯有莫子衿一人。啊啊，Attention（注意）……在我最亲爱的子衿即将迎来毕业礼的时候，我要告诉她……”

莫子衿瞪大眼睛，看着冯智勋慢慢地从口袋里掏出一个类似按钮的开关器，笑眯眯地望着她。

…………

耳边的告白不断地重复着，莫子衿硬着头皮，只得奔向冯智勋。

他用这种方式逼她妥协，简直可恶！

莫子衿扑到冯智勋的怀里，伸手去抢开关器的刹那，他心满意足地吻住她。

他的唇软软的，像初春刚刚发芽的花，带着小小的霸道。

他咬住她不肯放。

他总是那么自信，总是有千万种方法套路她！

莫子衿气急了，猛地推开冯智勋："冯智勋，你浑蛋！"

她被他再次拉进怀里："浑蛋才更不会放开你！"

"你放开我！"

"不放，从刚才的吻，我能感觉得出，你心里还是有我的。"

"……就算我心里有你，我也不想再被你耍！你放开！"

"只要你这次答应我，以后我都让你来耍怎么样？"

"……你觉得我会相信你这句话吗？"

"你会的，除非你不再爱我。"

…………

两人相拥在操场的草地上，被藏在暗处的袁飞舞及她的小迷弟偷偷地拍了一组特别的毕业照。

莫子衿无奈，第N次败北下来，她终于明白了一点——

万千套路，躲不过的不过是"你的心里还有我"。

— 全文完 —